ANDREAS J. SCHULTE

Mörderische Eifel

TATORT EIFEL Der wundervolle Landstrich der Eifel mit seinen Kraterseen und endlosen Wäldern ist die Krimi-Region schlechthin. Denn hier geht es mörderisch zu: Ein Auftragsmörder gerät bei dem Versuch, sich von seiner Arbeit abzulenken, ausgerechnet an eine Eifel-Krimi-Tour. Bei einem Betriebsausflug soll der unliebsame Bürokollege mit selbstgerührtem Senf zum Schweigen gebracht werden. Und für drei Freunde steht fest: Der Flaschenkönig muss sterben. Mit viel Humor präsentiert Andreas J. Schulte spannende neue Mordfälle in der Eifel und zudem eine Fülle an Wander- und Freizeittipps. Folgen Sie seinen mörderischen Spuren durch eine einzigartige Region – von Ulmen, Manderscheid und Bad Bertrich über Gerolstein und Daun bis nach Birgel und Nettersheim.

Andreas J. Schulte ist Journalist und Autor, Jahrgang 1965, verheiratet und hat zwei Söhne. Geboren und aufgewachsen in Gelsenkirchen, produzierte er mit 15 Jahren sein erstes Krimi-Hörspiel. Bereits während seiner Studienzeit in Bonn arbeitete er als Radiojournalist und veröffentlichte Kurzgeschichten. Heute ist er Mitinhaber eines Redaktionsbüros und lebt mit seiner Familie in einer ausgebauten alten Scheune zwischen Andernach und Maria Laach. Neben erfolgreichen historischen Kriminalromanen schreibt und veröffentlicht er auch Kurzkrimis und Thriller.

Andreas J. Schulte ist Mitglied im »Syndikat«, der Autorengruppe deutschsprachige Kriminalliteratur, und der britischen »Crime Writers' Association« (CWA).

www.andreasjschulte.de

Bisherige Veröffentlichungen im Gmeiner-Verlag:
Mörderisches Bonn (2017)

ANDREAS J. SCHULTE

Mörderische Eifel

11 Krimis und 125 Freizeittipps

GMEINER

Dieses Buch wurde vermittelt durch
die Literaturagentur Lesen & Hören 8261

Personen und Handlung sind frei erfunden.
Ähnlichkeiten mit lebenden oder toten Personen
sind rein zufällig und nicht beabsichtigt.

Besuchen Sie uns im Internet:
www.gmeiner-verlag.de

Im Ehnried 5, 88605 Meßkirch
Telefon 07575/2095-0
info@gmeiner-verlag.de

2. Auflage 2020
(erschien bereits 2016 im Gmeiner-Verlag unter dem Titel
»Wer mordet schon in der Eifel?«)

Lektorat: Claudia Senghaas, Kirchardt
Herstellung: Mirjam Hecht
Umschlaggestaltung: U.O.R.G. Lutz Eberle, Stuttgart
unter Verwendung eines Fotos von: © sunset man / Fotolia.com,
© Dennis van de Water / shutterstock.com
Druck: Custom Printing Warschau
Printed in Poland
ISBN 978-3-8392-2356-7

In Liebe für Tine,
die nie an meinen Geschichten zweifelt.

VORWORT

Anfang der 90er-Jahre, ich war gerade dabei, eine alte Scheune auszubauen, drückten mir Freunde begeistert einen Krimi in die Hand. Den müsste ich unbedingt lesen, sie hätten beim Lesen immer an mich denken müssen, wo ich als Journalist doch nun auch in einem alten Haus lebe, mit einer Katze, die sich draußen auf der Bruchsteinmauer sonne. Der Titel des Buches: »Eifel Blues« von Jacques Berndorf.

Wir wohnen hier zwar nur in der Nähe des Laacher Sees, aber für unsere Freunde aus dem Ruhrgebiet ist es bis heute die tiefste Eifel geblieben. Was jeder aus der Vulkaneifel wohl nur müde belächeln wird. Aber mit »Eifel Blues« und den Fällen von Siggi Baumeister begann meine Liebe zu den Regionalkrimis und zu der Eifel selber. Eine Region, die sich über zwei Bundesländer erstreckt, die von Aachen bis zur Mosel und runter an den Rhein reicht.

Für das vorliegende Buch habe ich mich allerdings fast ausschließlich auf die Vulkan-Eifel konzentriert. Und hier hat sich in den letzten Jahren enorm viel getan. Es gibt Dachmarken für regionale Lebensmittel, unzählige neue Wanderwege und Themenpfade, Sportangebote und kulturelle Highlights an ganz ungewöhnlichen

Veranstaltungsorten. Die Eifel ist eben längst mehr als nur Maare, Sprudel und der Nürburgring.

Bei meinen Krimirecherchen hat mir ein Polizist aus Koblenz verraten, dass er eigentlich nie verstehe, warum es so wenig Westerwaldkrimis gäbe. Seiner Meinung nach würden dort viel mehr Kapitalverbrechen begangen als in der Eifel. Wie schön, dass diese Region offenbar nur literarisch *die* Krimi-Region schlechthin ist.

Und so ist dieses Buch auch eine Verbeugung vor all den Kolleginnen und Kollegen, die seit Jahrzehnten in der Eifel ihr literarisches Unwesen treiben.

Ihr alle habt hier schon gemordet – und ich hab es jetzt auch getan.

In diesem Sinne wünsche ich Ihnen viel Spaß beim Lesen dieses Buches

Ihr
Andreas J. Schulte

Das Krimiland Eifel und die Region Hillesheim

Die Eifel!

Warum wird eigentlich in dieser wunderschönen Region so viel gemordet und gemeuchelt – zumindest literarisch? An den Menschen, den Städten und der Landschaft kann es jedenfalls nicht liegen – es mag zwar den einen oder anderen brummeligen Eifelbauern geben, aber in den letzten 20 Jahren habe ich hier nur herzliche Gastfreundschaft erlebt.

Auch bei der Recherche für diese Geschichten traf ich nur Menschen, die jederzeit bereit waren, ihre Zeit zu opfern, um mir etwas über ihre Region zu verraten.

Die rheinland-pfälzische Ministerpräsidentin Malu Dreyer sagte in einer Rede: »In der Vulkaneifel hätten kreative und engagierte Köpfe einen kulturellen Leuchtturm errichtet – rund um das Thema Krimi.«

Fest steht, dass der Eifelkrimi mit einer Stadt ganz besonders eng verbunden ist: Hillesheim hat sich in den letzten Jahren zur heimlichen »Krimihauptstadt« entwickelt.

Erst kamen die Krimis, dann kamen die Touristen und Buchfans. Nirgendwo sonst in der Eifel gibt es eine so hohe Anzahl von Freizeitangeboten rund um den Krimi wie im sogenannten Hillesheimer Land.

Dabei hat die Region mit ihren elf Gemeinden und 24 Orten durchaus mehr zu bieten als »nur« die Handlungsschauplätze von Mord und Totschlag. Alte Vulkane, unzählige Wander- und Radwege, historische Pfarrkirchen – das Hillesheimer Land ist für alle, die aus dem Ruhrgebiet oder der Kölner Region kommen, das Tor zur Vulkaneifel. Sie müssen nicht unbedingt Krimifan sein, um diese Gegend zu mögen.

Für alle Krimifreunde sind natürlich das Krimihotel oder das Kriminalhaus in Hillesheim ein Muss.

So kam ich auch nicht drum herum, wenigstens eine Geschichte hier spielen zu lassen.

Wer als Tourist Hillesheim besuchen möchte und Informationen sucht, der wendet sich an:

Urlaubsregion Hillesheim / Vulkaneifel e.V.
Am Markt 1
54576 Hillesheim
Tel.: 06593-809200
www.hillesheim.de

Informationen zu allen Angeboten rund um den Krimi findet man im Netz unter:
www.krimiland-eifel.de/

MÖRDERISCHE EIFEL

Der schwere Regen hat aufgehört, ist in ein leichtes Nieseln übergegangen. So ein Nieseln kann die ganze Nacht weitergehen. Ich weiß das. Hab genug Nächte wie diese erlebt. Das alte Kopfsteinpflaster schimmert im Licht einer trüben Laterne. Wenn jetzt noch Nebel vom Fluss hochsteigt …

Eine Szene wie in einem alten Edgar-Wallace-Film – kurz bevor der Kinski um die Ecke schleicht oder Blacky Fuchsberger einem hübschen Mädchen zur Hilfe eilt, das er am Ende natürlich heiraten wird. Heute Nacht aber würden kein Kinski und kein Fuchsberger auftauchen, und die schummrige regennasse Gasse liegt auch nicht in den Londoner Docks, sondern mitten in der Kölner Altstadt. Ich stehe im Schatten, zurückgezogen in einem schmalen Durchgang zwischen zwei Häusern. Unsichtbar selbst für den, der diesen Durchgang sorgfältig in Augenschein nehmen würde. Natürlich unsichtbar! Aber hallo, wenn ich an einem solchen Abend an einem solchen Ort auffallen würde, hätte ich echt den falschen Job. Keine 20 Meter die Straße runter öffnet sich eine Kneipentür. Eine breite Lichtbahn ergießt sich auf das Pflaster. Wie eine Landebahn für angetrunkene Altstadtbesucher. Musik, Gläserklirren, Stimmengewirr und schallendes Gelächter aus der Kneipe bilden die akustische Begleitung zur Lichtlandebahn. Abstoßend und einladend zugleich. Fast hätte ich bei dem ganzen Krach das Auto überhört, das langsam aus einer Seitenstraße rollt. Meine Zielperson ist angekommen.

Ich greife unter die Jacke, ziehe meine Lieblingswaffe, auf die ich schon den Schalldämpfer geschraubt habe. Sie leistet mir schon seit Jahren gute Dienste, ich schätze ihre Zuverlässigkeit und Zielgenauigkeit. Obwohl – auf diese kurze Distanz ist ein Fehltreffer undenkbar. Das kurze trockene Ploppen des Schusses wird keinem auffallen. Himmel, bei dem Kneipenlärm hätte ich nicht einmal einen Schalldämpfer gebraucht. Aber da gehe ich lieber auf Nummer sicher.

Meine Auftraggeber schätzen das. Ich sei ein Perfektionist, der auch auf die kleinsten Details achtet, hatte mir einer gesagt. Ein anderer nannte mich mal einen Korinthenkacker, kann sein, dass er das als Kompliment gemeint hatte, er lebte aber nicht mehr lang genug, um es mir zu erklären. Ich denke einfach, ich habe einen Hang zur Gründlichkeit. Ohne mich jetzt selber loben zu wollen, sorgt diese Gründlichkeit für meinen guten Ruf in der Branche. Ich kann mir meine Aufträge aussuchen. Keine Ehestreitigkeiten oder Scheidungskisten, keine Frauen, keine Kinder – da gibt es bei mir ganz klare Grenzen. Das da vorne in der schwarzen S-Klasse mit den getönten Scheiben ist definitiv kein Scheidungsfall und auch keine Frau. Hinten im Auto sitzt Joseph,

»Drei-Finger-Joe« Parretti, Oberhaupt des New Yorker Parretti-Clans. Drei-Finger-Joe besitzt, soweit ich weiß, noch alle Finger. Nur bei Männern, die ihm in die Quere kommen … da fackelt er nicht lange rum.

Joe ist mitten in seiner Europareise, um die familiären Wurzeln kennenzulernen und nebenbei den einen oder anderen Deal einzufädeln. Jedenfalls hat es ihn ins gute, alte Köln verschlagen. Man munkelt, dass er im Schatten des Doms mit Vladimir Romelski verhandelt. Vladi der Schlächter, und Drei-Finger-Joe – quasi Seelenverwandte. Nun, meine Aufgabe ist es, die trauten Geschäftsgespräche zu unterbinden. Man kann keine Geschäfte mit jemanden machen, der mit ein, zwei Kugeln im Kopf auf dem Altstadtpflaster liegt – ganz einfache Sache. Deshalb warte ich ja hier im Nieselregen. Ich entsichere die Pistole. Zwei Schüsse, kurz hintereinander, und schon ist es vorbei mit Parrettis Europatrip.

Natürlich steigt Joe Parretti nicht selber aus, er wartet, bis sein Fahrer ausgestiegen ist, um ihm die Tür zu öffnen und den Schirm hinzuhalten. Immerhin bleibt der Fahrer nicht an seiner Seite, sondern übergibt ihm den Schirm. Ich hebe die Pistole, ziele – und plötzlich ist es wieder da: das Zittern. Meine rechte Hand zittert, als hätte ich schlagartig Schüttelfrost bekommen. Der Lauf mit dem Schalldämpfer zuckt wie ein Lämmerschwanz. Ich atme tief durch, nehme die andere Hand zur Hilfe, stütze die Schusshand ab. Doch in diesem Moment tauchen die drei Mädels auf. Laut kichernd laufen sie genau in die Schussbahn, und als sie quälende drei Sekunden später wieder mein Ziel freigeben, ist Parretti schon in einem Hauseingang verschwunden.

Ich schließe die Augen. Dieses leise Stöhnen – war ich das gerade gewesen? Schweißtropfen rinnen mir von der Stirn. Mit zitternden Händen schiebe ich die Pistole zurück in das Schulterhalfter. Lichtflecken tanzen plötzlich über das Pflaster, ich blinzle sie weg. Scheiße, das ist mir so noch nie passiert. Na ja, nicht ganz. Vor zwei Wochen, als ich in Frankfurt den Job erledigen wollte, hat das mit dem Zittern angefangen. Zum Schluss musste ich den Kerl vom Dach stoßen, ehrlich, das war so nicht geplant gewesen. Ich lehne mich an die regennasse Hausmauer und versuche mich zu beruhigen. Was ist nur los mit mir?

*

Zwei Tage später …

»Sicher fragen Sie sich: ›Was ist nur los mit mir?‹ Und die Antwort scheint mir eindeutig. Aber lassen Sie mich Ihnen zur Sicherheit noch ein paar Fragen stellen.«

Ich nickte zustimmend, deshalb saß ich ja in dem hohen schwarzen Ledersessel bei Dr. Samuel Wertmann und versuchte, nicht an das fürstliche Honorar zu denken, das er mir ohne Zweifel für diese Privatuntersuchung in Rechnung stellen würde. Um ehrlich zu sein, würde ich ihm auch bereitwillig jeden Bonus zahlen, wenn nur das verdammte Zittern aufhören würde. Noch so einen Reinfall wie in Köln, und ich war weg vom Fenster. Ein gescheiterter Auftrag spricht sich ja so was von schnell in der Branche herum. »Also, Herr Belke, im Grunde sind Sie topfit, körperlich gesehen: Lungenvolumen, Blutwerte, Cholesterinspiegel, alles bestens. Ihre Reaktionsfähigkeit – alle Achtung, solche Werte habe ich noch nie gesehen. Aber Ihr Augenzucken, das Zittern, die Schlafstörungen, die Sie erwähnten … Sie machen beruflich was genau?«

»Ich bin freier Unternehmensberater.«

»Eine anspruchsvolle Aufgabe, vermute ich. Man verlässt sich auf Ihre Kompetenz?«

»Schon. Für viele bin ich so eine Art Problemlöser.«

»Das dachte ich mir. Ja, das passt. Ich will Sie jetzt nicht mit Fragen überfallen, aber ich habe da so einen Verdacht. Sie haben dieses Zittern immer wann?«

»Kurz vor einem Abschuss … äh – ich meine Abschluss«, Wertmanns forschender Blick brachte mich ganz durcheinander, »sozusagen auf der Zielgeraden, wenn ich ein Projekt …«

»Herr Belke, entschuldigen Sie, wenn ich Sie kurz mal abwürge.«

Ich zuckte beim Wort *würgen* zusammen, Wertmann nahm davon aber keine Notiz.

»Mir scheint das doch ein stichhaltiger Hinweis zu sein. Ich wage mal einen Schuss ins Blaue: Sie stehen jedes Mal bei einem Ihrer Abschlüsse unter enormem Erfolgsdruck, nicht wahr?«

»Genau, alles läuft prima, aber dann, wenn es sozusagen ans Eingemachte geht …«

»Kommt das Zittern«, ergänzte Dr. Wertmann. »Wie sieht es mit Schweißausbrüchen oder Sehstörungen aus? Ja? Dachte ich mir. Schwindel und Kopfschmerz?« Wertmann quittierte mein Kopfschütteln mit einem zufriedenen Brummen.

»Tja, es ist ganz eindeutig, Herr Belke. Sie sind überarbeitet. Zuviel Stress, mancher würde das jetzt neudeutsch als Burn-out bezeichnen, ich nenne es extrem erholungsbedürftig. Wann waren Sie das letzte Mal im Urlaub?«

Ich dachte nach. Der Kurztrip nach Rimini für den Doppelmord zählte wahrscheinlich nicht, und die Fahrt letzten Sommer an die Ostsee, wo ich den Stahl-Erben auf dem Surfbrett ertränken musste, ließ Dr. Wertmann sicher auch nicht gelten.

»Wenn Sie so lange überlegen müssen, ist das bestimmt schon eine Weile her. Sie müssen mal raus aus Ihren Verpflichtungen, sich vom Job lösen.«

»Sie meinen, wenn ich mal ein Wochenende freimache …«

»Herr Belke! Wir reden hier von einem ernsthaften Problem.«

Wertmanns Stimme hatte an Schärfe zugelegt. »Erstens sollten Sie mal mindestens eine Woche völlig abschalten, damit meine ich: Vermeiden Sie alles, was Sie an Ihre Arbeit erinnert. Zweitens müssen Sie Ihre Grundeinstellung ändern. Sie müssen wieder lernen sich zu entspannen. Sagen Sie sich: Keiner stirbt, wenn es mal nicht 100-prozentig klappt.«

Da hatte er verdammt recht.

»Lassen Sie zu, dass sozusagen auch mal ein Schuss danebengeht.«

Von wegen, da könnte ich ja gleich einpacken.

»Akzeptieren Sie, dass nicht immer alles perfekt sein muss. Manchmal reicht es auch, wenn ein Job ›quick and dirty‹ zu Ende gebracht wird.«

Wie jetzt? Quick and dirty? Ich konnte doch künftig nicht jede Zielperson vom Dach werfen. Wie stellte sich Wertmann denn das bitte vor?

»Ich sehe an Ihrer Miene, dass Sie mir immer noch nicht glauben, Herr Belke.«

»Doch schon, Herr Doktor, aber es ist nicht so leicht, wie Sie sich das vorstellen.«

Wertmann lehnte sich zurück und fing in seinem Chefsessel an zu wippen.

»Also mein Schwager, Herr Belke, ist ein hohes Tier bei der Deutschen Bank. Der hatte ein ganz ähnliches Problem. Wissen Sie, was dem geholfen hat? Eine ruhige, entspannte Woche in der Eifel. In Bad Bertrich hat er diesen **landschaftstherapeutischen Park** besucht. Das hat Wunder gewirkt. Ein paar Stunden in der **Vulkaneifeltherme** im naturwarmen Glaubersalzwasser – Sie werden sehen, das bringt Sie wieder auf die Beine. Dazu die saubere Luft, die Stille der Landschaft. Die haben mittlerweile sogar **Entspannungscoaches**, die Ihnen beim Entschleunigen helfen. Damit sollten Sie anfangen, und nach der Woche Auszeit beginnen wir damit, die Stressursachen in Angriff zu nehmen. Vor allem aber: Vergessen Sie Ihre Arbeit, sonst werden Sie sich nie erholen.«

*

Am nächsten Tag

Ich hatte gleich das Gefühl, dass es der falsche Sitzplatz war. Aber der ganze Reisebus war voll, und der einzige freie Platz war der neben der alten Dame.

Kricks – es knackte im Lautsprecher. Pop, pop, pop, jemand schlug mit dem Finger gegen ein Mikrofon.

»Der Herr im Gang, würden Sie sich bitte auch hinsetzen.«

Der halbe Bus schaute zu mir herüber. Bei so viel Aufmerksamkeit wurde ich ganz kribbelig. Die letzten zehn Jahre hatte ich darauf geachtet, möglichst unauffällig zu bleiben, und ich stand keine fünf Minuten im Bus, und schon würde sich jeder der Reisegesellschaft an den großen Kerl erinnern, der es nicht geschafft hatte sich hinzusetzen. Prima, das fing ja gut an.

»Setzen Sie sich, junger Mann, setzten Sie sich. Ich beiße nicht. Und ansehnlicher als Omma Brock bin ich allemal, hihi.«

Die alte Dame am Fenster kicherte in sich hinein, während sie mit ihrer altersfleckigen Hand auf das Sitzpolster klopfte.

Ich seufzte und setzte mich, was hätte ich auch tun sollen. Ich schloss kurz die Augen. Sich anonym fahren zu lassen, schien mir gestern noch eine gute Idee zu sein, aber jetzt kamen mir erste Zweifel.

»Sagen Sie mal, junger Mann, is' Ihnen nicht gut? Oder haben Sie einen neben sich stehen? Sie wissen schon, wie der Herbie Feldmann von dem Kramp?«

Ich öffnete die Augen. Ich kannte weder eine Omma Brock noch wusste ich, was die Dame mit Herbie Feldmann meinte, aber das war mir eigentlich auch egal. Ich wollte mich entspannen, nur entspannen.

»Belke, Michael Belke. Ich bin etwas müde. Ich …«

»Katharina Schmeller, Sie können aber gern Tante Käthe sagen, sagen alle, die mich kennen, und ich sag einfach Michael«, unterbrach mich die Dame. »Und wir bleiben beim Sie.«

Ich blinzelte sie verdutzt an. Mittelgroß, nicht gerade schlank, dunkelblaue Stoffhose, fliederfarbene Bluse, Alter irgendwo zwischen 70 und 80, würde ich schätzen. Graue Dauerwellenlöckchen und ziemliche viele Lachfalten um die Augen.

Kricks – »Ja, hallo. Herzlich willkommen, liebe Fahrgäste. Unser heutiger Kapitän der Landstraße ist Willi Kappski. Mein Name ist Udo, und während sich Willi auf die Straße konzentriert, werde ich Ihnen in den nächsten Stunden alles Wissenswerte verraten. Wobei ich hier gerade auf der Liste sehe, dass wir einen prominenten Gast an Bord haben. Ich freue mich, dass sie wieder mal dabei ist – unsere Tante Käthe.«

Ein paar Mitreisenden reckten die Hälse, aus dem hinteren Busteil kam vereinzeltes Klatschen. Die Dame neben mir erhob sich halb aus ihrem Sitz, lächelte und winkte mit der Hand in die Runde. Wo war ich da nur hineingeraten?

»Tante Käthe, Sie versprechen mir, dass Sie mich berichtigen, wenn ich mal etwas Falsches sage«, tönte Udo weiter aus dem Lautsprecher. »So, jetzt aber erst einmal viel Spaß bei unserer ›Eifel-Krimitour‹. Ich denke, wir alle werden mörderisch viel Spaß haben, höhö.«

Mist, das hatte ich überlesen. Vergessen Sie Ihre Arbeit, sonst werden Sie sich nie erholen – Dr. Wertmanns Worte klangen mir in den Ohren. Ein Profikiller entspannte sich auf Krimitour im Reisebus – ich glaubte nicht, dass Wertmann das gefallen würde.

»Also wenn Sie was wissen wollen? Fragen Sie mich einfach. Wie Udo es schon andeutete, ich habe da einen gewissen Ruf«, Tante Käthe zwinkerte mir zu. »Sie mögen doch Eifelkrimis?«

Na ja, mögen wäre zu viel gesagt. Ich hatte mal angefangen, einen Krimi zu lesen, aber mich dann zu sehr über den unprofessionellen Mörder aufgeregt. Außerdem war das so, als würde ich mir Arbeit mit nach Hause nehmen.

»Was möchten Sie wissen?«, riss mich Tante Käthe aus meinen Gedanken. »Ich kenne mich ein wenig aus.«

Ein wenig war die Untertreibung des Jahrhunderts. In den nächsten zwei Stunden meldete sich ab und zu Udo mit seinen Insider-Infos zu Wort. Vor allem aber hörte Käthe nicht auf zu reden. Ich erfuhr, dass wir in Hillesheim Pause machen würden, dem Epizentrum des Eifelkrimis. Sie zeigte mir mit dem Strahlen eines Rockstar-Groupies das Foto eines alten Mannes mit weißer Wuschelmähne, Vollbart und Pfeife. Der Herr war so etwas wie der Godfather des Eifelkrimis. Sein Eifel-Blues war 1989 nicht nur irgendein Buch gewesen, mit ihm begann der Erfolg der Regionalkrimis, erklärte mir Käthe mit ehrfurchtsvoller Stimme.

»Natürlich ist das nicht meine erste Fahrt«, vertraute sie mir an.

Was für eine Überraschung …

»Ich hab mir im letzten Jahr die Osteifel und den Laacher See angeschaut, dort ist mehr als nur ein Toter bereits aufgetaucht. Der Sittig und die Keiser treiben da ja ihr Unwesen.«

Ich wusste nicht, wovon sie redete, aber das hielt sie nicht weiter auf.

»Prüm und Bitburg habe ich dann im Sommer besucht. Zwei wundervolle Städte.«

»Von Bitburg kenne ich nur das Pils«, irgendetwas musste ich ja antworten. »Genau ›Bitte ein Bit‹, das wurde sogar schon in einem Titel verarbeitet: ›Bitte ein Mord‹. Ich glaube, Noske war das. Können Sie sich so was vorstellen?«

Ja, konnte ich, den Satz hörte ich bei meiner Arbeit ständig.

»Und die Carola Clasen hat auch schon in Bitburg gemordet.«

Für einen Wimpernschlag überlegte ich, ob Käthe eine Kollegin von mir meinen könnte, aber dann verwarf ich diesen Gedanken wieder.

»Im Herbst werde ich an die Ahr fahren, auf Eichendorffs Spuren, der Henn schreibt ja so anschaulich, bei den ganzen Rezepten bekomme ich immer Appetit. Und noch bin ich ja fit, so schnell werde ich nicht in eine Seniorenresidenz ziehen. Männer wie Opa Berthold gibt es nämlich nur in Büchern, im wirklichen Leben ist es da todlangweilig.«

Käthe achtete in keiner Weise darauf, ob ich ihr folgen konnte oder nicht. Sie plapperte und plapperte. Zwei lange Stunden zählte sie mir Handlungsorte und Autoren auf oder erging sich in Andeutungen zu Figuren, die ich nicht verstand. Zwei Stunden. 120 endlos lange Minuten Mord und Totschlag. Wie, zum Henker, sollte ich mich dabei entspannen? Am Ende, kurz bevor der Bus auf einen Parkplatz rollte, überlegte ich ernsthaft, sie für immer zum Schweigen zu bringen. Wenn ich mich nicht entspannte, konnte ich auch genauso gut arbeiten. Spontan fielen mir 20 Methoden ein, jemanden mit bloßen Händen zu töten, und das waren nur die, die hinterher wie ein Unfall aussahen.

Kricks. »So, da wären wir. Willkommen in der Eifelhauptstadt des Verbrechens. Willkommen in Hillesheim.«

Alles klatschte begeistert, nur ich wusste nicht, warum.

»Nun aber los, junger Mann. Uns bleiben nur zwei Stunden«, drängte Käthe.

Kricks. »Natürlich können Sie Ihr Gepäck im Bus lassen. Hier wird ja nur gemordet, höhö.« Udos launige Bemerkung löste allgemeine Heiterkeit aus. Vielleicht sollte ich einfach im Bus bleiben und mich ausruhen, überlegte ich. Da stieß mir Käthe auch schon den Ellenbogen in die Rippen. »Auf geht's, wir wollen doch nicht die Letzten sein.«

Käthes Eile war, wie sich herausstellte, völlig unnötig. Denn erst einmal stellten sich draußen alle Busreisenden brav im Halbkreis auf. Udo war in seinem Element. Vor lauter Aufregung wippte er nervös auf den Fußballen, jetzt kam sein großer Auftritt. Die launigen Ansagen im Bus waren nur das Vorspiel gewesen, das wurde mir in den nächsten Minuten klar. Udo strich sich eitel ein paar Haarsträhnen aus dem Gesicht. Mit seinen schwarzen Haaren und dem dunklen Schnurrbart, weißen Jeans und Hawaiihemd erinnerte er mich an den jungen Tom Selleck. Udo trug natürlich die obersten drei Hemdknöpfe offen, sodass den Damen ein Blick auf die haarige Brust samt Goldkettchen gewährt wurde. Magnum hatte sich nach Hillesheim verirrt.

»So, wenn wir jetzt vollständig sind …«

Ich schaute mir die Runde an. Mehr Frauen als Männer, einige in Käthes Alter, zwei junge Frauen, zwei Ehepaare, offensichtlich miteinander befreundet. Ich wollte gerade überlegen, wer von den Männern wohl mal Studienrat gewesen war, da begann Udos Show.

Ich hatte zwei Wochen in den USA gearbeitet und war – durch Zufall – in Memphis in einen Gottesdienst geraten. Das kennen Sie sicher aus Filmen. Der Pastor an der Kanzel, der Gospelchor im Hintergrund, die aufgeputschte Gemeinde – haben Sie das Bild vor Augen? Dann haben Sie einen Eindruck von dem, was Udo abzog.

»Leute, jetzt liegt es an euch. Ihr habt die Wahl. Hier gibt es wunderschöne Wanderwege«, Udo grinste in die Runde, »oder vielleicht die **Geologisch-Mineralogische Sammlung**?«

Udo hielt sich eine Hand ans Ohr und beugte sich übertrieben nach vorne. »Ich kann euch nicht hören.«

Die ersten Reisenden kapierten schnell, was er hören wollte. »Nö, buh, ach was!«

»Ah, dann weiß ich das Richtige für euch. Heute ist ja der erste Donnerstag im Monat, da ist Markt. Wollt ihr den **Krammarkt** sehen?«

»Buhhhh« – jetzt hatten es alle kapiert.

»Ihr möchtet die alte **Stadtmauer mit dem Hexenturm**, die **barocke Orgel der St. Martins Kirche** oder den **Eiskeller** anschauen? Nein, das wollt ihr alles nicht! Ich weiß doch, was ihr wollt! Ihr wollt das **Krimi-Archiv** sehen, einen kurzen Blick ins **Krimi-Hotel** werfen, ihr wollt euren Kaffee im ›**Sherlock**‹ trinken.«

Udos letzte Sätze wurden von zustimmendem Gejohle und lauten Jawohl-Rufen unterbrochen. Udo strahlte: »Denn wir sind hier auf deeer Eiiffffel …«

»Krimitour!«

Ach du Scheiße, sogar die beiden Studienräte brüllten begeistert mit. Udo hatte seine Meute im Griff, daran gab es keinen Zweifel.

Ich hielt Ausschau nach einer ruhigen Parkbank, als sich Käthe bei mir unterhakte. »Gefällt es Ihnen, Michael?«

Ich schüttelte den Kopf. »Ich soll mich entspannen, aber das kann ich wohl hier vergessen.«

»Na, na, seien Sie nicht so streng mit sich und den anderen. Das wird lustig, glauben Sie mir. Ich war schon ein paar Mal hier. Ich habe sogar den **Eifelkrimi-Wanderweg** geschafft, das sind immerhin gut 20 Kilometer. Nur das mit der **Krimi-Radtour** habe ich gelassen, eine alte Frau sollte ihre Grenzen kennen, auf dem Rad wird mir immer schwindlig, und ich muss ja auf mein schwaches Herz achten, sagt der Arzt. Der Udo macht das doch ganz ordentlich. Es gibt hier auch eine **Krimibus Tatort-Tour**, die ist sehr empfehlenswert, aber wie gesagt, der Udo versteht sein Geschäft.« Käthe plapperte an meiner Seite, sie schien gar keine Antwort von mir zu erwarten. Ich meine, als Profikiller in Hillesheim nicht an die Arbeit zu denken, das war, als wolle ein Bankmanager im Geldspeicher von Onkel Dagobert mal Abstand vom Thema Geld nehmen. Wir gingen ein kurzes Stück die Straße herunter, da stießen schon die Ersten der Reisegesellschaft begeisterte Rufe aus. Eine englische rote Telefonzelle stand gut sichtbar vor einem hellen Haus. Das Kriminalhaus. Unsere Reisegesellschaft sorgte im Cafe ›Sherlock‹ für volle

Tische. Auf der einen Seite gefiel mir die Einrichtung. Unzählige Fotos und alte Filmplakate an den Wänden, alte Ohrensessel, Tische und Stühle aus dunklem Holz, gemütlich war es hier. In einer Ecke stand ein Tisch in einem holzverkleideten Zugabteil, daneben ein offener Kamin. Man hatte lebensgroßen Figuren von Sherlock Holmes und einem englischen Bobby aufgestellt. Der ganze Raum atmete Krimi, Detektive und Ermittler. Nur ich, ich atmete immer schwerer. Mein Blick fiel auf einen der Tische, wo unter Glas liebevoll Accessoires des Verbrechens ausgestellt wurden. Ich sah eine Pistole und fühlte, wie mein Auge anfing zu zucken. Der bohrende Blick von Inspektor Derrick sorgte bei mir für ein unangenehmes Kribbeln. Es dauerte keine zwei Minuten. Plötzlich spürte ich, wie meine Hände anfingen zu zittern.

»Ist Ihnen nicht gut, Michael? Himmel, Sie sehen ja ganz blass aus«, Käthe musterte mich besorgt.

»Ich … ich werde mal kurz an die frische Luft gehen.«

Nur wenige Meter vom Eingang des Cafés stand eine Tischgruppe aus Stein und Holz. Ich setzte mich auf eine der Bänke und atmete tief durch. Ich konzentrierte mich auf zwei aus Holz geschnitzte Frauenfiguren, und nach zwei Minuten hörte das Zittern auf. Ich blieb einfach mit geschlossenen Augen in der Sonne sitzen und spürte langsam, wie die Anspannung der letzten zwei Stunden nachließ. Dr. Wertmann hatte recht, es gab etliche Kollegen, die weniger akkurat arbeiteten und trotzdem gut ausgebucht waren. Und wenn man mal ehrlich war: Welcher Auftraggeber beschwerte sich schon gern bei einem Profikiller? Vielleicht hatte ich mir selber zu hohe Standards gesetzt. Jedenfalls konnte es so nicht weitergehen.

»Ach, das war herrlich!«

Mit einem seligen Seufzen setzte sich jemand neben mich. Ich musste nicht hinschauen, um zu wissen, wer da gekommen war.

»Es war … es war so aufregend.«

Käthes Stimme zitterte. Ich hörte ihr mit geschlossenen Augen zu. Sie redete ein bisschen durcheinander, ich verstand Krimiautoren, ein Treffen in der anderen Etage, Autogramme.

»Und dann hat er mich angeschaut und mit seiner tiefen Stimme gesagt: ›Sieh mal an, die Tante Käthe ist wieder im Lande‹.«

Ich hörte einen weiteren seligen Seufzer und danach einen leisen erstickten Laut. Ich öffnete die Augen und schaute zu Käthe herüber. Sie hatte die Augen geschlossen und lächelte. Die Hände hielten ein Taschenbuch fest, auf dessen Rückseite zahlreiche Unterschriften zu sehen waren. Für einen Moment konnte ich es nicht glauben, aber ich hatte genügend Tote gesehen. Ich brauchte ihren Puls gar nicht mehr fühlen, tat es zur Sicherheit dann doch. Katharina »Tante Käthe« Schmeller hatte ihre letzte Tour angetreten. So viel Aufregung kann aufs Herz schlagen. Vorsichtig nahm ich ihr das Buch aus der Hand. Dann machte ich mich auf den Weg, Udo Bescheid zu sagen, der musste schließlich alles Notwendige in die Wege leiten. Nach Bad Bertrich suchst du dir besser eine andere Reisemöglichkeit, überlegte ich.

Ich nahm schließlich drei Stunden später ein Taxi, handelte einen Pauschalpreis aus und genoss die himmlische Ruhe auf dem Rücksitz. Draußen zogen Tannenwälder vorbei. Ich griff in die Reisetasche und holte Käthes Buch heraus, das mit den vielen Autogrammen vom Autorentreffen.

»Mörderische Eifel«, las ich auf dem Cover. Ich lehnte mich zurück und lächelte still. Offenbar schienen hier Morde an der Tagesordnung zu sein. Aber nicht mit mir, ich würde jetzt entspannen – endlich!

Landschaftstherapeutischer Park »Römerkessel«

Er ist bislang einzigartig in Europa: Der Landschaftstherapeutische Park »Römerkessel« in Bad Bertrich. Wer Ruhe und Entspannung sucht, ist hier genau richtig. Insgesamt gibt es im Park sieben verschiedene Themengärten (siehe dazu auch »Kann Spuren von Nüssen enthalten«), darunter einen Kräutergarten mit Feng-Shui-Pfad oder der Lavagarten, der an die vulkanische Vergangenheit Bad Bertrichs erinnern soll.

Informationen: www.bad-bertrich.de

Vulkaneifeltherme

2010 wurde dieses moderne Thermalbad in Bad Bertrich eröffnet. Die Innen- und Außenbecken werden von der einzigen Glaubersalztherme Deutschlands gespeist. Aber man kann hier nicht nur im 32°C warmen Wasser schwimmen und entspannen. Zusätzlich gibt es fünf Themensaunen mit unterschiedlichen Aufguss-Programmen und ein Dampfbad.

Informationen: www.vulkaneifel-therme.de

Entspannungscoaches

2009 entstand die Idee zum »Gesundland Vulkaneifel«. Unter diesem Dach haben sich die Ver-

bandsgemeinden Daun, Manderscheid und Ulmen zusammengetan, um sich gemeinsam als Gesundheitsregion zu präsentieren. Mittlerweile gibt es in der Region sogenannte **Entspannungscoaches**, die ganz verschiedene Führungen, Wanderungen, Meditationen und Stress-Coaching anbieten. Gesundland Vulkaneifel hat eine ganze Broschüre zusammengestellt, in der die einzelnen Entspannungscoaches, ihre Schwerpunkte, die Themen und die jeweiligen Regionen, in denen diese Angebote stattfinden, vorgestellt werden.
Weitere Informationen: www.gesundland-vulkaneifel.de.

Geologisch-Mineralogische Sammlung

Wer sich für Fossilien interessiert, sollte sich einmal diese Sammlung ansehen. In der Eifel herrschte vor Millionen von Jahren ein feucht-tropisches Klima, kein Wunder, dass man versteinerte Palmen und Korallen gefunden hat. In der Hillesheimer Sammlung werden Mineralien aus Deutschland und verschiedenen anderen Ländern gezeigt, außerdem Fossilien und vulkanische Gesteine.
Die Öffnungszeiten erfährt man unter www.hillesheim.de. Der Eintritt zur Sammlung ist frei.

Der Krammarkt

Bereits im Mittelalter war Hillesheim eine bedeutende Marktstadt. Geschützt von einer Stadtmauer

und an zwei wichtigen Handelsrouten gelegen, war die Stadt ein wichtiger Umschlagplatz für Waren und Vieh.
Mitte des 19. Jahrhunderts zählte der Viehmarkt zu den größten Tiermärkten in der Eifel. So wurden beispielsweise im Jahr 1865 insgesamt 11.150 Stück Rindvieh und 9.220 Schweine verkauft.
2003 endete die Geschichte des Hillesheimer Viehmarktes. Geblieben ist der Krammarkt, der immer am ersten und dritten Donnerstag im Monat stattfindet und durch einen sogenannten Frischemarkt erweitert wurde.
Auf der Webseite der Stadt (www.hillesheim.de) gibt es einen Marktkalender, in dem auch alle zusätzlichen Veranstaltungen, wie die Sommerkirmes oder der Herbstmarkt, eingetragen sind.

Stadtmauer mit dem Hexenturm

Wie bedeutend die Stadt im Mittelalter war, belegt auch die hohe Stadtmauer aus dem 13. Jahrhundert. Schließlich war es eine kostspielige Sache, eine so starke Befestigung mit insgesamt zwölf hohen Türmen zu bauen und instand zu halten. Aber der Kurfürst in Trier wollte so seine Ansprüche sichern. Teile der Mauer sind bis heute erhalten geblieben, ein Teil des Wehrgangs wurde restauriert.
Der Hexenturm an der Südwestecke der Stadtmauer erinnert an die Hexenverfolgungen in der Eifel. Ähnlich wie in anderen Städten, wurde

dieser Turm wohl als Kerker und Verhörraum genutzt.
Verschiedene Quellen sprechen davon, dass allein in den fünf Jahren zwischen 1587 und 1593 im kurtrierischen Gebiet rund 2000 »Hexen« nach grausamen Gerichtsverfahren und Folter verbrannt worden sind.

Die barocke Orgel der St. Martins Kirche

In den Jahren 1851 und 1852 wurde die Pfarrkirche St. Martin gebaut, und zwar auf und mit den Überresten einer sehr viel älteren Kirche aus dem Jahr 1500.
Das Besondere der St. Martins Kirche aber ist ihre Orgel. Sie stammt aus der Werkstatt der berühmten Orgelbauerfamilie Stumm, die über sieben Generationen hinweg Kirchenorgeln baute. Die Hillesheimer Barockorgel stammt aus dem Jahr 1772. Natürlich kann man die Stumm-Orgel auch heute noch bei Konzerten erleben. Informationen zu den Konzertveranstaltungen gibt es auf der Webseite der Stadt (s.o.).

Der Eiskeller

entstand in der zweiten Hälfte des 19. Jahrhunderts. In den Buntsandstein wurde ein großes Gewölbe geschlagen, um einen dauerhaft kühlen Platz zur Lagerung von Eisblöcken (daher der Name) und Lebensmitteln zu haben.

Die Eisblöcke wurden in den Wintermonaten aus den zugefrorenen Flüssen und Seen gesägt und im Eiskeller mit Strohschichten bedeckt, um sie so am allzu schnellen Schmelzen zu hindern. Der Hillesheimer Eiskeller diente auch als Lager für Bierfässer. Während der Kriegsjahre nutzten ihn die Einwohner als Schutzraum. Besichtigen kann man ihn heute nicht mehr, aber man darf einen Blick hineinwerfen.

Das deutsche Krimiarchiv

Sollten Sie krimisüchtig sein, ist dieser Ort sicher nichts für Sie – oder vielleicht gerade dann?
Im Dachgeschoss des Kriminalhauses befindet sich das deutsche Krimiarchiv. Mit rund 30.000 Büchern ist es die größte deutschsprachige Krimisammlung. Hier kann man stundenlang stöbern. Leider darf man kein Buch ausleihen, aber es ist erlaubt, in einem der gemütlichen Sessel in aller Ruhe zu schmökern. Neben der riesigen Büchersammlung gibt es noch eine Sonderausstellung mit Agatha-Christie-Büchern und die Sherlock-Holmes-Ausstellung.
Wer schließlich nicht mehr lesen möchte, kann eines von mehr als 70 Krimi-Brettspielen ausprobieren.
Öffnungszeiten und Informationen unter www.kriminalhaus.de.

Das Krimi-Hotel

Wenn Sie einmal im »James-Bond-Zimmer«, der »Arsen & Spitzhäubchen-Suite« oder dem »Die drei ???-Apartment« übernachten wollen, dann sind Sie im ersten Krimihotel Deutschlands richtig. Im Krimihotel gibt es entsprechend dem jeweiligen Namenspatron individuell eingerichtete Räume. Darüber hinaus bietet das Hotel zahlreiche Veranstaltungen rund um Mord und Totschlag an – Krimi-Diner, Mörderjagd-Wochenenden oder die Organisation von »kriminellen« Weihnachtsfeiern. Informationen über alle Veranstaltungen und die Zimmerangebote des Hotels findet man im Netz unter www.krimihotel.de.

Café Sherlock

Das Café befindet sich im Erdgeschoss des Kriminalhauses. Das »Sherlock« ist sicher eines der gemütlichsten Cafés in der Eifel, ganz sicher aber das kriminellste. Es gibt kaum Besucher, die nicht beim ersten Mal heimlich den Fotoapparat oder das Handy zücken, um die Einrichtung zu fotografieren. Der Kuchen hier ist hausgemacht, und die angebotenen Kaffeesorten mit klangvollen Namen wie »Schwarzer Tod«, stammen von der Kaffeerösterei in Daun (siehe auch »Mild-würzig oder tödlich scharf«).

Überall an den Wänden hängen liebvoll gerahmte Fotos und Filmplakate, aus den alten Ohrensesseln will man gar nicht wieder aufstehen. In einer Ecke ist sogar ein »Zugabteil« mit holzverkleideten Wänden aufgebaut. Für alle, die wie Sherlock Holmes ein drei-Pfeifen-Problem zu lösen haben, gibt es einen separaten Rauchersalon im ersten Stock.

Eifelkrimi-Wanderweg

Der Eifelkrimi-Wanderweg verbindet elf Krimi-Schauplätze miteinander, wobei er in zwei Routen von 18 bzw. 20 Kilometer Länge aufgeteilt ist. Bei der Tourist-Information kann man eine Begleitbroschüre kaufen, die Hintergrundinformationen zu den Schauplätzen, Übersichtskarten, eine Literaturliste sowie Wegbeschreibungen enthält.
Wer den Wanderweg nicht allein erkunden will, kann sich auch einer der Gruppen anschließen, die von geprüften Gästeführerinnen regelmäßig angeboten werden. Informationen zu den Führungen gibt es in der Tourist-Information oder im Internet unter www.eifelkrimi-wanderweg.de.

Krimi-Radtour

ist eine Rundtour, die von Hillesheim über Kordel, Bernkastel-Kues, Daun und Blankenheim zurück nach Hillesheim führt.
Das ganze Arrangement besteht aus den jeweiligen Tagesetappen und sechs Übernachtungen. Ein Gepäcktransfer sorgt dafür, dass man nicht allzu viel Gewicht auf dem Rad dabei haben muss.

Zum Gesamtangebot gehören außerdem Lunchpakete, ein Radatlas, ein Eifelkrimi und ein Überraschungsgeschenk. Informationen und Buchungen unter www.eifel.info.

Tatort-Tour im Krimibus

Die Hillesheimer Tourist-Information organisiert die fast 100 Kilometer lange Rundtour zu den Schauplätzen und markanten Orten aus den Eifelkrimis.

Wer sich also auf die Fährte der Verbrechen machen möchte und endlich die Tatorte kennenlernen will, von denen er bislang nur gelesen hat, der ist bei dieser Bustour richtig.

»Schaurige Überraschungen und viel spannendes Ermittlungswissen erhalten die Gäste unterwegs, und natürlich müssen auch sie ihren kriminalistischen Spürsinn einsetzen«, schreibt der Veranstalter. Das Ganze dauert knapp vier Stunden. Informationen zur Bustour gibt es bei der Hillesheimer Tourist-Information (s.o.) und auf der Webseite www.krimiland-eifel.de.

Manderscheid und das historische Burgenfest

An verschiedenen Stellen habe ich lesen können, dass bereits Ende des 19. Jahrhunderts englische Reisejournalisten das Eifelstädtchen Manderscheid als »Perle der Eifel« bezeichnet haben. Ein Titel, auf dem man in der Stadt, die bereits im Jahr 973 erstmals urkundlich erwähnt wird, zu Recht stolz ist.

Warum ich Manderscheid für eine meiner Geschichten ausgewählt habe?

Dafür gab es gleich zwei Gründe: zum einen wollte ich gerne eine Geschichte schreiben, in der ein Mittelaltermarkt samt Turnier eine Rolle spielt. Zum anderen liegt das Kloster Himmerod nur wenige Kilometer von der Stadt entfernt.

Bei der Recherche zu einem meiner historischen Krimis durfte ich die Abtei näher kennenlernen. Pater Ignatius nahm sich damals die Zeit und erzählte mir viel über die Geschichte des Klosters im Salmtal. Als ich dann Orte suchte, in denen historische Feste organisiert werden, stieß ich auf Manderscheid.

Gleich zwei bedeutende Burganlagen bilden die Kulisse für das historische Burgenfest, das jedes Jahr rund 15.000 Besucher anzieht. Durch meine historischen Romane habe ich in den letzten Jahren viele Mittelaltermärkte kennengelernt. Auf solchen Märkten herrscht immer eine ganz eigene herzliche Atmosphäre, das historische Burgenfest in Manderscheid macht da keine Ausnahme. Hier kommen Spielleute, Handwerker, Geschichtenerzähler und Puppenspieler an einem Wochenende im August zusammen, und natürlich dürfen auch Ritter und Turnierkämpfer nicht fehlen. Ich wollte in meiner Geschichte aber keinem etwas Böses unterstellen, und deshalb habe ich meinen Krimi nicht auf dem realen Burgenfest, sondern auf einer ausgedachten Veranstaltung spielen lassen.

Natürlich haben Manderscheid und sein Umland noch mehr zu bieten als nur ein Ritterfest und die Abtei Himmerod. So gibt es in der Stadt zum Beispiel seit 1999 das **Maarmuseum**, in dem wissenschaftliche Fakten rund um die Eifel-Maare anschaulich erklärt werden. Und das ist nur ein Beispiel, für all das, was man entlang des kleinen Flüsschens Lieser als Besucher im sogenannten Manderscheider Burgenland erleben kann.

Weitere Informationen finden Sie im Netz unter:
Tourist-Information Manderscheid
Grafenstraße 23
54531 Manderscheid
Tel.: 06572-932665
www.manderscheid.de

SPECTACULUM
ODER: WER EINMAL LÜGT ...

Es war heiß unter dem Helm, heiß und stickig. Der Schweiß lief ihm in den Nacken. Ein Rinnsal suchte sich seinen Weg den Rücken herunter. Kein schönes Gefühl.

Warum musste es gerade heute so warm sein?

Selbst hier im Westerwald waren die Temperaturen auf fast 30 Grad geklettert. Eine ganz andere Frage war, warum der Veranstalter ausgerechnet in der Mittagszeit den Höhepunkt des Turniers ansetzen musste. Warum fand jetzt, wo jeder mit ein bisschen Verstand im Schatten Abkühlung suchte, der Finalkampf Mann gegen Mann statt?

Die Kappe aus grobem Wollstoff fing an zu jucken. Das Leinenhemd unter dem gesteppten Waffenrock und dem Brustharnisch klebte praktisch an seinem Körper.

Die Wiese mit ihren verdorrten braunen Flecken nahm er nur durch eine handbreit große gelochte Visieröffnung im Helm wahr. Toll – alles sah so aus, als würde er durch ein Küchensieb gucken. Was hatte er sich nur bei der Wahl dieses bekloppten Helms gedacht? Der Helm hatte im Laden authentisch und cool ausgesehen.

Cool – bei dem Gedanken musste er selber schon sarkastisch grinsen. Jetzt trug er das ganze Zeug schon seit mehr als vier Stunden. Er hatte die Nase voll von diesem Scheißturnier. Was er wollte, war eine Dusche, Shorts, T-Shirt und ein kaltes Bier – und zwar in der Reihenfolge.

»Stolze Recken, edle Damen, Mägde, Knechte – Volk des Westerwaldes«, die Stimme des Herolds riss ihn aus seinen Gedanken, »mein Name ist Dieter von Greifenklau, und ich habe die Ehre, Euch den letzten Kampf anzukündigen. Lasst mich Euch die mutigen Kämpfer vorstellen. Auf der Seite mit der grünen Fahne steht Bruno von Waldhaus, Ritter des Goldenen Löwen und Sieger des letzten Turniers. Erhebt Eure Stimme, lasst Eurer Begeisterung freien Lauf.«

Aus den Reihen der Zuschauer war vereinzeltes Klatschen zu hören. Was für ein armseliger Haufen, Begeisterung sah weiß Gott anders aus, dachte er grimmig.

»Soll das der ganze Respekt sein, den Ihr den edlen Kämpfern unseres Turniers zollt?«

Zugegeben, dieser Greifenklau machte seine Sache gut, der wusste, was man von ihm erwartete.

»Spendet Beifall. Handgeklapper, ich will Euch johlen und kreischen hören. Nicht ganz so ehrbare Mägde dürfen gern auch Tücher und andere Kleidungsstücke unseren Kämpfern als Treuepfand zu Füßen werfen.«

Das Klatschen wurde deutlich lauter. Immerhin – Greifenklau hatte sein Ziel erreicht.

»So, und nun, wo Ihr Eure Aufgabe kennt, haltet Euch mit Eurer Begeisterung nicht zurück, denn hier, auf der Seite mit der roten Fahne, steht er, der Herausforderer,

Wolfgang von Woooolfenstein! Sein Wappentier ist der Heulende Wolf vor einer dreizackigen Krone. Er hat heute bereits acht ehrbare Gegner besiegt. Beifaaalll!«

Er machte zwei Schritte nach vorne, verbeugte sich, so weit es die Metallteile seiner Rüstung zuließen, und reckte dann die Faust mit seinem Schwert in die Luft. Da waren tatsächlich unter den Zuschauern einige ganz hübsche Dinger in engen Miedern und langen Röcken, die ihm belustigt ein paar Kusshände zuwarfen.

He, ihr süßen Schnecken, ich merk mir eure Gesichter. Wenn ich aus dieser Blechbüchse wieder draußen bin, zeig ich euch mal, wo der Frosch die Locken hat, dachte er zufrieden. Er verbeugte sich ein zweites Mal vor den kreischenden Mägden, nur um zu zeigen, dass er sie bemerkt hatte, und wandte sich dann seinem Gegner zu.

Der Herold trat zwischen die beiden Kämpfer. Mit gesenkter Stimme sagte er: »Ihr kennt ja die Regeln. Ein Hieb zählt hier nur als Treffer, wenn er, mit einer scharfen Waffe ausgeführt, eine ernsthafte Verletzung zur Folge gehabt hätte. Passt eure Hiebe der Rüstung eures Gegners an. Auf ungeschützte Körperteile will ich keine Hiebe mit voller Wucht sehen. Und dies ist kein Vollkontakt-Turnier, also denkt daran, es gilt die kleine Trefferzone, damit meine ich Kopf, Oberkörper, Oberarm und Oberschenkel.«

Der Herold streckte beide Arme in die Höhe und rief laut: »Die Recken sind bereit, um den Sieg und die Ehre zu kämpfen. Möge der Bessere gewinnen.«

Na, dann los, dachte Wolfgang von Wolfenstein und fixierte durch das gelochte Visier seinen Gegner, der mit breiten Schritten auf ihn zustapfte. Gedämpft hörte er durch den Helm das Johlen der Menge. Jetzt zählten nur die nächsten Minuten – der Schweiß, die Hitze, die Mädels im Mieder und sogar das kalte Bierchen waren vergessen. Als Bruno von Waldhaus nur noch zwei Schritte entfernt war, nahm Wolfgang die Grundstellung zum Schwertkampf ein. Die Arme gehoben, die Klinge über dem Kopf nach vorne in Richtung Gegner gestreckt, bereit, Brunos ersten Hieb zu parieren. Der kam auch prompt, allerdings anders, als er das erwartet hätte. Bruno schlug einen Bogen, verfehlte ihn um fast einen halben Meter, es war, als hätte der auf einen unsichtbaren zweiten Mann neben ihm eingeschlagen.

»Höh, Bruno«, durch den Helm klang Wolfgangs Stimme dumpf und blechern, »biste besoffen, oder was? Hier steh' ich.«

Bruno von Waldhaus hob erneut sein Schwert, aber langsam, viel zu langsam. Was soll's – wenn der so luschig kämpfen will, ist das nicht mein Problem, Wolfgang schlug zu. Bruno machte keine Anstalten sich zu verteidigen. Wolfgangs Klinge traf ihn mit der Breitseite am Oberarm, und ein zweiter Hieb donnerte gegen seinen Helm. Zack, direkt noch ein dritter Treffer auf die andere Seite. Ein vierter Hieb ging ins Leere, denn Bruno von Waldhaus war zu Boden gegangen. Langgestreckt wie eine gefällte Eiche. Ohne sich abzufangen, donnerte er mit voller Wucht auf den ausgedorrten Rasen.

Für einen Moment herrschte auf dem ganzen Turnierplatz atemloses Schweigen, dann johlte die Menge los.

Mit beiden Händen nahm Wolfgang endlich den bekloppten Helm ab und schnappte gierig nach Luft. So konnte er genau sehen, wie plötzlich das Gesicht des Herolds, der neben Bruno am Boden kniete, käsig bleich wurde. Ganz unmittelalterlich schrie der plötzlich: »Ach du Scheiße! Einen Arzt, schnell, wir brauchen einen Arzt.«

Wolfgang von Wolfenstein, mit bürgerlichem Namen Wolfgang Schmertbach, Inhaber des Elektroinstallationsbetriebes Schmertbach, hatte sein erstes Turnier gewonnen. Allerdings hätte er nie damit gerechnet, dass sein Finalgegner bewusstlos mit einem Rettungswagen und Blaulicht ins Krankenhaus geschafft werden müsste. So kräftig waren seine Hiebe schließlich auch nicht gewesen.

Zwei Stunden später, ohne Rüstung und mit einem Krug Bier in der Hand, wollte Wolfgang gerade die Mädels ansteuern, als ihm der Herold die Hand von hinten auf die Schulter legte. »Alles klar, ich hab gerade einen Anruf aus dem Krankenhaus bekommen. Unserem Bruno geht's schon wieder besser. War wohl ein Kreislaufkollaps.«

Wolfgang nickte: »Da bin ich aber froh.«

»Ich auch, kannste mir glauben. Ein Turnierteilnehmer, der einfach umkippt, begeistert zwar das Publikum, aber für mich als Veranstalter ist das versicherungstechnisch immer 'ne heikle Sache.«

»Ach, du hast das hier alles organisiert?«

»Ja, die Mittelalter-Spektakel & Turnier GmbH gehört mir. Hab die MS&T im letzten Jahr gegründet. Ich bin der Dieter und würde mich mal gern in Ruhe mit dir unterhalten. Ich hätte da nämlich einen Vorschlag …«

*

Ein Jahr später

»Wolfgang Schmertbach, alias Wolfgang von Wolfenstein ist bei den Events der MS&T dick im Geschäft. Allerdings gab es bislang noch keinen weiteren Gegner mit einem Kreislauf-Kollaps. Was mich ehrlich wundert. Die lassen sich mitten im Hochsommer die Sonne auf ihre Blechhelme knallen und vergessen dabei zu trinken. Wahrscheinlich, weil die Blase sonst drückt und es ein elendiges Gefummel ist, bis man mal die Rüstung abgelegt hat und pinkeln gehen kann. Dass da nicht mehr umkippen …«

Carsten Weller schaute kurz zu seinem Kollegen auf dem Beifahrersitz hinüber, bevor er sich wieder auf die Straße konzentrierte und beschleunigte. Sven Drohmke war ungefähr in seinem Alter, Anfang 30, und sie arbeiteten jetzt schon seit mehr als zwei Jahren zusammen.

»Und was haben wir damit zu tun? Gab es Haftungsansprüche?«

»Nee«, Carsten schüttelte den Kopf, »Dieter zu Greifenklau, bürgerlicher Name Dieter Feldkirch, hat zwar bei uns diverse Versicherungen, aber der unglückliche Ausgang des Turniers im Westerwald blieb für ihn ohne Folgen.«

»Ja, aber dann verstehe ich nicht, warum wir ins Spiel kommen?«

Bevor Carsten antwortete, schaltete er gekonnt zwei Gänge runter und nahm die Haarnadelkurven, als gelte es, auf dem Nürburgring Bestzeit zu fahren. Sven Drohmke unterdrückte ein Stöhnen, spürte aber, wie sich die Currywurst-Pommes vom Mittagessen unangenehm bemerkbar machte. Carsten trat wieder aufs Gas, und die Beschleunigung des Audi TT presste Sven in den Ledersitz, er rülpste leise.

»'tschuldigung, Carsten, muss du hier die letzte DTM nachfahren oder geht's auch ein bisschen langsamer?«

»Was denn? Macht dir das keinen Spaß?«

»Mir schon, aber meinem Magen mit der Currywurst-Pommes nicht. Und wenn du nicht ausprobieren willst, ob deine neuen Ledersitze abwaschbar sind, nimmst du die nächsten Kurven mal weniger schnittig.«

Carsten Weller brummte ein wenig missmutig, nahm aber den Fuß vom Gas und die nächsten Kurven deutlich gefühlvoller.

Sven Drohmke atmete erleichtert auf.

»So, und jetzt noch mal zum Mitschreiben. Dieser Veranstalter von Mittelaltermärkten, dieser Feldkirch, hat bei uns Versicherungen, aber es ist nix passiert. Was sollen wir dann in Manderscheid?«

»Diese Turniergeschichte war im letzten Jahr im Westerwald. Im Herbst wurden ihm dann bei einem Mittelaltermarkt in der Nähe von Karlsruhe drei Stände demoliert. Mitten in der Nacht, natürlich hat keiner was gesehen, da haben wir gezahlt. Und jetzt will er in Manderscheid ein ganz großes Event aufziehen, soll eine Konkurrenzveranstaltung zu dem traditionellen **historischen Burgenfest** werden, hab ich mir jedenfalls sagen lassen. Vor drei Tagen hat sich Feldkirch bei uns gemeldet und seine Versicherungsprämie noch einmal erhöht.«

»Warum denn das?«

»Er hat aus einer Privatsammlung zwei sogenannte Kugelschnepper als Leihgabe bekommen, die sollen ausgestellt werden.«

»Ach so, ich verstehe. Wir können uns keinen Versicherungsfall im Rahmen eines großen Festes mitten in der Eifel leisten, womöglich noch mit Unbeteiligten als Opfer.« Jetzt wurde Sven Drohmke auch klar, warum er mit seinem Kollegen Weller unterwegs in die Eifel war.

»Du sagst es. Und wir sollten sehen, dass wir ankommen, bevor der Trubel losgeht«, bestätigte Carsten, gab wieder Gas und ignorierte das leise Stöhnen, das vom Beifahrersitz kam.

Dieter Feldkirch schaute sich zufrieden um. Das hier war seine Welt. Auf dem Hof standen zwei Sattelschlepper und drei Kastenwagen. Alles war verladen und abfahrbereit: Tribünen, zwei Tavernen, eine Wildschweinbraterei, die sogenannte Schatzkammer, Verkaufsbuden, Zelte für die Turnierkämpfer. Er würde nicht zulassen, dass etwas schief ging. Manderscheid würde sein Durchbruch sein. Die MS&T würde in den kommenden Jahren den Markt für Mittelalter-Events aufmischen, da konnten die anderen alle einpacken. Was ihm noch fehlte, war das nötige Startkapital, aber auch dafür hatte er eine Lösung gefunden. Ein Dieter Feldkirch fand immer eine Lösung, und als Dieter von Greifenklau würde er in die Annalen der Mittelaltermärkte eingehen, so viel stand fest.

»He Chef, sollen wir jetzt los?«, rief einer der Fahrer. Dieter schaute sich ein letztes Mal prüfend auf dem Hof um, dann nickte er und winkte zustimmend, bevor er selber in sein großes Wohnmobil einstieg. Zahllose Ritterfans lagerten ja gern in Zelten, aber so weit ging seine Begeisterung nicht. Auf dem Turnierplatz versicherte er jedem, wie sehr er ein authentisches Ambiente schätzte, aber nach Feierabend wollte er sein kaltes Bier, einen scharfen Porno zum Entspannen und sein geliebtes Wasserbett.

Er hatte schon Oktoberfeste im Ruhrgebiet, Damen-Schlammcatchen in Ostdeutschland und Schlagerfestivals an der Ostsee organisiert, aber mit Mittelalter war das große Geld zu holen. Und das würde er sich nicht entgehen lassen.

Als Carsten endlich bremste und den Motor ausstellte, sprach Sven ein stummes Dankgebet und nahm sich fest vor, darauf zu bestehen, bei der Rückfahrt am Steuer zu sitzen.

Carsten schien von der Erleichterung und der grünlichen Gesichtsfarbe seines Kollegen nichts zu bemerken. Er stieg aus und schaute sich um. »Na, das ist aber doch wirklich eine hübsche Gegend. Kein Wunder, dass der Feldkirch hier sein Mittelalterspektakel aufziehen will.«

Vor ihnen lag eine große Wiese, und im Hintergrund erhoben sich die Überreste von gleich zwei Burgen.

»Das da hinten ist die **Oberburg«**, Sven deutete auf eine höher gelegene Ruine samt Bergfried, »die gehörte dem Kurfürsten in Trier, und da drüben die tiefer liegende Ruine und die ganzen Mauern, die du da siehst, das ist die **Niederburg** der Grafen zu Manderscheid. War nicht immer so friedlich hier, die haben sich ganz schön oft in die Haare gekriegt, und getrennt werden die Burgen ja nur von der Lieser, die dort fließt.«

»Mensch Sven, ich wusste ja gar nicht, dass du dich so für Geschichte interessierst«, staunte Carsten.

Sven zuckte mit den Schultern. »Nee, ich habe nur mit meinen Eltern hier in der Eifel früher Urlaub gemacht, und vor unserer Abfahrt habe ich gegoogelt, was es noch gibt. Als 14-Jährigem gefallen dir natürlich die Burgen. Im **Heimatmuseum** gibt es sogar ein Großmodell von ihnen, das fand ich spannender als die ausgestellte Eifeler Bauernküche. Mein Vater ist Oberstudienrat – Erdkunde und Chemie. Der interessierte sich nur für die Vulkane und die Geologie. Wir haben Stunden im **Maarmuseum** verbracht, das war damals ganz neu. Ich glaube, das versteinerte Urpferdchen hätte mein Vater am liebsten mit nach Hause genommen. Ich hab gelesen, dass es jetzt sogar eine **private Stein- und Fossiliensammlung** gibt. Da hättest du meinen alten Herrn wahrscheinlich mit Gewalt raustragen müssen.«

Carsten sah den gequälten Gesichtsausdruck seines Kollegen und fing an zu lachen. »Schau mal, es hat dir nicht geschadet, und es ist sogar noch was Anständiges aus dir geworden. Ich war mit meiner Frau und der Kleinen nur einmal für ein Wochenende hier. Und meine beiden Damen wollten nichts anderes sehen als das **Puppenmuseum in Laufeld**.«

Jetzt musste auch Sven lachen. »Na gut, du hast gewonnen, mein Lieber. Und was machen wir jetzt?«

»Jetzt sehen wir zu, dass wir zwei Zimmer bekommen, und dann statten wir Dieter Feldkirch einen Besuch ab.« Carsten deutete mit der Hand auf zwei Sattelschlepper, die von Gabelstaplern abgeladen wurden. »Ich vermute mal, die bauen gerade auf, da wird der Chef bestimmt nicht weit sein.«

Dieter Feldkirch kniff misstrauisch die Augen zusammen. »Soso, und Sie beide sind also von der Versicherung?« Er musterte die beiden Männer. Sie waren gut einen Kopf größer als er, wirkten durchtrainiert, entspannt und locker, so als wüssten sie genau, dass sie mit jeder Situation fertig würden. Solche Männer kannte er, die durfte man nicht unterschätzen.

Carsten Weller nickte und deutete auf die Visitenkarten, die er und Sven gerade eben erst überreicht hatten. »Ganz genau, Herr Feldkirch.«

»Sie können natürlich gern bei der Zentrale anrufen und nachfragen«, ergänzte Sven. Er beobachtete, wie es in dem Gesicht des Veranstalters arbeitete. Mit seinem grauen Spitzbart und dem hageren Gesicht könnte Feldkirch gut den Mephisto auf einer Bühne geben, dachte Sven.

»Nein, nein«, winkte Feldkirch ab, »ich … also, ich meine das ist das erste Mal, dass ein Versicherungsvertreter vor Ort auftaucht.«

»Herr Feldkirch, wir sind nicht im Verkauf. Wir gehören zu den Ermittlern. Glauben Sie mir, wir haben nichts mit Neuverträgen zu tun. Wir kommen bei einem auftretenden Versicherungsfall ins Spiel oder wie jetzt, wenn ein Vertrag mit einer größeren Summe abgeschlossen wurde. Da überzeugen wir uns gern selber davon, dass alle nötigen Sicherheitsvorkehrungen getroffen werden.« Carsten lächelte, aber Sven war der drohende Unterton in der Stimme seines Kollegen nicht entgangen. Ihrem Gegenüber offenbar auch nicht, denn Dieter Feldkirch zuckte kurz zusammen, bevor er wieder lächelte. »Natürlich, das kann ich gut verstehen. Kommen Sie doch bitte mit, dann zeige ich Ihnen alles.«

Während um sie herum zahllose Helfer Verkaufsstände zusammenschraubten und Zelte errichteten, lief

Feldkirch zielstrebig auf ein bereits aufgebautes Holzgebäude zu.

Das Ganze sah aus wie eine kleine Kapelle mit schmalen Bogenfenstern, in denen Butzenscheiben eingesetzt waren.

»Darf ich vorstellen: unser Glanzstück. Die Schatzkammer, hier präsentiere ich bei jedem Event kleine Kostbarkeiten. Zuerst sollte alles wie der Teil einer Burg aussehen, aber ich wollte mich nicht nur mit einem ›Teil‹ zufrieden geben. Deshalb die Burgkapelle, übrigens ein eigener Entwurf. Zuerst wird aus Stahlplatten der Innenraum zusammengeschraubt, dann kommt die Holzverkleidung außen und innen davor. Alles soll ja authentisch wirken.« Feldkirch zwinkerte den beiden Ermittlern verschwörerisch zu. »Hinter den Butzenscheiben ist Panzerglas, die Tür hier«, Feldkirch schlug mit der flachen Hand gegen eine Eichentür, die mit Eisennägeln und breiten schmiedeeisernen Bändern versehen war, »hat ebenfalls einen Stahlkern, das Eichenholz ist nur vier Millimeter stark. Hier gibt es eine elektronische Schließanlage, Bewegungsmelder und einen Feueralarm.«

Als sie eintraten, staunten Carsten und Sven über den Innenraum. Es roch sogar nach altem Holz, sie wären nie auf die Idee gekommen, dass sie sich gerade in einem garagengroßen Tresor aufhielten. Im Innenraum der Kapelle standen kleine Bänke, Ritterrüstungen, Waffen und Bilder hingen an den Wänden. Da, wo sonst in einer Kapelle der Altar gestanden hätte, war ein großer Glaskasten aufgebaut worden.

»Hier, meine Herren, sind sie: die Glanzstücke der Sammlung, der ganze Stolz des Dieter von Greifenklau.« Feldkirch verbeugte sich theatralisch. »Zwei Kugelschnepper aus dem späten 15. Jahrhundert, wahrscheinlich gehörten sie dem französischen König Ludwig XI.«

Sven und Carsten traten neugierig näher an den Glaskasten. Vor ihnen lagen zwei merkwürdig geformte Armbrüste.

»Die Kugelschnepper verschossen Eisen- oder Steinkugeln, auf eine Entfernung von zehn Schritten durchschlugen sie sogar noch einen Brustharnisch. Sie bilden sozusagen den Übergang zwischen den traditionellen Armbrüsten und den Schwarzpulverbüchsen. Diese beiden hier besitzen Einlegearbeiten aus Gold. Ich konnte sie für meine Ausstellung nur bekommen, weil der Besitzer ein großer Mittelalterfan ist und möchte, dass mehr Menschen diese wunderbaren Waffen bewundern können.«

Und weil ich ihm versprochen habe, sein Burghotel ganz groß rauszubringen, dachte Feldkirch zufrieden.

»Und diese Dinger da haben Sie bei uns für zwei Millionen Euro versichert?«, fragte Sven ungläubig.

»Ganz genau, eigentlich müsste die Summe sogar noch höher sein. Ich habe einen Sachverständigen hinzugezogen. Solche Waffen sind selten, die Versicherungssumme war eine der Bedingungen des Eigentümers. Die Summe und natürlich die Sicherung der Kostbarkeiten. Dieser Glaskasten besitzt eine eigene Alarmanlage. Den

Code dafür kenne nicht einmal ich, der wurde bei der Sicherheitsfirma hinterlegt, die ab heute Abend hier die Bewachung übernimmt. Sie sehen, meine Herren, hier wurde wirklich an alles gedacht. So, und jetzt müssen Sie mich entschuldigen, morgen Mittag brennt hier die Hecke, und es gibt noch ein Menge zu tun.«

»Wir werden uns morgen noch ein wenig umschauen, wenn Sie nichts dagegen haben«, sagte Carsten.

»Aber nein, Sie sind herzlich willkommen. Allerdings …«, Dieter Feldkirch zögerte, »ich muss Sie bitten, sich morgen umzuziehen. Sie haben nicht zufällig eine passende Gewandung dabei?«

Carsten und Sven schauten sich ratlos an und schüttelten dann unisono den Kopf.

Dieter Feldkirch lächelte: »Das macht gar nichts. Da findet sich was. Melden Sie sich einfach an Kassenhäuschen 1, dort werde ich alles Nötige für Sie hinterlegen. Und nun – Gott zum Gruße die Herren.«

Morgen würde er den Tag genießen, so wie er in den letzten Monaten jedes Turnier genossen hatte. Er liebte die Aufmerksamkeit der Zuschauer, den Spaß mit den anderen Kämpfern und die Nächte in seinem Zelt, wenn wieder einmal eines von diesen rittergeilen Weibern zu ihm ins Feldbett stieg. Wolfgang Schmertbach seufzte zufrieden. Er schlenderte zwischen den aufgebauten Zelten umher. Ein paar Zelte waren bereits besetzt, das war die Ruhe vor dem Sturm, der hier in den kommenden zwei Tagen herrschen würde. Als er an der Holzkapelle vorbeikam, hörte er von drinnen ein metallisches Scheppern. Schmertbach blieb stehen und lauschte. Nichts, alles war still, wahrscheinlich hatte er sich getäuscht. Er wollte gerade weitergehen, als ihm auffiel, dass die Tür einen Spaltbreit aufstand. Schmertbach runzelte nachdenklich die Stirn. Erst jetzt fiel ihm auf, dass hier gar kein Mitarbeiter von der Security herumstand. Entschlossen ging er auf die Tür zu. Er hatte sich schon am Nachmittag nach seiner Ankunft umgezogen, deshalb trug er auch ein sogenanntes »Langes Messer« am Waffengürtel. Eine Waffe mit einer fast 70 Zentimeter langen Klinge, die er sich geschärft hatte. Nicht so ein Turnierspielzeug.

Mit einer geschmeidigen Bewegung zog Schmertbach seine Waffe. Innerhalb von Sekunden verwandelte sich der Elektroinstallationsmeister Schmertbach in den Ritter von Wolfenstein, Schwertkämpfer und mehrfacher Turniersieger. Wenn da jemand in der Kapelle war, dann würde der gleich sein blaues Wunder erleben.

Mit einem Ruck riss Wolfgang von Wolfenstein die Eichentür auf und sprang, die Klinge stoßbereit in der Hand, in den Raum. Ein paar Wachskerzen beleuchteten hier alles nur spärlich, doch das Licht reichte, um den Schatten am anderen Ende des Raumes zu sehen. Der Schatten eines Mannes, wie Wolfgang sofort erkannte.

»He, du da. Keinen Schritt …«

Ein metallisches Schnappen unterbrach seinen Satz. Ein Schlag gegen die Brust ließ ihn zurücktaumeln, ein brennender Schmerz war das Letzte, was Wolfgang von

Wolfenstein spürte. Seine Waffe glitt ihm aus der kraftlosen Hand und fiel polternd auf den Boden.

Als sich Carsten und Sven am nächsten Morgen dem Festplatz näherten, trauten sie ihren Augen nicht. Schon gestern hatte hier geschäftiges Treiben geherrscht, jetzt wimmelte es nur so vor Besuchern. Die Sattelschlepper und Gabelstapler waren natürlich längst verschwunden. Sie hatten Buden, Turnierzelten, Pferdekoppeln und drei Ritterlagern Platz gemacht. Vor etlichen Zelten stiegen dünne Rauchsäulen von Kochfeuern empor. Es war zwar erst kurz nach neun, aber der Geruch von Grillfleisch wehte bereits durch die Luft. »Meine Fresse, so groß hab ich mir das nicht vorgestellt«, entfuhr es Carsten.

»So groß und so voll«, ergänzte Sven. Er verstand jetzt, warum Dieter Feldkirch Bedenken bezüglich ihrer Kleidung gehabt hatte. Soweit er es übersehen konnte, gab es hier auf dem Platz keinen, der nicht mittelalterlich angezogen war.

»Willkommen bei unserem Spectaculum. Doch was muss ich mit Bedauern sehen, Ihr tragt die falsche Kleidung, edle Herren«, aus einem Holzhäuschen war ein Mann getreten, der mit Wollhosen, Stulpenstiefeln, Wams und grüner Wollgugel gekleidet war. Bevor Sven und Carsten antworten konnte, lächelte ihr Gegenüber: »Das aber soll Eure Freude an diesem Tag nicht stören, gegen ein geringes Handgeld könnt Ihr dort im großen Zelt zumindest eine Wollkotte ausleihen.«

»Carsten Weller und Sven Drohmke. Dieter Feldkirch sagte uns …«

»Ah, alles klar«, mit einem Schlag war alles Salbungsvolle aus der Stimme des Mannes verschwunden, »die Gäste vom Chef. Sie müssen natürlich nicht löhnen, gehen Sie rüber zum Zelt und sagen Sie, der Günni hätte Sie geschickt, die wissen dann Bescheid.«

Ohne ihre Antwort abzuwarten, richtete Günni seine Aufmerksamkeit auf die nächsten Besucher. »Willkommen bei unserem Spectaculum. Trefflich seht Ihr aus. Darf ich um das Weggeld von zehn Euronen je Nase bitten.«

Carsten grinste Sven an, dann verschwanden sie im Zelt. Zehn Minuten später grinste Carsten immer noch, allerdings diesmal über den gequälten Gesichtsausdruck seines Kollegen.

»Stattlich seht Ihr aus, edler Herr«, ahmte er Günnis Tonfall nach.

Sven schaute an sich herunter. Er trug enge, kratzige Wollstrumpfhosen mit einem roten und einem blauen Bein, dazu Schnabelschuhe, die aussahen, als hätte er sie einem toten Clown von den Füßen gerissen. Eine lange bis zum Oberschenkel reichende Jacke, ein breiter Gürtel und ein dunkelblaues Barett vervollständigten seine Ausstattung. »Ein Wort in der Firma, ein Foto mit dem Handy, und du bist ein toter Mann, Carsten Weller.«

»Würde mir nie einfallen, allein der Anblick deiner Schuhe hat sich mir bis an mein Lebensende ins Gedächtnis gebrannt und wird mir Aufheiterung in dunklen Stunden sein. Du siehst aus, als kämst du direkt von den Dreharbeiten zu ›Helden in Strumpfhosen – Teil 2‹. Pass auf, die Mädels werden sich gar nicht losreißen können von deinem Anblick.«

»Na toll, du musst den Kram ja auch nicht tragen, du bist mit deiner Mönchskutte über den Jeans fein raus.«

»Wer wollte denn losen? Was kann ich dafür, dass Feldkirch nur eine Kutte zurückgelegt hat«, antwortete Carsten lachend.

Jetzt musste auch Sven grinsen. »Also gut. Jetzt sind wir passend angezogen, mischen wir uns also unter das Volk und prüfen wir die Sicherheitsvorkehrungen.«

Der schrille Schrei einer Frau schnitt ihm das Wort ab.

Aus dem Schrei wurde ein hysterisches Kreischen und aus den friedlich umherschlendernden Besuchern eine Menschenmasse, die voller Panik davonstürzte.

Sven und Carsten schauten sich überrascht an, dann rannten sie los Richtung Holzkapelle, dahin, wo die Schreie herkamen.

»Der Wolfgang. Der arme Wolfgang, ich kann es immer noch nicht glauben. Wolfgang von Wolfenstein, mein Champion, tot, brutal aus dem Leben gerissen.« Dieter Feldkirch schüttelte den Kopf, als wolle er die letzten drei Stunden nicht wahrhaben.

Sie saßen zu dritt in seinem Wohnmobil. Die Polizei hatte den Tatort gesichert, die ersten Aussagen aufgenommen, ganz sicher würden alle Verantwortlichen noch einmal ins Polizeipräsidium bestellt werden.

Carsten und Sven musterten Feldkirch. »Der Sicherheitsdienst hat angegeben, dass er weder bei seiner Runde um 22 Uhr noch bei den darauffolgenden Kontrollrunden etwas bemerkt habe. Trotzdem hat der Datenspeicher an der Tür aufgezeichnet, dass um 22:05 Uhr die Eingangstür geöffnet wurde. Kurze Zeit später muss Wolfgang Schmertbach gestorben sein. Können Sie sich vorstellen, was er in der Kapelle wollte?«, fragte Sven.

Feldkirch schaute hoch. »Ich habe keine Ahnung. Und es ist im Moment auch mein kleinstes Problem, über Wolfgangs Gründe nachzudenken. Ich musste den Festplatz räumen lassen, die Veranstaltung ist abgesagt. Was mich das alles kostet, will ich gar nicht zusammenrechnen, vom Imageschaden ganz zu schweigen. Vor allem aber sind die beiden Kugelschnepper gestohlen, fort, weg, verschwunden. Gott, wie soll ich das nur dem Besitzer erklären? Wie soll ich …« Feldkirch brach ab, griff zu einem Glas, in dem eine bernsteinfarbene Flüssigkeit schwappte, und stürzte den Inhalt des Glases in einem Zug hinunter.

»Nun ja, was die Versicherung betrifft, haben Sie ja uns«, erklärte Carsten.

»Geld! Als ob man solche Kostbarkeiten mit Geld ersetzen könnte«, stöhnte Feldkirch.

Sven schaute Carsten fragend an, der zuckte nur mit den Schultern. Darauf zog Sven ein Notizbuch und einen Stift heraus. »Herr Feldkirch, wenn es Ihnen nichts ausmacht, würde ich Ihnen gern noch für unseren Untersuchungsbericht ein paar Fragen stellen.«

Ohne die beiden Ermittler zu fragen, ob sie auch etwas trinken wollten, griff der Angesprochene zu einer geschliffenen Karaffe und goss sich ein weiteres großzügiges Glas ein. »Bitte, wenn es sein muss, obwohl die Polizei ja schon alles weiß.« Feldkirch stürzte auch dieses Glas auf Ex hinunter.

»Zunächst einmal eine ganz banale Frage«, begann Sven, »wo waren Sie gestern Abend? Alleine hier im Wohnmobil?«

Feldkirch seufzte erneut, bevor er antwortete: »Ach so, Sie wollen wissen, ob ich ein Alibi habe? Ob ich die Waffen gestohlen habe? Sie denken, ich will die Versicherungssumme kassieren? Mal ehrlich – glauben Sie wirklich, ich würde mich freiwillig in den finanziellen Ruin stürzen? Dieses Spectaculum sollte der Auftakt zu einer Reihe von Events werden, die ihresgleichen suchen, das sollte mein Durchbruch werden! Aber bitte, wenn Sie es genau wissen wollen. Ich bin am frühen Abend spazieren gegangen, war drüben beim **Burgweiher**. Ein wunderschönes Plätzchen, um einfach mal abzuschalten. Und dann bin ich zur **Abtei Himmerod** gefahren und habe dort in der Klostergaststätte gegessen.« Feldkirch lächelte die beiden Ermittler schief an. »Sie sollten das Klosterbier mal probieren, das lasse ich mir nie entgehen, gestern Abend hab ich natürlich nur ein Glas getrunken. Jedenfalls gibt es dort sicher genug Zeugen, ich war nicht zum ersten Mal da. Gefahren bin ich so gegen elf Uhr, würde ich sagen. Ja und dann bin ich schlafen gegangen, allein.«

Im letzten Satz schwang schon Trotz mit. Sven entging das nicht, er schaute zu seinem Kollegen, der nickte nur unmerklich. Sven klappte das Notizbuch zu. »Danke, Herr Feldkirch, das war es auch schon. Sicher werden wir uns noch sehen.«

Feldkirch verzichtete auf eine Antwort. Er hatte schon wieder die Karaffe in der Hand.

Als die beiden Ermittler vor dem Wohnmobil standen, zupfte Sven an seinen Wollbeinlingen. »Ich werde mich jetzt erst mal umziehen und diese albernen Klamotten loswerden.«

»Und dann werden wir zum Mittagessen fahren«, erwiderte Carsten, »und zwar in der Klostergaststätte der Abtei Himmerod.«

»Hübsch ist das hier.« Carsten stand hinter dem Tor, dort wo früher einmal die Hauptpforte des Klosters gewesen sein musste. Sven hatte ein Faltblatt mit Informationen über die Abtei in der Hand. »Das Konventsgebäude da drüben wurde auf den Fundamenten des alten Klosters errichtet, das 1134 von Bernhard von Clairvaux selbst gegründet worden ist«, las Sven vor. »Das **Kloster und die Klosterkirch**e da drüben sind allerdings erst nach 1922 wieder errichtet worden, die waren im 19. Jahrhundert nur noch eine verfallene Ruine.«

»Ich verfalle gleich auch, wenn ich nicht bald etwas zu essen bekomme«, stöhnte Carsten, dessen Magen hörbar knurrte. »Komm, wir setzen uns draußen hin.«

Eine gute Stunde später lehnte sich Carsten zufrieden zurück und blinzelte in die Sonne. »Ich kann Dieter Feldkirch verstehen, das Essen war ganz hervorragend. Und du willst wirklich nicht das Klosterbier probieren, Sven? Ich fahr auch zurück, ich mach mir nichts aus Bier.«

Sven winkte nur ab. »Nee, lass mal: Ein Starkbier mir 10,5 Prozent Alkohol mitten am Tag, das ist nichts für mich.«

Carsten murmelte etwas, das wie »selber schuld« klang, und ging dann in den Gastraum, um zu bezahlen.

Als er wieder herauskam, sah er sehr nachdenklich aus. »Was ist los, hast du drinnen nach Feldkirch gefragt?«, fragte Sven.

Carsten nickte: »Die Bedienung von gestern Abend kommt erst später, wir werden wohl noch etwas warten müssen. Wollen wir uns noch umschauen?«

»Warum nicht.« Sven konsultierte noch einmal sein Faltblatt. »Das alte Bruchsteingebäude da drüben ist die **Alte Mühle**, da gibt es sogar eine Ausstellung.«

»Nee du, ich muss einfach nur mal ein paar Schritte gehen. Wie wäre es mit dem Weg da runter zum Wasser?«

»Ist mir alles recht. Das sind …«, Sven schaute noch einmal nach, »ja, das sind die Fischteiche des Klosters, die gab es schon im Mittelalter.«

Als er wieder hoch schaute, stellte er fest, dass sein Kollege schon losgegangen war, ohne weiter auf ihn zu achten. Den ganzen Weg über war Carsten ausgesprochen einsilbig. Irgendetwas schien ihn zu beschäftigen, und Sven kannte seinen Kollegen lange genug, um ihn beim Grübeln nicht zu stören.

Plötzlich blieb Carsten abrupt stehen und schlug sich mit der flachen Hand gegen die Stirn. »Himmelarsch! Natürlich!«

Bevor Sven noch etwas sagen konnte, hatte sich Carsten umgedreht und rannte den Weg zurück, den sie gekommen waren. Sven blieb nichts anderes übrig, als ihm zu folgen. Als er wieder am Klostertor angekommen war, sah er, wie Carsten grinsend aus dem **Klosterbuchladen** herauskam und sich zufrieden die Hände rieb.

»So, Sven, jetzt haben wir ihn.«

»Willst du mir verraten, wovon du redest?«

»Lass mich noch zwei, drei Sachen prüfen, dann erkläre ich es dir.«

Es war am frühen Abend, als sie wieder vor dem großen Wohnmobil standen und an die Tür klopften.

»Augenblick«, tönte es von drinnen, dann öffnete Dieter Feldkirch die Tür.

»Oh, Sie beide. Ich hatte mich gerade fertiggemacht, um zum Abendessen zu fahren.«

»Mit dem Wohnmobil?«, fragte Sven.

»Ach was, das ist mir viel zu sperrig, gerade auf den schmalen Landstraßen. Nein, wir haben immer noch ein Auto dabei, um alle Fahrten vor Ort machen zu können. Bei einem so großen Event fehlt ja immer irgendwas. Gestern hatten wir beispielsweise keine Kerzen für die

Kapelle. Zum Glück gibt es hier im Ort eine **Wachsmanufaktur** – tolle Auswahl, sehr authentisch die Kerzen. Wir können da ja schlecht Teelichter aus dem Supermarkt hinstellen. Aber Sie kommen doch sicher nicht, um mit mir übers Autofahren oder die Herausforderungen eines Mittelalterfestes zu plaudern?«

»Nein, Herr Feldkirch, wir möchten nur zwei, drei Kleinigkeiten mit Ihnen abschließend klären«, antwortete Carsten.

Dieter Feldkirch schaute demonstrativ auf seine Armbanduhr. »Also gut, aber ich hoffe, das wird nicht zu viel Zeit in Anspruch nehmen. Ich habe den ganzen Nachmittag im Polizeipräsidium verbracht und jetzt hab ich das Gefühl, dass ich wirklich jede nur denkbare Frage bereits beantwortet habe.«

»Keine Sorge, bei uns geht es ganz schnell.«

Die drei setzten sich wie schon bei ihrem ersten Besuch wieder in die großzügige Polsterecke des Wohnmobils. »Also bitte, legen Sie los«, bat Dieter Feldkirch und lehnte sich zurück.

»Eigentlich geht es deshalb ganz schnell«, erklärte Carsten, »weil wir Ihnen nur mitteilen wollten, dass unsere Versicherung alle Ansprüche abweisen wird und für den Diebstahl der beiden Waffen nicht bezahlen wird …«

Der Veranstalter wurde zuerst blass, dann dunkelrot vor Wut. »Aber … das ist doch … was fällt Ihnen ein? Die Waffen wurden mir gestohlen und sind bei Ihnen versichert, was glauben Sie, wird mein Rechtsanwalt dazu sagen?«

»Ihr Rechtsanwalt? Es ist wahrscheinlich eine kluge Idee, Ihren Rechtsanwalt einzuschalten, denn vor Ihrem Wohnmobil wird gleich die Polizei auftauchen, die wir informiert haben. Die wird Sie wegen Mordes an Wolfgang Schmertbach verhaften.«

Feldkirch schlug mit der flachen Hand auf den Tisch. »Das ist ja wohl das Absurdeste, was ich je gehört habe!«, rief er.

»Darüber können wir uns leider kein Urteil erlauben«, sagte Sven ruhig, doch in seiner Stimme klang ein bedrohlicher Unterton mit, »aber ich denke, wenn Sie alles gestehen, wird das den Richter sicher milder stimmen. Vielleicht kommen Sie sogar mit Totschlag davon.«

»Sie verlassen jetzt auf der Stelle mein Wohnmobil! Ich bin nicht bereit, mir noch länger diesen Unfug anzuhören. Wie kommen Sie nur auf diese Anschuldigungen?«

»Das ist genau die Frage, auf die ich gewartet habe.« Carsten klang, als sei er wirklich hocherfreut. »Meine Oma hat immer gesagt: Wer einmal lügt, dem glaubt man nicht. Wussten Sie, dass Menschen bei einer Lügengeschichte versuchen, möglichst viele Details einzubauen?«

»Das ist ja …«

»Ruhe, Herr Feldkirch, jetzt hören Sie mir zu.« Carsten Wellers Stimme hatte jede Freundlichkeit verloren.

»Sie haben uns erklärt, dass Sie in der Abtei Himmerod zu Abend gegessen und auch das Klosterbier getrunken haben. Nur das Klosterbier wird schon seit zwei Wochen nicht mehr ausgeschenkt, weil beim letzten Brauen die Gärung nicht gelungen ist. Jetzt dauert es wieder vier Wochen, bis eine neue Lieferung kommt. Das hätten Sie sicher auch erfahren, wenn Sie beim Essen das Bier bestellt hätten. Aber wie mein Kollege Drohmke heute Mittag schon sagte: 10,5 Prozent Alkohol und Autofahren ist so eine Sache. Sie wollten gestern Abend einen klaren Kopf bewahren und haben erst gar kein Bier bestellt. Nur ein Detail in einer Lügengeschichte, Herr Feldkirch. Übrigens gibt es im Moment auch kein Bier im Klosterladen zu kaufen, auch das habe ich nachgeprüft. Und weil ich mich an den Spruch meiner Oma erinnerte, dachte ich mir, wenn Sie schon beim Thema Bier lügen, wie sieht es dann wohl mit den anderen Details aus? Das war übrigens gar nicht mal so schwer.«

Carsten schaute Feldkirch herausfordernd an, doch der presste nur trotzig die Lippen zusammen.

»Also gut, dann fasse ich das mal kurz zusammen: Der Markt für Mittelalter-Events boomt, aber das hat Ihnen nicht gereicht. Sie wollten ja das ganz große Ding drehen. Das Startkapital kam aus der Versicherungssumme, die Sie für die Einbrüche und den Vandalismus im letzten Herbst bekommen haben. Das brachte Sie auf die Idee, eine noch größere Summe zu kassieren. Sie stahlen selbst die beiden Kugelschnepper und wollten die Versicherung für den Diebstahl bluten lassen. Ich wette, Sie haben längst einen reichen Sammler an der Hand, der bereit ist, die Waffen zu kaufen, ohne nach deren

Herkunft zu fragen. Für die hohe Summe musste natürlich alles besonders gesichert sein. Dass nur die Sicherheitsfirma den Alarmcode besitzt, ist übrigens auch eine Lüge, noch so ein unnötiges Detail. Nun ja, fast noch wichtiger war der Türalarm, da passte es doch gut, dass Sie sich mit Wolfgang Schmertbach angefreundet hatten. Die Firma Schmertbach hat nämlich die Alarmanlagen geliefert. Und Ihr ›Champion‹ Schmertbach war sicher auch arglos, als er Ihnen erklärt hat, wie man die Uhrzeit des Alarmsystems einstellt. So konnten Sie sich eine Uhrzeit aussuchen, die zu Ihrem Alibi passte. Die Tür wurde nicht um kurz nach 22 Uhr, sondern tatsächlich erst nach 23 Uhr geöffnet. Sie kamen aus Himmerod, haben die Runde des Wachdienstes abgepasst – die Routine hatten Sie schließlich selber festgelegt –, und die beiden Kugelschnepper aus der Vitrine genommen. Als Sie draußen ein Geräusch hörten, spannten und luden Sie eine der Waffen. Sie konnten ja nicht ahnen, dass ausgerechnet Ihr Freund Schmertbach mit einem Schwert in der Hand in den Raum stürzen würde. Vielleicht wollten Sie ihn ja nur verwunden oder einschüchtern, aber das ging gründlich daneben. Sie gerieten in Panik, ließen den Toten, wo er war, und verschlossen wieder die Tür. Als dann morgens die Kapelle für die Besucher geöffnet wurde, fand man die Leiche.«

Dieter Feldkirch saß in den Polstern wie ein nasser Sack. »Ich wollte … ich wollte Wolfgang nicht umbringen, das müssen Sie mir glauben, der Abzug … alles ging so schnell«, stammelte er.

»Erklären Sie das der Polizei und dem Richter«, sagte Sven und stand auf, »uns sagen Sie jetzt, wo die beiden Waffen sind.«

Feldkirch deutete mit dem Kopf auf den hinteren Teil des Wohnmobils. »Drüben im unteren Schrank.«

Während Sven nach hinten ging, um die gestohlenen Waffen zu holen, stand Carsten auf.

Er schaute auf den bleichen und zitternden Veranstalter herunter.

»Und alles nur, weil Sie vernünftigerweise kein Starkbier bestellt haben, aber damit angeben mussten.«

Das historische Burgenfest

findet jedes Jahr traditionell am letzten Augustwochenende statt. Hier gibt es einen Handwerkermarkt und ein Ritterlager.
Fechtkunst und Turnierkampf werden auf der Turnierwiese vorgeführt. Puppenspieler, Magier, Jongleure, Geschichtenerzähler und Musiker sorgen für Unterhaltung. Kurz: auf dem historischen Burgenfest in Manderscheid wird das Mittelalter, die Zeit der stolzen Ritter und edlen Burgdamen, wieder lebendig. Informationen unter www.burgenfest.info.

Die Oberburg

In Manderscheid trafen zwei Herrschaftsgebiete aufeinander: das Kurfürstentum Trier und das Herzogtum Luxemburg. Das ist auch der Grund dafür, dass es hier gleich zwei bedeutende Burganlagen gibt. Die ältere der beiden Burgen ist die Oberburg, die Anfang des 12. Jahrhunderts auf einer Bergspitze erbaut wurde. Um das Jahr 1147 kam sie dann in den Besitz des Erzbischofs von Trier. Sie sollte über Jahrhunderte hinweg die Ansprüche des Kurfürsten sichern. 1673 wurde die Oberburg von französischen Truppen zerstört. Die Burgruine ging 1921 in den Besitz der Stadt Manderscheid über und ist heute frei zugänglich. Sie bietet durch ihre Lage einen wunderbaren Überblick auf die Landschaft des Liesertals.

Die Niederburg

Die Niederburg ist lediglich durch das Flusstal der Lieser von der Oberburg getrennt. Den scheinbaren strategischen Nachteil, dass sie tiefer als die Oberburg liegt, machte die Niederburg dadurch wett, dass sie praktisch das komplette Umland und damit die Versorgung der Oberburg kontrollieren konnte. 1173 wird die Niederburg erstmals in einer Urkunde erwähnt. Sie war der Stammsitz der Grafen zu Manderscheid, die als Vögte auf dem luxemburgischen Hoheitsgebiet regierten. Französische Revolutionstruppen, die 1794 in das Gebiet um Manderscheid einmarschierten, zerstörten die Burganlage. 1899 übernahm dann der Eifelverein die Burgruine. Von Ende März bis Oktober ist die Burganlage geöffnet. Wer möchte, kann auch Räumlichkeiten für private Feiern mieten. Informationen findet man unter www.niederburg-manderscheid.de.

Heimatmuseum

Ein Modell der beiden Burganlagen kann man im Heimatmuseum Manderscheid ansehen. Das Museum präsentiert die Geschichte der Stadt und der Region Manderscheid, aber auch den Alltag der

Menschen. Gezeigt wird unter anderem eine typische Eifler Bauernküche, eine Spinn-Webstube und eine Schusterwerkstatt. Die aktuellen Öffnungszeiten erfährt man u.a. bei der Tourist-Information Manderscheid und im Internet unter www.gesundland-vulkaneifel.de.

Das Maarmuseum

Wie bereits erwähnt, bietet das Maarmuseum seit 1999 alles Wissenswerte rund um die Entstehung der Eifel-Maare und den aktuellen Stand der Maare-Forschung.

Zu den Highlights des Museums gehören ohne Zweifel das begehbare Modell eines Maares sowie die berühmten Fossilien – das »Eckfelder Urpferdchen« und die »älteste Honigbiene der Welt«. Informationen und Öffnungszeiten unter www.maarmuseum.de.

Die Steinkiste

ist die private Sammlung von Hans Stölben, der seit 30 Jahren Gesteine, Mineralien und Fossilien aus der ganzen Welt zusammenträgt. Der gelernte Maschinenbauingenieur präsentiert in seiner Sammlung rund 1.500 Exponate. Stölben, der mittlerweile über 80 Jahre alt ist, erklärt bei Führungen den Besuchern anhand seiner Steine den Aufbau und die Entstehung der Erde. Die aktuellen Öffnungszeiten der Steinkiste findet man im Netz unter www.gesundland-vulkaneifel.de.

Puppen- und Spielzeugmuseum Laufeld

Knapp sieben Kilometer östlich von Manderscheid liegt Laufeld. Im Puppen- und Spielzeugmuseum werden Puppen aus Wachs, Holz, Porzellan und Zelluloid präsentiert. Die ältesten Exemplare stammen aus der Mitte des 19. Jahrhunderts. Aber im Museum kann man nicht nur Puppen bewundern, sondern auch Puppenstuben und Kaufläden, Holz- und Blechspielzeug. Darüber hinaus gibt es ständig wechselnde Sonderausstellungen. Und wer eine Pause machen möchte, kann im Puppenmuseum auch Kaffee und hausgemachten Kuchen genießen. Informationen unter www.puppenmuseum-laufeld.de.

Der Burgweiher

Der Burgweiher wird von dem Flüsschen Lieser gespeist. Das Wasser wird über einen Kanal dorthin geleitet, fließt durch einen Vorweiher in den Hauptweiher und von dort zurück in den Fluss. Wann genau der Burgweiher entstanden ist, ist unbekannt. Sicher aber wurde er im Zusammenhang mit der Nieder- bzw. der Oberburg angelegt. Zu Fuß erreicht man den Burgweiher von der Niederburg aus in gut zehn Minuten. Heute wird der Weiher von Anglern genutzt. Er ist aber, mitten

im Wald gelegen, vor allem ein Ort, der Stille ausstrahlt.
Nicht umsonst wurde der Burgweiher in die Liste der Naturdenkmäler von Rheinland-Pfalz aufgenommen.

Die Abtei Himmerod

Rund zehn Kilometer südlich von Manderscheid liegt die Abtei Himmerod im Salmtal. Sie gehört zu den beiden deutschen Klöstern, die vom Hl. Bernhard von Clairvaux selbst gegründet wurden. Auf seiner Reise 1134 nach Bamberg legte er zusammen mit dem damaligen Trierer Erzbischof Albero das Salmtal als Ort für die Klostergründung fest. Während die ersten Mönche den Platz für die Abtei rodeten, wohnten sie auf dem kleinen Gut des Bauern Haimo, das den Namen Haymenrode trug, daher wohl auch der spätere Name der Abtei. Um die wirtschaftliche Selbstständigkeit der Mönche abzusichern, erhielt Himmerod bereits bei der Stiftung umfangreiche Schenkungen, darunter Weingüter an der Mosel und am Rhein.
Im Jahr 1802 endete zunächst die Geschichte der Abtei, die französische Regierung löste das Kloster auf, die Mönche verließen Himmerod. Die Klosteranlage zerfiel und wurde als Steinbruch genutzt. Am 29. Oktober 1919 aber wurde das Gut Himmerod von Trappistenmönchen zurückgekauft. Drei Jahre später begannen auf Wunsch des damaligen

Trierer Bischofs Zisterziensermönche aus dem Westerwald mit der Neugründung des Klosters, dessen offizielle Wiedereröffnung im Oktober 1922 gefeiert wurde.

Das Konventgebäude und die **Klosterkirche** wurden auf den Fundamenten der alten Gebäude neu errichtet.

Im Kloster werden auch regelmäßig Seminare angeboten, der Gästeflügel bietet Übernachtungsmöglichkeiten mit Vollpension an.

In der Klostergaststätte kann man besagtes Starkbier probieren. Im **Klosterladen, der Buch- und Kunsthandlung,** werden, neben Büchern, Ikonen und Krippen auch ein selbst gebrannter Klosterlikör und das Abteibier verkauft.

Die **Alte Mühle** ist eines der wenigen Gebäude auf dem Klostergelände, das noch aus dem Mittelalter erhalten geblieben ist. Im Erdgeschoss des Bruchsteinhauses gibt es eine Kunstausstellung. Im Ober- und Dachgeschoss wird die Geschichte der Zisterzienser vorgestellt.

Auf dem Abteigelände gab es schon im Mittelalter große Fischteiche, um die Klosterküche zu bereichern. Die Teiche gibt es immer noch, und man kann ganz hervorragend geräucherten Fisch in der Fischerei hinter der Alten Mühle kaufen.

Informationen zur Abtei findet man unter www.abteihimmerod.de.

Kerzen- und Wachsmanufaktur Moll

bietet in Manderscheid nicht nur verzierte Festtagskerzen für Taufen, Kommunion und Jubiläen an, sondern auch Figuren aus Wachs oder Kerzen, die in gemahlener Lava gegossen wurden. Aber man kann hier nicht nur Kerzen kaufen, sondern auch erleben, wie sie hergestellt werden. Dafür gibt es Werkstattführungen. Und wer die Kerzenherstellung einmal selbst ausprobieren möchte, kann verschiedene Workshops besuchen.

Informationen zu den Workshops und Öffnungszeiten unter www.kerzenmoll.de.

Ulmen

Schon von der Autobahn A 48 kann man einen Blick auf das Ulmener Maar und die Stadt Ulmen werfen.

Für mich ist die Stadt immer der Startpunkt in die Eifel. Lange Zeit verband ich allerdings mit dem Namen Ulmen zunächst einmal die Person des Heinrich von Ulmen. Der Kreuzritter zog während des 4. Kreuzzuges (1202-1204) nach Konstantinopel und brachte von dort etliche kostbare Reliquien zurück in die Eifel. Unter anderem ein Reliquiar, das Teile des Kreuzes Jesu enthielt.

Diese Kostbarkeit kann man heute immer noch in der Limburger Domschatzkammer bewundern. Sie hat die Jahrhunderte überdauert, anders als die Burg des Heinrich von Ulmen. Von ihr sind nur noch Mauerreste erhalten geblieben.

Bereits gut 200 Jahre vor Heinrich von Ulmen, 1074, wird die Stadt Ulmen das erste Mal urkundlich erwähnt. Doch das ist natürlich nur die erste »offizielle« Erwähnung, bereits Römer und Kelten siedelten hier, und nahe der Burg wurden Gräber aus der Merowingerzeit gefunden.

Die Truppen des französischen Königs Ludwig XIV. eroberten zweimal Ulmen und legten Brände.

Nach einem Brand im Jahr 1831 diente dann die Burg als Steinbruch. Für den Wiederaufbau der zerstörten Häuser nutzte man die Steine der Burg. Kein Wunder also, dass von dem ehemaligen Herrschaftssitz nur noch ein paar Reste erhalten geblieben sind.

Heute ist die Stadt Ulmen ein anerkannter Erholungsort. Wandern kann man hier ganz hervorragend, in den letzten Jahren ist Ulmen Ziel und Ausgangspunkt vieler Wanderrouten geworden und hat eigene Themenpfade angelegt.

Informationen zur Stadt und ihren Angeboten erhält man beim:

Verkehrsverein Ulmen e.V.
In der Lay 4
56766 Ulmen
Tel.: 02676-952800
www.verkehrsverein-ulmen.de

TREFFEN SICH ZWEI JÄGER

»Ich habe meinen Bruder schon damals gewarnt. Aber nein, er fand diesen Unsinn aus deinem komischen Studium immer gut. Wirtschaftsstudium – wenn ich das schon höre. Verschwendung nützlicher Lebenszeit ist das, sonst nichts. Nur weil du in einem Hörsaal gesessen und wissenschaftlichen Unfug angehört hast, bist du noch lange kein Kaufmann. Dafür benötigt man Erfahrung, Verhandlungsgeschick und ein Gespür für die richtigen Preise.«

»Aber Onkel Hans, ich habe dir doch bloß klar machen wollen, dass wir im Moment für die Transportkisten aus Köln mehr ausgeben, als wir den Kunden dafür berechnen. Auf diese Weise werden wir nie Gewinn …«

»Pah, das lass mal meine Sorge sein, Jungchen. Wir haben schon immer in Köln die Verpackungskisten gekauft, was soll daran schlecht sein? Oder steckt da etwa der Trottel dahinter? Hat er dich zu mir geschickt mit diesen ganzen Tabellen und Diagrammen, um mich zu verwirren? Aber das wird ihm nicht gelingen.«

Hans Jessen verzog angewidert das faltige Gesicht und strich sich ein paar lange weiße Haarsträhnen aus der Stirn. Er war hager, trug wie jeden Tag einen dunkelblauen Samtanzug, der vor Jahrzehnten für einen wesentlich fülligeren Hans Jessen geschneidert worden war. »Hier«, er raffte wütend die Blätter vor sich zusammen und warf sie Tobias vor die Füße, »hier, nimm den Mist und sieh zu, dass du dich endlich als nützlich erweist. Dafür zahlen wir dir schließlich ein fürstliches Gehalt. Anstatt mir den Tag mit dummen Statistiken zu versauen, könntest du endlich die beiden Verträge mit diesen Parks klarmachen.«

»Sowohl der **Eifelpark in Gondorf** als auch der **Wild- und Erlebnispark in Daun** haben sich noch nicht entschieden«, erwidert Tobias Jessen ruhig.

»Dann sorg endlich dafür, dass sie sich entscheiden, du Trottel.«

Hans Jessen stand auf, stieß wütend den Bürostuhl zurück und stampfte mit einem giftig hingeworfenen »Ich mach jetzt Mittag« aus dem Zimmer.

Tobias Jessen kochte innerlich vor Wut. Mit zitternden Händen sammelte er die Papiere vom Boden auf. Mittlerweile liefen die wöchentlichen Besprechungen mit seinem Onkel immer gleich ab: Er legte ihm Zahlen und Fakten vor, und Onkel Hans wurde stocksauer, dann beleidigend und ausfallend. Meistens endete es damit, dass er seinen Geschäftspartner Friedrich Galle hinter allem vermutete. Oft mit dem Hinweis, dass er, Tobias Jessen, viel zu wenig im Kopf habe. Na herzlichen Dank auch, dachte Tobias verbittert.

Die Spedition »Jessen & Galle« gab es jetzt schon seit 40 Jahren in Ulmen. Aber wenn sie weiter so wirtschafteteten, würden sie die nächsten 24 Monate nicht überleben. Dass es während der letzten Jahre überhaupt noch funktioniert hatte, war eigentlich schon ein Wunder für sich. Niemand hätte sagen können, wann und vor allem warum aus den beiden Freunden und Geschäftspartnern Hans Jessen und Friedrich Galle erbitterte Feinde geworden waren. Noch weniger konnte irgendjemand im Ort verstehen, dass die beiden trotzdem ihre Firma weiter gemeinsam betrieben, und wie das überhaupt möglich war. Zum Teil lag das sicher an den langjährigen treuen Kunden und an der internen Arbeitsteilung. Hans Jessen kümmerte sich um die Verträge, Friedrich Galle war für die Lkws und das Personal verantwortlich. Beide gingen einander aus dem Weg, allerdings schienen beide auch nicht die Schwierigkeiten zu sehen, in die die Firma nach und nach hineinrutschte. Grundlegende Entscheidungen waren schon seit Jahren nicht mehr getroffen worden. Ein klassisches Beispiel für einen Investitionsstau, dachte Tobias. Er sah die Probleme und kassierte für seine Warnungen regelmäßige Brüllattacken von beiden Firmenchefs. Dummerweise hatte er sich vor dem Tod seines Vaters dazu überreden lassen, in die Firma einzusteigen. Auf dem Papier war er sogar Geschäftsführer, aber das entsprach überhaupt nicht der Realität. Wenn ich nicht das Geld bräuchte, um Mutters Pflegerin zu bezahlen, ich wäre hier längst über alle Berge. Ja, er brauchte das Geld. Tobias schüttelte resigniert den Kopf. So konnte es nicht weitergehen. Die Besprechung heute war besonders unangenehm gewesen. Er hatte seinem Onkel erklären wollen, dass die langjährige Praxis, Transportkisten in Köln statt bei einem neuen Lieferanten in dem nur rund 20 Kilometer entfernten Daun zu kaufen, unrentabel war. Doch seine Kostenberechnungen und Rabattverhandlungen waren für die Katz gewesen. Und was noch schlimmer war – Friedrich Galle würde ihn ebenfalls nur anschreien. In dessen Augen trug Tobias erstens den falschen Nachnamen und hatte zweitens vom Transportgeschäft keine Ahnung. So oder so, er würde bei den Alten auf Granit beißen. Nur in einem konnte er sich sicher sein. Beide, sowohl Hans Jessen als auch Friedrich Galle, würden ihn dafür verantwortlich machen, wenn am Quartalsende die Geschäftszahlen nicht so aussahen, wie die beiden Firmeninhaber sich das vorstellten.

Willkommen bei Gift & Galle. Insgeheim hatte er die Spedition schon vor Monaten umgetauft.

Zum Glück gab es Miriam.

»Du darfst dir nicht alles gefallen lassen, Tobias.«

Miriam Irschbach war der zweite Grund, warum er noch nicht das Weite gesucht hatte und immer noch in Ulmen blieb. Miri war seit drei Jahren als Sekretärin bei Jessen & Galle. Tobias hatte sich schon am ersten Tag in sie verliebt. Er konnte es gar nicht glauben, dass diese Frau mit dem Aussehen einer blonden Göttin bei einer angestaubten Spedition in der Eifel arbeiten wollte. Mit ihren Fremdsprachenkenntnissen, dem Uni-Abschluss und ihrem Aussehen hätte sie in München, Frankfurt oder Berlin jede Stelle haben können. Aber sie kam aus Utzerath und wollte gar nicht weg aus der Eifel, sondern war froh, dass sie nach ihrem Studium wieder zurückkehren konnte.

»Du hast gut reden, Miri. Zu dir sind die beiden Alten ja handzahm. Aber ich krieg immer die Schläge.« Tobias seufzte und setzte sich auf die Schreibtischkante. »Mit Samstag ist aber alles klar – oder? Du hast doch unsere Verabredung nicht vergessen? Ich habe extra bei **Kucher's Landhotel** einen Tisch bestellt.« Tobias freute sich seit Tagen auf den Abend mit Miriam, sie gingen schließlich nicht jeden Tag aus. Außerdem wollte er das exquisite Weinangebot bei Kucher's genießen. Nicht umsonst war Martin Kucher 2011 als Sommelier des Jahres ausgezeichnet worden.

»Natürlich nicht, Liebling, wie könnte ich unseren Jahrestag vergessen!« Miriam lächelte Tobias an. Seit einem Jahr waren die beiden ein Liebespaar. Tobias konnte sein Glück immer noch nicht fassen, dass diese Traumfrau ihn liebte.

»So, Tobias, jetzt aber zurück zum Geschäft. Das **Nostalgikum** in Uersfeld will neue Exponate abholen lassen. Du musst das dringend mit Herrn Galle besprechen.«

Tobias Jessen verdrehte die Augen. Er hatte das Nostalgikum vor Wochen besucht. Das Erlebnismuseum in der ehemaligen Jungenschule zeigte in seiner Ausstellung das Leben der einfachen Leute in den 40er-, 50er- und 60er-Jahren. Im Museum gab es einen Tante-Emma-Laden, eine Schulklasse und einen Friseur. Eine neue Einrichtung bedeutete, dass Hunderte von Kleinigkeiten sorgfältig aufgelistet und verpackt werden mussten. Er wusste genau, was da auf ihn zukam, weil er einen ähnlichen Auftrag bereits für das örtliche **Schulmuseum** abgewickelt hatte – und das war kein Zuckerschlecken gewesen.

Mit den neuen Transportkisten wäre das alles einfacher, weil die sich viel besser beladen lassen, dachte Tobias verbittert, aber daran war wohl noch lange nicht zu denken. Er nahm den Auftragszettel von Miris Schreibtisch und machte sich auf den Weg, um sich von Friedrich Galle anbrüllen zu lassen.

Als er Galles Büro betrat, musste er feststellen, dass sein zweiter Chef gar nicht da war. Galle hatte sich, ohne Bescheid zu sagen, wohl in die Mittagspause verabschiedet. Tobias ging um den großen Eichenschreibtisch herum und schob mit der Hand auf der Schreibunterlage einen Platz frei, um den neuen Auftrag gut sichtbar zu platzieren. Dabei rutschte die grüne Lederunterlage zur Seite und gab die Ecke eines Briefes frei. Tobias konnte nicht sagen, warum er plötzlich neugierig wurde, vielleicht, weil ihm das Logo eines bekannten Notars auffiel. Vorsichtig zog er den Brief hervor und überflog das Schreiben. Er las den gesamten Text zwei Mal, dann ließ er das Blatt sinken. Das durfte doch alles nicht wahr sein!

Wenn er den Kopf frei haben wollte, dann spazierte er am **Ulmener Maar** entlang. Oder er setzte sich auf eine Bank am **Jungfernweiher** und beobachtete die Vögel. Die Stille in der Natur tat ihm gut, hier in der Eifel hatte er das Wandern für sich entdeckt. Miriam teilte seine Begeisterung. Sie waren sich bei einem Ausflug auf der **Hexen, Henker und Halunken Tour**, die in Ulmen angelegt worden war, näher gekommen. Und bei ihrer gemeinsamen Wanderung auf dem **Maare und Thermen Pfad** im Schatten der steilen Felsen des Üssbachtals hatten sie sich das erste Mal geküsst.

Heute Abend aber halfen ihm der Spaziergang und die Stille des Maars nicht weiter. Wie gern wäre er jetzt bei Miri, aber die traf sich mit zwei Freundinnen und hatte keine Zeit für ihn. Seine Gedanken machten Sprünge, drehten sich im Kreis, es war, als hätte er einen doppelten Westkorn intus. Der hochprozentige Kornbrand aus der **Brennerei in Rockeskyll** war zwar zur Zeit sein Lieblingsabsacker, aber er wusste auch, dass er seine Sorgen jetzt nicht im Alkohol ertränken konnte. Was sollte er nur tun?

Sehnsüchtig schaute er zur **Burgruine** hinüber. Der Kreuzritter Heinrich von Ulmen hatte sicher genügend Mumm in den Knochen gehabt, um sich gegen Tyrannei und Unterdrückung zur Wehr zu setzen.

Tobias Jessen beschloss an diesem Abend, dass es genug war. Es reichte, er hatte die Nase voll, er würde es nicht mehr hinnehmen, dass seine Arbeit mit Füßen getreten wurde. Vor allem nicht jetzt, wo er Friedrich Galles Plan kannte. Der Alte wollte tatsächlich seine Geschäftsanteile an »Deusen und Söhne« verkaufen, ihren größten Konkurrenten. Tobias konnte sich ausrechnen, was Deusen mit ihrer Firma tun würde. Man würde sie schlucken, sich die größten Kunden wie Rosinen aus einem Kuchen picken und den Rest den Bach runtergehen lassen. Onkel Hans hatte einem modernen Management wie dem von Deusen nichts entgegenzusetzen. Die konnte er nicht anbrüllen und als unfähig beschimpfen. Die würden Hans Jessen kalt lächelnd ausbezahlen und vor die Tür setzen. Und ihn? Ihn würde man sicher auch nicht lange behalten. Wie Galle schon immer höhnte: Tobias trug den falschen Nachnamen. Sollten die ganzen letzten sieben Jahre umsonst gewesen sein? Jessen & Galle hatte durchaus noch eine Chance, lag verkehrstechnisch günstig, hatte einen Namen in der Eifel. Wenn nur die halsstarrigen Alten nicht wären! Er hatte einen guten Geschäftsplan, wie man den Laden wieder auf Vordermann bringen könnte.

Doch als der Abend in eine kühle Nacht überging, war Tobias immer noch ratlos, wie er den Geschäftsplan umsetzen könnte, und ratlos und zornig über seine Hilflosigkeit, eine Lösung zu finden.

Am nächsten Morgen begrüßte ihn Miriam mit einem strahlenden Lächeln, einem zärtlichen Kuss und der Neuigkeit, dass ihre Freundin Ute in sechs Wochen in der **St. Matthias Kirche** heiraten werde und sie die Trauzeugin werden sollte.

»Du sagst das in einem Ton, als ob ich dir besser gleich einen Heiratsantrag machen sollte«, witzelte Tobias. »Besser, du wartest nicht zu lange«, sagte Miriam mit einem Augenaufschlag, bei dem Tobias ganz heiß wurde, »aber ich möchte auf jeden Fall, dass bei meiner Hochzeit die **König-Orgel** spielt …« Das Telefonklingeln unterbrach Miriam, sodass Tobias das Thema nicht weiter vertiefen konnte. Nun, immerhin wusste er nun, was er am Samstag bei Kucher's zu tun hatte. Der Tag fing jedenfalls nicht schlecht an. Als er dann noch erfuhr, dass die beiden Alten sich bis zum Wochenende frei genommen hatten, versetzte ihn das geradezu in Hochstimmung. Miriam stellte ihm den ganzen Morgen Telefonate durch, er musste etliche Angebote kalkulieren, aber immerhin blieb ihm wenigstens beim Kaffeeholen kurz Zeit, mit ihr zu plaudern.

»Weißt du, Miri, warum die beiden gleichzeitig weg sind?«

»Ja, du etwa nicht?«

»Ich hab keine Ahnung.«

»Aber Tobi, es ist August.«

Für einen Moment verstand Tobias immer noch nicht, worauf Miriam hinauswollte, erst als sie zu einem alten Hirschgeweih an der Bürowand deutete, fiel bei ihm der Groschen.

Natürlich – die Jagdsaison für Rotwild begann. Und so uneinig sich die Alten waren, diese Leidenschaft hatten doch beide, sie waren begeisterte Jäger und besaßen sogar ein gemeinsames Revier. Sicher würden sie nicht zusammen jagen, aber sie würden die nächsten Tage in ihrem Revier verbringen wie jedes Jahr Anfang August.

Als er an diesem Abend Arm in Arm mit Miri durch Ulmen schlenderte, war Tobias mit seinen Gedanken meilenweit entfernt. Und mitten in der Nacht, als er Miris leises Atmen auf der anderen Seite des Bettes hörte, wusste er, was er zu tun hatte. Es war ganz einfach. Wie bei dem Witz mit den zwei Jägern.

»Schatz, ich habe eine schlechte Nachricht, ich muss unbedingt noch das Angebot für die Krantec AG fertigmachen und rausschicken«, Tobias verzog bedauernd das Gesicht. »Aber dafür werden wir ja morgen bei Kucher's sehen, was der so auf seiner 77-seitigen Weinkarte stehen hat.«

»Sieh aber zu, dass du nicht die ganze Nacht arbeitest, das haben die beiden Alten nicht verdient.«

»Grüß du mir deine Eltern, wenn du sie nachher siehst, ja?«

Miriam nickte und küsste Tobias leidenschaftlich, bevor sie die Tür ihrer Wohnung schloss.

Als er im Auto saß, fühlte er ein erwartungsvolles Kribbeln im Bauch – es ging los. Miriam würde heute nicht mehr mit ihm rechnen. Das Angebot hatte er längst fertig und die Mail für ein zeitversetztes Versenden vorbereitet. Er hielt kurz bei der Firma an, zog sich in seinem Büro dunkle Jeans und einen schwarzen Rollkragenpullover über. Danach loggte er sich mit seinem Passwort ins Netzwerk ein. Die Login-Zeiten wurden gespeichert. Er hatte mehrere Mails geschrieben, die hintereinander versendet werden würden. Und weil sein Telefon mit dem Computer gekoppelt war, würde es auch verschiedene Anrufe geben. Alles Telefonate nach Übersee, die Angerufenen würden sich zwar wundern, nur eine Ansage zu hören, aber vor allem würden auch diese Anrufe in der Telefonliste auftauchen. Er saß am Computer, er versendete Mails und machte Anrufe, kurz, er arbeitete. Das war zwar kein wasserdichtes Alibi, aber etwas Besseres war ihm nicht eingefallen. Und hätte er sich nicht als Täter ein viel klügeres Alibi gebastelt? Natürlich! Auch das würde seine Unschuld nur unterstreichen. Er durfte natürlich nicht angerufen werden, aber es war Freitag, nach Feierabend. Keine Sau würde hier anrufen, und er könnte immer noch sagen, dass er das Telefon auf Miris Schreibtisch nicht gehört habe. Das ist eben ein Risiko, das ich eingehen muss, dachte Tobias grimmig. Als Letztes holte er sich aus dem Schreibtisch seines Onkels den Ersatzhaustürschlüssel. Onkel Hans hatte immer einen Schlüssel im Büro, sollte er sich mal aussperren. Nach Tante Klaras Tod ist Onkel Hans nie wieder der Alte geworden, schoss es Tobias durch den Kopf. Hoffentlich ist er auch wirklich schon zum Jagen unterwegs, Tobias überlief es kalt bei diesem Gedanken. Wenn sein Onkel ihn im Haus überraschte, musste er sich eine verdammt gute Ausrede einfallen lassen.

Eine Stunde später saß Tobias wieder erleichtert in seinem Auto mit einem der Jagdgewehre seines Onkels auf dem Rücksitz. Geladen. Tobias kannte sich mit Waffen aus, sein Vater war ebenfalls begeisterter Jäger gewesen. Er hatte ihn schon als kleinen Jungen mit auf die Jagd genommen. Tobias verscheuchte die Erinnerungen und konzentrierte sich auf seine Aufgabe. Er schwitzte unter den dünnen Gummihandschuhen. Es gab vieles, was schief gehen konnte.

Am Ende ging gar nichts schief.

Er hätte sich keinen besseren Ablauf wünschen können. Den Anfang machte er mit Friedrich Galle. Tobias wusste, wo dessen Hochsitz stand. Vor vier Jahren hatte Galle ihn einmal in den Wald mitgenommen. Es war längst dämmrig, als er Stellung bezog. Eine gute halbe Stunde musste er warten, dann tauchte sein Chef zwischen zwei Tannen auf. Im Gegensatz zu Hans Jessen war Friedrich Galle ein stämmiger Mann mit einem ordentlichen Bauch unter dem olivgrünen Anorak. Tobias legte an, atmete einmal tief durch, hielt dann, wie er es gelernt hatte, den Atem an und schoss. Der Schuss hallte laut durch den Wald und schreckte ein paar Wildtauben hoch. Die Lehrjahre an der Seite seines Vaters waren nicht vergeblich gewesen. Friedrich Galle war auf der Stelle tot. Tobias sprang aus seinem Versteck und rannte zu dem Toten. Was er jetzt als Erstes brauchte, war Galles Gewehr. Den Toten würde er in ein paar Minuten holen. Doch eines nach dem anderen. Zehn Minuten später war Tobias wieder in Position für den nächsten Schritt seines Plans. Von seinem Onkel wusste er, dass der an den Jagdtagen bereits früh ansaß. Sein Vater hatte mal gewitzelt, dass Onkel Hans vor allem wegen des Cognacs im Hochsitz Platz nahm und gern auch mal ein Nickerchen hielt. Durch das Zielfernrohr konnte Tobias genau die hagere Gestalt seines Onkels erkennen. Anlegen, zielen, abdrücken.

Hans Jessen sackte tot zur Seite. Tobias rannte zum Hochsitz, stieg die Holzleiter empor. Jetzt durfte er nicht schwach werden. Er musste es zu Ende bringen. Entschlossen drückte er seinem Onkel das Gewehr, mit dem Friedrich Galle erschossen worden war, in die Hände und drückte einmal ab. Ersetzte dann eine Patrone. In Krimis war doch immer von Schmauchspuren an den Händen der Täter die Rede. Keine Ahnung, ob das stimmte, dachte Tobias, aber diese Risiko werde ich nicht eingehen. Genau aus diesem Grund trug er auch einen Overall mit Kapuze und Überzieher über den Schuhen. Nur keine Spuren hinterlassen. Mit dem Gewehr, das sein Onkel ursprünglich dabeigehabt hatte, trat er den Rückweg an.

Eine Stunde später war alles erledigt. Er hatte dem toten Galle das Gewehr wieder in die Hände gedrückt. Schießen für die Schmauchspuren, Patrone ersetzen.

Dann hatte er Galle bis auf Schussreichweite zum Hochsitz seines Onkels getragen, das war Schwerstarbeit gewesen, aber es musste sein. Kurz nach Mitternacht hing das Gewehr, das sein Onkel eigentlich dabei gehabt hatte, in dessen Jagdzimmer. Als Tobias wieder in die Firma fuhr, um sich auszuloggen und alles abzuschließen, spürte er das Zittern seiner Hände. Er hatte es getan. Es war vorbei.

»Irgendwer muss es ja getan haben, und glaub' mir, noch ist das nicht vorbei.« Kriminalhauptkommissarin Claudia Meusen deutete auf die Fotos, die vor ihr auf dem Schreibtisch lagen. Ihr Kollege Martin Winkelhart zuckte nur mit den Schultern. »Ich weiß nicht, Claudia, wenn es nach den Kollegen von der Spusi geht, ist das alles wie in diesem doofen Jägerwitz gelaufen.«

»Wie jetzt?«

»Du weißt schon: Treffen sich zwei Jäger – beide tot.« Winkelhart grinste seine Kollegin an, die nur das Gesicht zu einem gequälten Lächeln verzog. »Im Ernst, Claudia, die haben keine Fremdspuren gefunden, die Schüsse wurden aus den jeweiligen Waffen abgefeuert, beide Opfer haben Schmauchspuren an den Händen. Vor allem aber: Die beiden konnten einander nicht ausstehen, waren seit Jahren verkracht.«

»Aber sie hatten eine gemeinsame Firma«, warf Claudia ein, »erzähl mir doch nicht, dass plötzlich der eine denkt, hey, heute erschieße ich meinen Partner, und der andere überlegt, noch bevor ihn die Kugel trifft, ja holla, da unten ist ja mein doofer Geschäftspartner, den knall ich ab.«

»Nee, natürlich nicht, war wohl eher so was wie ein Jagdunfall. Wie damals in Prüm, wo ein Jäger seinen getarnten Jagdfreund für ein Wildschwein gehalten hat.«

»Aber das Wildschwein saß nicht in einem Hochsitz – oder?«

»Stimmt auch wieder.«

»Gibt es denn Verwandte, irgendwelche Erben?« Claudia Meusen wusste, dass man häufig den Täter im engeren familiären Umfeld des Opfers fand.

Winkelhart blätterte in ein paar Unterlagen. »Hier steht es. Friedrich Galle war alleinstehend und ohne Familie, Hans Jessen war Witwer und hat einen Neffen, der als Geschäftsführer in der Firma arbeitet …«

»… und alles erben wird«, ergänzte seine Kollegin, »da hätten wir schon mal ein Motiv.«

»Aber hier steht auch, dass die Kollegen festgestellt haben, dass … ah, hier steht der Name … dass Tobias Jessen den fraglichen Abend in der Spedition gearbeitet hat, es gibt entsprechende Computeraufzeichnungen, Mails und sogar eine Telefonliste. Mal ehrlich, wenn Jessen der Täter wäre, hätte der sich doch ein wasserdichteres Alibi besorgt.«

Claudia Meusen nickte gedankenverloren. »Also, ein Jagdunfall …«

Das Telefonklingeln unterbrach sie. »Meusen, hallo. Ja? Was Sie nicht sagen. Oh! Sind Sie sicher? Sorry, ich wollte nicht Ihre Fachkompetenz infrage stellen, Herr Kollege. Prima. Ja, danke.«

»So, Martin, auf geht's. Das war Dr. Schäfers, der die Obduktion gemacht hat, und du glaubst nicht, was der herausgefunden hat. Wir werden jetzt mal den Neffen besuchen.«

»Aber ich habe hier den ganzen Abend gesessen und gearbeitet«, erklärte Tobias Jessen.

»Verstehe.« Claudia Meusen nickte. »Hat Ihr Onkel eigentlich mehrere Gewehre gehabt?«

»Doch … schon. Ich denke ja«, kam zögernd die Antwort.

»Ach, das ist ja auch gar nicht so wichtig. So wie es aussieht, wird es wohl ein Jagdunfall gewesen sein«, erklärte Martin Winkelhart bestimmt. Während ihr Kollege redete, achtete Claudia Meusen genau auf Tobias Jessens Reaktionen. Meusen hielt nicht viel von dessen Alibi. Das zeitversetzte Senden einer Mail bot sogar ihr kostenloser Mailanbieter an. Sie hielt Jessen für einen Lügner – und er hatte seine Gefühle nicht unter Kontrolle. Bei Winkelharts vorher abgesprochener Bemerkung sah Jessen zuerst für eine Sekunde zufrieden und dann erleichtert aus.

»Wissen Sie, Herr Jessen, fast würde ich meinem Kollegen Winkelhart zustimmen, wenn da nicht eine Kleinigkeit bei der Obduktion ans Licht gekommen wäre. Hans Jessen starb gar nicht durch die Schussverletzung.«

»Aber ich …«, platzte Tobias Jessen heraus, bevor er die Lippen zusammenpresste, weil ihm sein Fehler klar wurde.

Claudia Meusen nickte. »Ganz genau – Sie haben auf ihn geschossen, nur hatte Ihr Onkel bereits gut fünf Stunden vorher einen Herzinfarkt gehabt. Wir wissen einigermaßen genau, wann Herr Galle starb, und ich frage mich, wie er wohl von einem Toten erschossen werden konnte. Herr Jessen, ich muss Sie bitten, uns ins Polizeipräsidium zu begleiten.«

»Sie kennen doch den alten Jägerwitz«, sagte Martin Winkelhart, als Jessen schweigend aufstand, »treffen sich zwei Jäger – beide tot.«

»Ja, den kannte ich schon«, antwortete Tobias Jessen mit tonloser Stimme.

Eifelpark

In Ulmen gibt es keinen Freizeitpark, ich wollte aber gern zwei Parks als potenzielle Neukunden für Tobias Jessen in die Geschichte einbauen. Daher entschied ich mich u.a. für den Eifelpark. Er ist eine Mischung aus Wildpark mit Bären, Wölfen, Luchsen und Greifvögeln und Freizeitpark-Attraktionen wie Achterbahn und Wasserspielplatz.

Täglich gibt es hier eine Greifvogelschau und über das Jahr verteilt verschiedene Events wie den Kinder-Musicaltag oder das »Cowboy-und-Indianer-Familienfest«.

Informationen findet man im Internet unter www.eifelpark.com.

Wild- und Erlebnispark Daun

ist der zweite Freizeitpark, den ich mir ausgesucht habe. Auch hier ist der Name Programm. Allerdings legt man in Daun einen größeren Schwerpunkt auf die Präsentation von Tieren. In Daun gibt es zum Beispiel ein sechs Hektar großes Affengehege, in dem die Tiere frei leben, und das die Besucher auf einem Rundweg durchwandern können. Und wenn die Kinder von der Affenschlucht, der Falknerei und dem Wildgehege genug haben, können sie auf dem Abenteuerspielplatz herumtoben. Informationen im Netz unter www.wildpark-daun.de.

Kucher's Landhotel

Das Genusshotel findet man nicht einmal zehn Kilometer westlich von Ulmen in Darscheid. Das Kucher's dürfte jedem Weinliebhaber auch weit über die Grenzen der Eifel hinaus bekannt sein. Der Grund dafür ist der Chef des Hauses, Martin Kucher, und seine Leidenschaft für Weine. Kucher wurde 2011 zum Sommelier des Jahres gewählt, und seine legendäre Weinkarte umfasst fast 80 Seiten, auf denen rund 1.300 Weine vorgestellt werden. Das Restaurant hat damit seit fast 30 Jahren die größte Weinkarte in Rheinland-Pfalz. 20.000 Flaschen sollen im Kreuzgewölbekeller des Landhotels lagern.

Das Hotel bietet auch Events an, wie zum Beispiel eine Fahrt im Oldtimerbus oder Kutschenfahrten. Informationen und Öffnungszeiten unter www.kucherslandhotel.de.

Nostalgikum

Das Erlebnismuseum Nostalgikum wurde 2011 in Uersfeld eröffnet. Eingerichtet wurde es in einer ehemaligen Jungenschule in der Nähe der Pfarrkirche. Gezeigt werden einmal nicht die klassischen Hauseinrichtungen früherer Jahrhunderte, wie man es aus anderen Heimatmuseen kennt. Dafür können die Besucher sich auf eine Zeitreise in die jüngere Vergangenheit begeben und einen Tante-Emma-Laden, einen Friseursalon oder eine alte Schulklasse mit Holzbänken, Schiefertafel und Tintenfässern bestaunen, um nur drei Beispiele zu nennen. Informationen zum Erlebnismuseum gibt es im Internet unter www.nostalgikum.de.

Ulmener Maar

Zu den Maaren in der Eifel gibt es an anderer Stelle in diesem Buch noch Informationen.

Das Ulmener Maar ist das mit Abstand jüngste Maar in der Vulkaneifel. Es entstand nach einem Vulkanausbruch, der vor rund 10.900 Jahren stattgefunden hat. Damit ist das Ulmener Maar Zeugnis für den jüngsten Vulkanausbruch in ganz Deutschland. Die Seetiefe dieses Maares beträgt 39 Meter. Heute wird hier Trinkwasser für rund 30.000 Einwohner gewonnen.

Der Jungfernweiher

Der Jungfernweiher müsste eigentlich Jungfern-Maar heißen, denn bei dem Jungfernweiher handelte es sich um ein altes verlandetes Trockenmaar. Dieses Trockenmaar ist auch wesentlich älter als das benachbarte Ulmener Maar, Experten schätzen das Alter des Jungfernweihers auf deutlich mehr als 130.000 Jahre. Im Trockenmaar stachen die Ulme-

ner Bürger über Jahrzehnte Torf ab, um damit zu heizen.
Erst 1942 staute man den Nollenbach auf und flutete die flache Mulde.
Der Jungfernweiher hat zwar nur eine durchschnittliche Wassertiefe von einem Meter, aber er ist mit 170.000 m² mehr als dreimal so groß wie das nördlich gelegene Ulmener Maar. Wie sein Maar-Nachbar steht auch der Jungfernweiher unter Naturschutz, denn er ist ein wichtiges Vogelschutzgebiet. Zahlreiche bedrohte Arten wie der Wiesenpieper brüten in den Uferzonen. Sogar Fischadler wurden hier gesichtet. Darüber hinaus rasten am Jungfernweiher jedes Jahr etliche Zugvogelarten. Wer also gern Vögel beobachtet, für den ist der Rundweg um den Jungfernweiher ein Muss.

Hexen, Henker und Halunken

Gut zweieinhalb Stunden dauert die Wanderung auf diesem Themenpfad, der als Rundweg mit acht Kilometern Länge in Ulmen beginnt und dort auch endet. Start und Zielpunkt ist der örtliche Edeka-Markt, wo man auch parken kann.
Auf der Rundtour stößt man auf den Fundort eines Hügelgrabs, dem Schauplatz grausamer Hexenverbrennungen, und dem Richtplatz, auf dem weithin sichtbar der Galgen stand. Infotafel verraten die Hintergründe der jeweiligen Tatorte. Ein bisschen

Gruseln, ein bisschen Gänsehaut und jede Menge Natur – das ist die Hexen-, Henker- und Halunken-Tour.
Infos zu diesem Themenpfad findet man unter: www.gesundland-vulkaneifel.de/gesundbewegen/wandern/Themenwege.html

Maare und Thermen-Pfad

Im Gegensatz zu dem oben beschriebenen Rundweg, ist die Streckenwanderung von Ulmen nach Bad Bertrich mit etwas mehr als 33 Kilometern Länge eine Tagestour, für die man gut acht Stunden einrechnen sollte.
Der Weg führt u.a. durch das Üssbachtal. Auf der Wanderung wechseln sich Wiesenwege und felsige Steige miteinander ab. Am Ende der Wanderung bietet es sich natürlich an, die Vulkaneifeltherme in Bad Bertrich zu besuchen, um im warmen Glaubersalzwasser zu entspannen. Informationen zur Strecke findet man unter:
http://www.gesundland-vulkaneifel.de/gesundbewegen/
wandern/vulkaneifel-pfade.html

Brennerei Neuerburg

Die Brennerei wurde 1842 in Rockeskyll gegründet und erzeugt seit 173 Jahren an ein und demselben Standort Korn- und Obstbrände. Heute wird das Unternehmen u.a. von Anette Neuerburg, einer

Ur-Urenkelin des Firmengründers Heinrich Neuerburg geleitet.
In den Gründerjahren und den Jahrzehnten danach gehörten Kornbrände und Wachholder zu dem Kernsortiment der Brennerei. Der »Kyller Korn« war in der gesamten Vulkaneifel ein Begriff. Später kamen dann weitere Brände und Liköre dazu. Das jüngste Produkt ist der sogenannte »Westkorn«, ein Weizenkornbrand, der 2014 beim internationalen Spirituosenwettbewerb für Aufsehen sorgte. Er erhielt sowohl die »Große Goldmedaille« als auch die Einzelauszeichnung »Klare Spirituose des Jahres«.
In den Monaten Juli bis Oktober gibt es offene Führungen durch die Brennerei. Öffnungszeiten und Informationen unter www.rockeskyller-Brennerei.de.

Burgruine

Hier lebte u.a. der bereits erwähnte Ritter Heinrich von Ulmen. Die gesamte Burganlage bestand aus einer Oberburg und einer Niederburg, wobei die Oberburg um das Jahr 1000 errichtet wurde. 1074 wird die Burg zum ersten Mal in einer Urkunde erwähnt. Ende des 13. Jahrhunderts wurde die Niederburg gebaut. Die gesamte Burganlage verband man später mit der Stadtmauer.
In der Zeit von 1679 bis 1689 wurde die Burg mehrfach durch Angriffe und Belagerungen französi-

scher Soldaten beschädigt. Im Laufe des 19. Jahrhunderts verfiel die Burganlage mehr und mehr und diente schließlich als Steinbruch. Die Niederburg verschwand fast vollständig. Die letzten Reste der Oberburg wurden 1913 unter Denkmalschutz gestellt.

St. Matthias Kirche

Die St. Matthias Kirche ist genauso alt wie die Oberburg, Historiker vermuten, dass die Kirche im Jahr 1000 gebaut wurde. Ursprünglich diente sie wohl als Burgkapelle.
Erhalten geblieben sind bis heute Grabinschriften verschiedener Burgherren, ein Taufbecken aus dem 13. Jahrhundert, der Tabernakel und ein kleiner Nebenaltar aus dem 17. Jahrhundert.
Geöffnet ist die Pfarrkirche täglich von 9 – 19 Uhr, der Eintritt ist frei.

König-Orgel

Wer im Stadtteil Wollmerath die Kirche St. Maria Magdalena besucht, der kann dort die sogenannte König-Orgel bewundern. Gebaut wurde sie von dem berühmten Orgelbauer Balthasar König Anfang des 18. Jahrhunderts. Sie zählt zu den ältesten Orgeln in Rheinland-Pfalz.

Wandern und Radfahren in der Vulkaneifel

Als ich zwölf Jahre alt war, fuhren meine Eltern mit mir für einen Sommerurlaub in die Eifel, und zwar in die Nähe von Gerolstein.

Drei Wochen lang streifte ich mit meinem Vetter durch die Wälder, baute in einem Bach Staudämme und sammelte Katzengold und Fossilien. Und natürlich wanderten wir, denn Wandern gehörte für meine Eltern einfach zu einem Sommerurlaub dazu.

Heute würden sie damit voll im Trend liegen. Wandern ist wieder »in«, und die Eifel ist ein wahres Wander-Eldorado. Hier gibt es nicht nur sorgfältig beschilderte Wanderrouten, man hat sich auch auf die Bedürfnisse der Wanderer eingestellt und bietet entsprechende Übernachtungsmöglichkeiten bis hin zu Gesamtpaketen mit Gepäckservice an.

Als ich mit der Recherche zu den Freizeittipps dieses Buches begann, wurde ich von der Fülle an Wanderwegen, Themenpfaden und Langstrecken-Wanderrouten geradezu erschlagen.

Gleiches gilt übrigens auch für die Angebote an Radtouren. Die Vulkaneifel bietet für jeden, der auf zwei Rädern unterwegs sein möchte, die passende Route. Ein entspannter Radausflug, eine mehrtägige Etappentour oder eine anspruchsvolle Mountainbike-Strecke – hier ist alles möglich.

Ähnlich wie bei den Themenpfaden für Wanderer,

gibt es mittlerweile auch Radwege, die sich mit einem bestimmten Thema auseinandersetzen.

Wie aber soll man diese Vielfalt in einem Kurzkrimi darstellen? Die schiere Menge an verschiedenen Wanderrouten und Radwegen brachte mich schließlich auf die Idee zu der nachfolgenden Geschichte.

Im Internet gibt es zahlreiche Webseiten, die Wanderwege vorstellen. Eine davon ist www.eifel.info.

Das Land Rheinland-Pfalz hat Ende 2015 eine neue Radwanderkarte herausgegeben. Hier werden auch ausgewählte Radtouren in der Eifel aufgeführt. Die Radwanderkarte kann man unter www.radwanderland.de bestellen.

DAS KONZEPT

»Kinder, räumt mal den Tisch frei, jetzt zeigt euch der Uwe mal, wo das Geld zu holen ist.«

Uwe Reichberg genoss seinen Auftritt, er liebte es, wenn ihn die Praktikantinnen bewundernd anhimmelten, oder wenn er mitbekam, dass sie sich hinter seinem Rücken zuflüsterten, dass er immer den richtigen Riecher habe.

Und den hatte er – daran zweifelte er keine Sekunde. Er hatte es im Blut, den richtigen Kunden zur richtigen Zeit anzusprechen. Manchmal verkaufte er Werbekampagnen an Unternehmen, die noch eine Woche vorher gar nicht gewusst hatten, dass sie überhaupt neue Werbung brauchten. Und wenn er sich erst einmal in ein Thema verbissen hatte, dann war klar, wie am Ende der Sieger heißen würde: Uwe Reichberg.

Eine Praktikantin räumte tatsächlich rasch ein paar Tassen zur Seite, dabei wäre das gar nicht nötig gewesen, aber Uwe liebte eben auch den großen Auftritt. Mit einer theatralischen Geste warf er eine Zeitungsdoppelseite auf den Tisch.

»Neue Welpen im Tierheim«, las Ursula Wertbach laut vor. Sie hatte den Teil der Zeitung »Trierischer Volksfreund« zu sich hergezogen und hob spöttisch eine Augenbraue. »Echt, Uwe, bist du sicher, dass wir Werbung für Welpen machen sollten?«

Uwe Reichberg schnaubte nur. Mit der Ursula würde ich ja gern mal mehr als nur am Tisch sitzen, dachte er, aber diese spitze Zunge … Und dennoch: Irgendwann würde Ursula eine seiner zahllosen Einladungen zum Abendessen annehmen, da war er sich sicher. Und bis dahin wollte er sie lieber nicht verärgern.

Er schluckte also seine bissige Antwort herunter und sagte stattdessen: »Komm, Süße, du weißt genau, was ich meine.«

Uwe tippte mit dem Zeigefinger auf eine kleine Meldung. »Hier steht, dass eine Kommission aus verschiedenen Städten der Eifel die Wander- und Radwege in der Region unter einer neuen Dachmarke zusammenfassen will.«

»Ja und?«, fragte Oliver Kram und runzelte dabei nachdenklich die Stirn.

»Das heißt, die brauchen Werbung, und zwar von uns, und damit hätten wir dann genau den Etat, der uns noch fehlt, um Scott Daniels glücklich zu machen.«

Uwe Reichberg lächelte überlegen in die Runde und wartete auf Zustimmung. Doch die blieb aus.

»Wahrscheinlich haben die längst ein Konzept«, warf Oliver ein.

»Der Oliver hat recht, wenn das schon im ›Volksfreund‹ steht, ist das alles längst spruchreif«, stimmte Ursula zu.

Nur Praktikantin Nele Wittenbach himmelte Uwe

an und warf ihm einen schmachtenden Blick zu. »Also ich finde die Idee vom Uwe großartig. Wie du immer auf so tolle Ideen stößt, Wahnsinn. Echt, das ist so irre aufregend!«

Ursula verdrehte bei so viel Lob die Augen, aber in einem Punkt hatte Uwe recht, ihnen fehlte noch mindestens ein größerer neuer Auftrag.

»Also gut, Uwe, ich ruf' da mal an.«

Die Werbeagentur »Söllmann und Söllmann« hatte schon bessere Zeiten erlebt. Wobei es erst einmal nicht schlecht ausgesehen hatte. Vor drei Jahren hatten die beiden Geschäftsinhaber ihre Anteile an einen US-Werbe- und PR-Riesen verkauft, der in Europa ein Dutzend Niederlassungen besaß. Seitdem ließen es sich die Brüder Söllmann gut gehen und verbrachten einen Großteil ihrer Zeit damit, auf dem Platz des **Golf-Clubs Eifel** in Hillesheim ihre Bahnen zu spielen.

Für das verbleibende kleine Team ihrer Agentur aber brachen neue Zeiten an. Uwe Reichberg, Oliver Kram und Ursula Wertbach waren die altgedienten Mitarbeiter, dazu kamen das Sekretariat, eine Buchhalterin, zwei Auszubildende und eine wechselnde Zahl von Praktikanten. Kein Riesenladen, aber auch keine Ein-Mann-Klitsche. Das Problem war nur, dass der neue Besitzer eine ganz andere Vorstellung von Neugeschäft hatte. Zehn Prozent mehr als im Vorjahr, so lautete die Vorgabe aus der neuen Deutschlandzentrale in Frankfurt. Als ob man in der heutigen Zeit, wo jeder sparte, sich Werbekunden schnitzen könnte …

All das ging Ursula durch den Kopf, als sie aus dem Besprechungsraum zurück in ihr Büro ging. Bei Uwe Reichberg war sie sich nie sicher. Der konnte ja so was von eingebildet sein, aber auf der anderen Seite sah er ganz gut aus, war oft charmant, und der Erfolg gab ihm auch recht. Vielleicht sollte ich wirklich mal eine seiner Einladungen zum Abendessen annehmen, nur um zu sehen, wie er so ist, wenn er sich mal nicht in der Runde aufspielen muss, dachte sie. Andererseits, wie der immer mit dem Oliver umging, das gefiel ihr gar nicht. Ursula schob die Gedanken an ihren Kollegen beiseite, griff kurz entschlossen zum Telefonhörer und begann zu arbeiten.

Oliver Kram kochte vor Wut. Er hatte gerade die Vorlage für das Wochenmeeting gelesen, am liebsten hätte er etwas Schweres in den Monitor gedonnert. Einmal in der Woche fasste jeder Werbeberater seine Aktivitäten zusammen. Diese Berichte wurden dann noch mit neuen Ideen oder Konzeptvorschlägen ergänzt und der Zentrale vorgelegt. Seit zwei Jahren betreute Oliver den »Warental-Brunnen«, einen kleinen Mineralwasser-Betrieb, nichts Großes, aber der Kunde schätzte die persönliche Betreuung.

Ohne auch nur ein Wort zu sagen, hatte Uwe Reichberg Kontakt mit dem Seniorchef aufgenommen und ihn davon überzeugt, dass »Warental-Brunnen« mehr Geld in Zeitschriftenanzeigen stecken musste. Oliver stieß den Schreibtischstuhl zurück. Das alles hatte Uwe hinter seinem Rücken eingefädelt. Er griff zum Telefonhörer und wählte Uwes Nummer.

»Uwe, ich lese gerade den Wochenbericht. Wann genau wolltest du mir denn wohl sagen, dass du mit dem alten Warental gesprochen hast? Und vor allem, was soll der Scheiß? Die sollen Anzeigen in Zeitschriften schalten, die bundesweit erscheinen, aber die haben doch gar keinen nationalen Vertrieb, das ist doch rausgeschmissenes Geld.«

»Oliver, reg dich ab. Ich hab zufällig den Kurt Warental bei mir am Reiterhof getroffen, und da sind wir halt ins Plaudern gekommen. Ich meine, wenn er das Geld investieren will, dann wollen wir ihn doch nicht davon abhalten. Denk immer an die Quote, die wir erfüllen müssen. Ich habe ihm übrigens gesagt, dass du dich um die Umsetzung kümmern wirst. So, und jetzt muss ich mal wieder Geld verdienen. Ciao.«

Fast hätte Oliver vor lauter Wut den Telefonhörer zerquetscht. Erst angelt sich Reichberg einen Kunden, für den ich mich seit Jahren einsetze, dann quatscht er ihn voll und zieht ihm Geld aus der Tasche für etwas, das gar nicht nötig ist, und jetzt soll ich das auch noch umsetzen?, dachte Oliver wütend. Im Leben nicht. Er schwor sich, dass Uwe damit nicht durchkommen sollte. Doch da lag er falsch.

Uwe kam damit durch. Bei der wöchentlichen Videokonferenz lobte der Chef der Zentrale, Scott Daniels, Uwes Engagement. Daniels war vor fünf Jahren von der US-Mutter nach Frankfurt gekommen, und ihn interessierten nur Etatzahlen und Provisionen. Wie die erzielt wurden, war ihm egal.

»Das ist sehr gut, Uwe. Weiter so. Ach und Oliver, ich sehe, dass du den Kunden seit zwei Jahren betreust. Schade, dass dir das nicht eingefallen ist. Aber bitte arbeite doch Uwe zu, damit er alle notwendigen Backgroundinfos hat.«

»Äh, Scott, ich denke, ich bring mich doch besser bei dem neuen Projekt ein. Der Oliver hat ja jetzt die Vorgaben …« Uwe grinste Oliver scheinheilig an.

»Gut, du hast recht, Uwe. Warum nicht. Was habt ihr denn Neues?«

Jetzt meldete sich Ursula zu Wort: »Wir wurden aufgefordert, ein Konzept für die neue Dachmarke ›Wandern & Rad regional‹ vorzulegen.«

»Ah richtig, davon hatte ich in dem Wochenbericht gelesen, war das nicht auch eine von deinen Ideen, Uwe?«

»Na ja, die Ursula hat das Ganze vorbereitet, ich habe nur den Anstoß gegeben.«

»So? Aber der Anstoß ist wichtig. Das ist der Spirit, den wir brauchen. Engagement, Chancen erkennen, Power bei der Umsetzung. Das ist nicht unbemerkt geblieben, das haben auch die Bosse drüben schon erkannt. Nun, ich denke, für heute war's das, oder?«

Oliver sah, wie Uwe das Dauergrinsen gar nicht mehr aus dem Gesicht bekam.

Oliver räusperte sich. »Ähem, Scott, ich hätte da noch einen Vorschlag.«

»Ja Oliver?«, man sah Scott Daniels förmlich an, dass er in Gedanken eigentlich schon beim nächsten Meeting war.

»Ich meine, dass wir mit dem Thema Wandern und Radfahren auch zwei verschiedene Zielgruppen ansprechen können. Diejenigen, die wandern, müssen nicht zwangsläufig auch begeisterte Radfahrer sein. Ich selbst wandere zum Beispiel gern und …«

»Oliver, wo ist der Point? Was willst du sagen?«

»Was ich sagen will, ist, dass wir zwei Kampagnen ausarbeiten sollten, einmal für die Wanderwege und einmal für das Thema Radfahren«, sprudelte Oliver los. »Es gibt unglaublich viele tolle Wanderwege: den **Gerolsteiner Keltenpfad**, den **Felsenpfad in Gerolstein**, den **Vulkangipfel-Pfad**, den **Maare Pfad**, den …«

»Oliver!«, Scott Daniels hob beide Hände, und auf seinem Gesicht spiegelte sich eine Mischung aus genervter Resignation und Belustigung. »Okay, okay. Du scheinst dich da wirklich auszukennen. Also gut, ich gebe euch eine Woche bis zum nächsten Videomeeting. Du, Oliver, kümmerst dich um die Wanderwege, und du, Uwe, wirst die Radwege bearbeiten. Ich erwarte zwei Konzepte, die mich begeistern. Alles klar?«

Nichts war klar.

Natürlich hatte Uwe kein Wort mehr mit ihm gesprochen, dafür hatte er sich allerdings hinter seinem Rücken über ihn lustig gemacht. Es war ja nicht so, dass Oliver so was nicht mitbekam.

Uwe war schneller und schnappte sich sofort die drei Praktikantinnen, die ihn bei jedem Satz anhimmelten und bereit waren, auch nach Feierabend für ihren Herrn und Meister zu schuften, während der längst im Whirlpool seines Fitnessclubs entspannte.

Dass das Konzept für die Wanderwege eine Menge Arbeit bedeuten würde, wusste Oliver von Anfang an. Einige der Wanderwege hatte er selber schon kennengelernt. Er liebte zum Beispiel die Ruhe des **Hochkelberg Panoramapfades**. Die Strecke zwischen der Nohner Mühle und Ulmen gehörte zu seinen Lieblingswegen. Im letzten Herbst war er auf mehreren Etappen des **EifelBahnSteigs** gewandert. An diesem Weg hatte ihn besonders gereizt, dass die verschlungenen Wege der Etappen nicht ausgeschildert waren, sondern man mit einem mobilen Navi oder seinem Smartphone auf der Route geführt wurde. Am Ende seines Kurzurlaubs war er schweren Herzens wieder mit dem Zug nach Hause gefahren, aber irgendwann würde er mal den ganzen Weitwanderweg gehen, von Euskirchen nach Trier – ganze 528 Kilometer Wanderwege.

Doch seine Liebe zum Wandern und seine Erfahrungen mit den Wegen halfen ihm jetzt nicht weiter.

Es gab so viele tolle neue Strecken und dann zusätzlich noch die einzelnen Themenwege.

Oliver seufzte. Wie konnte er da nur weiterkommen? Zum Glück stand jetzt erst einmal das Wochenende vor der Tür, vielleicht würde es ihm ja helfen, wenn er sich draußen auf einem der Wege umschauen würde?

»Entschuldige, Oliver, ich hab gesehen, dass du noch da bist, da wollte ich nur schnell Tschüss sagen«, die Stimme riss ihn aus seinen Gedanken. In der Tür stand Ursula, hatte ihre Tasche bereits über der Schulter und den Mantel in der Hand.

»Na ja, ich bin noch nicht so weit, es ist doch viel«, erwiderte er und konnte ein erneutes Seufzen nicht unterdrücken.

Ursula trat näher. »Was der Uwe da mit dem ›Warental-Brunnen‹ durchgezogen hat, ist eine ganz linke Nummer. Ich finde, das geht gar nicht, wollte ich dir nur mal sagen.«

»Lieb gemeint, ich sag dir, ich habe eine solche Wut im Bauch, ich könnte platzen bei dem Gedanken, wie Uwe das Ganze durchgezogen hat. Aber du hast ja Daniels gehört: Es interessiert keine Sau, solange die Etats für die Zentrale stimmen.«

Ursula nickte und zeigte dann auf einen ganzen Stapel mit Werbebroschüren über einzelne Wanderwege. »Und? Kommst du voran?«

Oliver machte eine vage Geste mit der Hand. »Das ist alles nicht so einfach. Es sind zu viele Verantwortliche, zu viele Strecken und zu viele Unterschiede.«

Ursula lächelte aufmunternd, und Oliver wurde wieder einmal bewusst, wie hübsch seine Kollegin war.

»Ach komm. Dir fällt schon was ein. Und für Uwe läuft's auch nicht besser. Er hat die drei Mädels im Konferenzraum quasi eingesperrt. Die brüten immer noch über ihrem Konzept. Glücklich sind die nicht.«

»Ist ja auch keine leichte Aufgabe. Es gibt fast so viele Radtouren wie Wanderrouten«, erwiderte Oliver. »Meine Schwester ist mit ihren beiden Mädels zum Beispiel kürzlich den **Kinderradweg** von Daun nach Gillenfeld gefahren. Meine Nichten waren ganz begeistert. Und mein Schwager als eingefleischter Mountainbiker schwärmt nicht nur von seinen Touren, sondern hätte am liebsten seinen kompletten Jahresurlaub in dem **Koulshore Technik-Parcours** verbracht. Aber da kennst du meine Schwester schlecht, von wegen Urlaub in einer alten Lavagrube, das konnte der Arme sich ganz schnell wieder abschminken.«

Ursula lächelte, ihr gefiel das Strahlen in Olivers Augen, wenn er von der Familie seiner Schwester und vor allem von seinen kleinen Nichten erzählte.

»Also, Nele, Jule und Franka sind mittlerweile, glaube ich, stinkig, dass unser Uwe sich schon um drei ins Wochenende verabschiedet hat. Als ich gerade bei denen reingeschaut habe, diskutierten die über die Vorzüge des **Maare-Mosel-Radwegs** im Vergleich zum **Kyll-Radweg**. Wusstest du, dass der Kyll-Radweg 128 Kilometer lang ist? Von Dahlem nach Trier einmal quer durch die Eifel. Hab ich nicht gewusst. Nele hat sogar schon vorgeschlagen, dass sie alle drei morgen einen Teil des **Eifel-Ardennen-Radwegs** entlangfahren sollten. Aber nachdem sie im Internet gesehen haben, dass der den Schwierigkeitsgrad ›schwer‹ hat und dass es ab Prüm sportlich zur Sache geht, ist das auch wieder unter den Tisch gefallen.«

»Dass Uwe mich in die Pfanne haut, ist ja eine Sache«, Oliver verzog angewidert das Gesicht, »aber was der sich mit unseren Praktikantinnen erlaubt, ist eine Sauerei. Der lässt die Mädels die Drecksarbeit machen und verwurstet anschließend ihre Ideen. Wenn die drei Glück haben, erwähnt er ihre Arbeit in ihrem Zeugnis.«

Oliver hat recht, dachte Ursula, eigentlich ist Uwe ein fieser Schmarotzer. Sie nahm sich vor, daran zu denken, wenn der sie wieder um ein Date bitten würde.

»So, Oliver, ich muss jetzt los. Mach nicht mehr zu lange.« Als Ursula schon fast aus der Tür raus war, kam ihr ein Gedanke. Komisch, dass sie daran noch nie gedacht hatte. Sie drehte sich um. »Du Oliver, nächste Woche, wenn das vorbei ist, wollen wir dann mal zusammen essen gehen?«

Oliver schaute sie überrascht an – überrascht und eine Spur misstrauisch, als wolle er sich vergewissern, ob sie es auch wirklich ernst meinte. Aber er sah nur ihr Lächeln. »Das wäre wunderbar. Ja, ich würde gern mit dir essen gehen, Ursula.«

»Uschi – die richtig guten Freunde nennen mich Uschi.«

»Uschi.« Oliver war glücklich. Doch ein Blick auf die Prospekte und Tourenbeschreibungen holte ihn wieder auf den Boden der Tatsachen zurück. Er wollte unbedingt noch einen Ansatz für das Konzept finden. Er wollte nicht nur, er musste. Auch wenn es schon fast Mitternacht war. Selbst die drei unermüdlichen Praktikantinnen hatten längst die Segel gestrichen. Oliver rieb sich die vor Müdigkeit brennenden Augen. Es blieb bei dem Problem, das er Uschi schon erklärt hatte: Es gab zu viele Verantwortliche, zu viele Strecken und zu viele Unterschiede. Plötzlich kam Oliver eine Idee, was, wenn er genau dies löste? Wenn er mit seinem Vorschlag nicht allen Wegen und Routen ein neues Konzept überstülpte, sondern die Vielfalt beibehielt? Wenn er z.B. mit einer Regio-App nur einen gemeinsamen, einheitlichen Zugang schuf, der die Vielfalt aller Strecken dem Wanderer erschloss? Vielleicht könnte er in der App eine einheitliche Bewertungsskala schaffen, die einem sofort die wichtigsten Informationen lieferte. Oliver begann wie im Fieber zu tippen, und schon nach einer halben Stunde hatte er die Eckpunkte seiner Idee umrissen. Zufrieden lehnte er sich zurück. Das war's, jetzt konnte er beruhigt ins Wochenende gehen und zu Hause an den Einzelheiten arbeiten.

Er kam sich vor wie ein Dieb, dabei hatte er jedes Recht, hier zu sein. Das redete Uwe sich zumindest ein. Andererseits: Um drei morgens, an einem Samstag herumzuschleichen – dafür braucht man schon eine gute Ausrede.

Doch in der Werbeagentur Söllmann und Söllmann hielt sich niemand mehr auf, bei dem er sich herausreden musste. Hier herrschte tiefe Stille. Vielleicht war es ja diese Stille gepaart mit seinem schlechten Gewissen, die ihm zu schaffen machte. Nele hatte ihm eine SMS geschrieben, sie und die beiden anderen Mädels waren keinen Schritt weitergekommen. Das war schlecht, ganz schlecht. Das bedeutete, dass er anfangen musste zu arbeiten. Aber dazu fehlte ihm jede Lust. Warum sollte er sich mit diesen Kack-Radwegen beschäftigen, das war ein Superjob für die Praktikantinnen. Er hatte geplant, deren Ideen in der kommenden Woche nur kurz den letzten Schliff zu geben und dann alles Scott Daniels zu präsentieren. Lange würde die Beförderung nicht mehr auf sich warten lassen. Scott würde ihn aus dieser Scheiß-Eifel nach Frankfurt holen. Danach war der nächste Schritt auf der Karriereleiter eine Stelle bei der US-Zentrale. Er musste nur noch diese Radwegegeschichte sauber über die Bühne bringen.

Dafür gab es zwei Wege: Er konnte in der kommenden Woche schuften, dazu hatte er aber wenig Lust und bislang fehlte ihm auch die zündende Idee. Oder er schaute nach, wie weit Oliver schon war. Wenn der sich nur ein bisschen mehr anstrengen würde, stünden dem alle Möglichkeiten offen. Uwe musste unumwunden zugeben, dass Oliver Kram viel kreativer war als er, aber ihm fehlte der nötige Biss.

Uwe schaltete Olivers Schreibtischlampe an. Er konnte ja schlecht Oliver um eine Idee bitten, deshalb war er jetzt hier: Um drei Uhr morgens, an einem Samstag. Mal sehen …

Oliver hatte seinen Rechner nicht mit einem Passwort geschützt oder die Dateien in einen verschlüsselten Ordner gespeichert. Gott, der war ja so was von naiv. Selber schuld. Das lud geradezu zum Stöbern ein.

Die Datei »Konzeptidee« sprang Uwe sofort ins Auge. Er öffnete sie, las und staunte. Das war genial, genau so etwas hatte er gesucht. Er kramte einen USB-Stick aus der Hosentasche und kopierte alles. Zehn Minuten später lag die Agentur Söllmann und Söllmann wieder im Dunkeln.

Als Oliver am Montag früh um sieben in die Agentur kam, staunte er darüber, dass Uwe Reichberg schon da war. Normalerweise war Oliver morgens der Erste. Er warf seine Tasche in die Ecke, stellte wie jeden Tag die Edelstahl-Thermoskanne mit Kräutertee auf ihren Platz neben der Tastatur und fuhr den Rechner hoch.

Komisch, dachte er und las die Meldung, dass auf Laufwerk »D« nicht zugegriffen werden konnte. Das war sein USB-Anschluss, aber er hatte doch am Freitag nichts gespeichert. Als er die Konzeptdatei öffnen wollte, fiel sein Blick auf das Speicherdatum und die Uhrzeit. Sein Konzept war um 3:06 Uhr das letzte Mal gespeichert worden. Um 3:06 Uhr? Am Samstag? Alarmiert öffnete er die Datei, aber alles sah so aus, wie er es formuliert hatte. Oliver stand auf und ging zu Uwes Büro.

Uwe war gerade in der Kaffeeküche, die Tür stand offen und der Raum war leer. Olivers Blick wurde von den Stichwörtern auf einer Flipchart in der Zimmerecke gefesselt: »Regio-App« stand da, »Unterschiede als Chance sehen«, »einheitliche Bewertungsskala«. Kein Zweifel, das waren seine Stichwörter, seine Ideen.

Wutentbrannt stürzte Oliver zurück an seinen Computer und prüfte noch einmal das Konzept. Nein, er hatte sich nicht geirrt. Er schnappte sich den Telefonhörer und wählte mit zitternden Fingern Uwes Kurzwahl: »Ich will dich sprechen, sofort, in meinem Zimmer.«

Eine Minute später stand Uwe lächelnd vor ihm. Von Verlegenheit keine Spur. »Was hast du denn, Oliver? Beim nächsten Mal kommst du einfach zu mir, statt mich in dein Büro zu pfeifen, du bist schließlich nicht mein Chef.«

»Es geht um das Konzept auf der Flipchart.«

»Gefallen dir meine Ideen, Oliver?«

»Deine Ideen? Das kannst du den Praktikantinnen erzählen, aber nicht mir. Hast du eine Erklärung dafür, dass meine Datei am Samstag um drei Uhr früh neu gespeichert wurde und dass am Montag genau diese Vorschläge in deinem Konzept auftauchen?«

Uwe zuckte mit den Schultern. Er hatte weder darauf geachtet, den Stick auszuwerfen, noch ob er beim Schließen der Datei ein neues Speichern bestätigt hatte.

»Ja und? Was willst du jetzt tun? Meinst du, das interessiert hier irgendeinen? Ich bin fertig mit dem Konzept, ich werde das gleich an Daniels schicken, und du kannst ja gerne versuchen, das Ganze auch für deine Wanderwege aufzuschreiben. Obwohl – das sieht dann schon so aus, als hättest du dir nichts Eigenes einfallen lassen.«

Uwe grinste hämisch. Oliver sprang auf. Am liebsten hätte er mit etwas Schwerem Uwe das Grinsen aus dem Gesicht geprügelt. Seine Hand zuckte zur Thermoskanne.

»Och komm schon, Oliver, schau dich an, du siehst so aus, als wolltest du dich mit mir prügeln. Was willst du denn jetzt machen? Mich mit deiner Thermoskanne bedrohen?«

Dong!

Der erste Schlag traf Uwe seitwärts am Kopf und verzerrte sein Gesicht zu einem Mix aus Schmerz und ungläubigem Staunen. Oliver hielt die Thermoskanne fest und holte erneut aus.

Dong!

Edelstahl und 1,5 Liter Kräutertee sorgten für das nötige Gewicht, und der zweite Treffer zeigte seine Wirkung.

Dong!

Nach dem dritten Schlag lag Uwe Reichberg stumm auf dem Teppichboden. Blut sickerte aus der Kopfwunde. Oliver stand benommen da. Plötzlich wurde ihm bewusst, was er gerade getan hatte. Galle stieg ihm hoch. Er rannte in die Toilette und würgte sein Frühstück heraus. Meine Güte, er hatte Uwe erschlagen. Er … er war ein Mörder. Uwe hatte es herausgefordert, aber trotzdem. Was … was sollte er nur tun? Er brauchte einen Plan, schnell, bevor noch jemand in die Agentur kam. Oliver rannte zurück in sein Büro. Er musste Uwe hier raus schaffen, danach würde er die Datei auf Uwes Rechner löschen und die Stichwörter auf der Flipchart schreddern. Oliver dachte noch einen Moment nach, sein Blick fiel auf die Wanderbroschüren, dann wusste er, was er mit Uwe zu tun hatte.

»Hi Uwe, ich bin nur noch mal vorbeigekommen, um zu sehen, ob alles in Ordnung ist. Nette Aussicht ins Tal hat man hier oben im Wald. Du, ich habe gewonnen. Gesiegt habe ich – und zwar auf ganzer Linie. Ja, da staunst du jetzt. Das hast du ganz sicher nicht erwartet. Na klar gab es zunächst Fragen. Aber als die dann deine schriftliche Kündigung auf dem Schreibtisch fanden, hörten die Fragen bei Söllmann und Söllmann schnell auf. Daniels hat sich übrigens gar nicht mehr eingekriegt vor lauter Lob. Die Teamleitung hat er mir übertragen, Etatdirektor bin ich geworden. Uschi ist ganz stolz auf mich.

Ach ja, Uschi. Mit der Uschi werde ich morgen essen gehen. Ich verrate dir jetzt ein Geheimnis, bleibt ja unter uns. Ich habe da ein ganz gutes Gefühl bei der Uschi. Du meinst, das wird nichts aus Uschi und mir? Mal ehrlich, Uwe, dich fragt doch keiner. Die wissen ja nicht einmal, dass du hier vergraben bist …«

Golf-Club Eifel

liegt in Hillesheim und hat als 18-Loch-Anlage eine Größe von rund 70 Hektar. Während seines Eifelurlaubs muss man aufs Golfen nicht verzichten, der Golf-Club steht auch Gästen offen. Wer einen Spieltermin vereinbaren möchte, wendet sich am besten an das Sekretariat des Clubs. Auf der Webseite www.golfclub-eifel.de erfährt man alles über den Golfplatz, die Öffnungszeiten und die Veranstaltungen des Clubs.

Gerolsteiner Keltenpfad

ist eine Wanderung von sieben Kilometer Länge, also gut geeignet für einen Vor- oder Nachmittag. Der Abschnitt zum Heiligenstein wird bei dieser Wanderung noch das Schwierigste sein, weil insgesamt 506 Höhenmeter »bezwungen« werden müssen. Ist man einmal oben, wird man mit einer fantastischen Aussicht auf die Kasselburg belohnt. Einen wirklichen Panoramablick über die Eifel gewährt dann der Aussichtsturm neben der Keltenburg Dietzenley.
Informationen zu diesem Wanderweg gibt es unter www.geopark-vulkaneifel.de, wo man auch Flyer bestellen kann.

Gerolsteiner Felsenpfad

ist eine weitere Wanderroute, die in einem speziellen Flyer von der Vulkaneifel Natur- und Geopark vorgestellt wird. Diese Wanderroute ist allerdings ein Rundweg. Die 7,5 Kilometer lange Tour führt an den Dolomitfelsen vorbei zur Buchenlochhöhle (siehe dazu auch »Der Flaschenkönig muss sterben«) und zu den Kletterfelsen Hustley.

Vulkangipfel-Pfad

Die 31 Kilometer des Vulkangipfelpfades ab Daun-Neunkirchen kann man zwar in zehn Stunden bewältigen, aber wer es lieber etwas gemächlicher angehen will, der sollte in Dreis-Brück eine Übernachtung einplanen. Seinen Namen hat dieser Wanderweg übrigens von dem Teil der Route erhalten, die auf den Ernstberg führt, der mit knapp 700 Metern der höchste Vulkan der Westeifel ist. Einen interaktiven Tourenplaner findet man unter www.eifelsteig.de.

Maare-Pfad

macht seinem Namen alle Ehre. Schließlich kann man sich nicht weniger als sieben Maare auf dieser Tour ansehen. Für die gesamte Strecke von 35 Kilometern plant man aber besser zwei Tage ein. Die Streckenwanderung startet am Schalkenmehrener Maar und führt unter anderem auch am Pulvermaar vorbei, wo man in den Monaten Mai bis September im Naturfreibad schwimmen gehen kann. Es lohnt sich also, im Sommer bei dieser Wanderung seine Badesachen einzupacken.

Hochkelberg Panorama-Pfad

ist eine Wanderung von fast 38 Kilometern Länge. Sie führt von der Nohner Mühle bis nach Ulmen. Der Panoramapfad ist einer der zahlreichen sogenannten Partnerwege des langen Eifelsteigs, der von Aachen nach Trier führt. Oder wie die Verbandsgemeinde Kelberg schreibt: »Wer die Vulkaneifel in all ihrer Schönheit zu Fuß erleben möchte, für den ist der Hochkelberg-Panoramapfad ein absolutes Muss.«

Informationen im Netz unter www.vgv-kelberg.de.

EifelBahnSteig

Die zuvor aufgeführten Wanderungen sind alle mit entsprechenden Logos auf Hinweisschildern markiert, und man kann in vielen Tourist-Informationen entsprechende Unterlagen erhalten.

Ein ganz neues Konzept dagegen verfolgt der EifelBahnSteig. 28 verschiedene Etappen umfasst dieser Weitwanderweg zwischen Euskirchen und Trier. Das Außergewöhnliche aber verrät schon der Name. Den Startpunkt jeder Etappe erreicht man mit der Eifelbahn. Und die Zugverbindung kann man auch für den jeweiligen Rückweg nutzen. Die

528 Kilometer Gesamtlänge kommen zustande, weil der Weg natürlich nicht an der Bahnlinie entlang führt, sondern durch Wälder, zu Burgen und Sehenswürdigkeiten.
Und noch etwas unterscheidet den EifelBahnSteig von den herkömmlichen Wanderwegen: Er ist nicht ausgeschildert. Für jede einzelne Tour kann man die GPS-Daten auf sein Smartphone oder ein mobiles Navigationsgerät herunterladen. Alle Etappen des GPS-Steigs findet man im Internet unter www.naturaktiverleben.de.

Kinderradweg

Der Kinderradweg ist eine Idee der Ferienregionen Gerolsteiner Land und Daun. Die Verantwortlichen haben Teile ihrer »Premiumradwege«, den Kyll-Radweg und den Maare-Mosel-Radweg (beide siehe unten), kindgerecht aufgearbeitet.
Es gibt einen eigenen Flyer für die Eltern. Hier findet man alle Informationen über Streckenverlauf, Attraktionen entlang der Strecke und Hinweise, wie man z.B. mit öffentlichen Verkehrsmitteln zu den jeweiligen Startpunkten gelangt.
Für die Kleinen gibt es dagegen kindgerechte Info-Tafeln auf beiden Radwegen. Gezeichnete Figuren wie Biggi Biene, die technische Besonderheiten erklärt, oder Freddi Fledermaus als Experte für die Pflanzen- und Tierwelt, begleiten die Rad-

tour. Eine Kinderbroschüre vertieft dann zusätzlich die Texte der Info-Tafeln.
Wer mit seinen Kinder die Tour fahren möchte, der kann sich unter www.kinderradweg.de informieren.

Koulshore Technik Parcours

Hier wird das Herz jedes eingefleischten Mountainbikers höher schlagen. In einer ehemaligen Lavagrube bei Üdersdorf wurde ein 13 Hektar großes Areal errichtet, quasi ein Abenteuerspielplatz für Mountainbiker. Koulshore – der Name setzt sich aus dem Eifler Dialektbegriff »Koul« für Lavagrube und dem englischen Begriff »Shore« zusammen. North-Shore-Trails oder abgekürzt »Shores« sind Hindernisparcours für Mountainbiker. Ursprünglich kommen sie aus Kanada, wo man über umgestürzte Bäume, Felsen oder Löcher einfache »Treppen« oder »Leitern« gezimmert hat, um die Wege befahrbar zu machen. Das Mountainbikefahren in der stillgelegten Lavagrube ist sicher nichts für Anfänger, wer aber Spaß an der Sache hat, der kann dort auch Fahrtechnik-Workshops besuchen. Informationen gibt es auf der Internetseite www.vulkanbike.de.

Maare-Mosel-Radweg

ist einer der zahlreichen Premiumradwege in der Vulkaneifel und folgt der ehemaligen Eisenbahntrasse von Daun bis Bernkastel-Kues. Weil er der stillgelegten Eisenbahnstrecke folgt, gibt es hier auch keine nennenswerten Steigungen (siehe auch »Aus Mangel an Beweisen«). Für die rund 54 Kilometer lange Strecke sollte man knapp fünf Stunden einrechnen. Die Schwierigkeit wird als leicht eingestuft. Infos unter www.maare-moselradweg.de.

Kyll-Radweg

Der Kyll-Radweg ist dagegen ein ganz anderes Kaliber. Der Radfernweg hat eine Länge von 128 Kilometer und führt von Dahlem bis nach Trier. In Trier angekommen, kann man dann mit der Bahnlinie Köln-Trier wieder problemlos zum Startpunkt zurückkommen.

Wer einmal auf zwei Rädern quer durch die Vulkaneifel fahren möchte, der ist auf dieser Radstrecke richtig, die einen mittleren Schwierigkeitsgrad hat. Der Allgemeine Deutsche Fahrrad-Club (ADFC) zeichnet den Radfernweg mit vier von fünf Sternen aus. Infos unter www.radwanderland.de.

Eifel-Ardennen-Radweg

Ein leichter Radweg, eine Strecke mit mittlerer Schwierigkeit – da fehlt noch eine Radtour mit der Schwierigkeitsstufe schwer. Der Eifel-Ardennen-Radweg ist eine solche Tour, zumindest auf einem Teil der Strecke. 112 Kilometer ist er lang und führt vom belgischen St. Vith zum Nürburgring.

Bis Prüm ist der Radweg relativ steigungsarm, aber ab Prüm geht es dann sportlich-anspruchsvoll zu. Informationen zur gesamten Strecke gibt es ebenfalls auf der Internetseite www.radwanderland.de.

Maare in der Vulkaneifel

Die einen erzählen, dass Gott, als er die Schönheit der Eifel sah, weinte, und aus diesen Tränen seien die Maare entstanden. Die Schriftstellerin Clara Viebig bezeichnete die Maare als die »Augen der Eifel«.

Fragen Sie jemanden nach etwas Typischem aus der Vulkaneifel und Sie werden mit Sicherheit die Maare genannt bekommen.

Entstanden sind die fast kreisrunden Seen durch Wasserdampferuptionen, als 1.100 Grad Celsius heißes Magma auf wasserführende Gesteinsschichten traf.

Der Zeitraum, in dem die Maare entstanden, ist groß: So ist das Eckfelder Maar gut 44 Millionen Jahre alt, das Ulmener Maar dagegen gerademal 10.900 Jahre jung.

Die meisten Maare sind heute verlandet oder haben sich zu Mooren entwickelt.

Lange Zeit ging man von 75 verschiedenen Maaren in der Eifel aus. Doch die Erforschung der Vulkanmaare ist noch längst nicht abgeschlossen. So fanden Geologen des Manderscheider Maarmuseums im Herbst 2014 zwei weitere bisher unbekannte Maare in der Nähe des Hinkelsmaares. Mit Bodenbohrungen belegten sie die Existenz der längst verschütteten Kraterseen. Die beiden Maare erhielten die Namen Oberes und Unteres Irrwies-Maar. Gut möglich, dass es zwischen der Mosenberg-Vulkangruppe und dem Meerfelder Maar noch weitere verlandete Kraterseen gibt.

Am eindrucksvollsten aber sind natürlich die zehn wassergefüllten Maare, sie stehen alle unter Naturschutz. Hier gibt es Rundwege und Ruheplätze, um die Stille, die von diesen Seen ausgeht, zu genießen.

Einige Maare aber bieten auch zahlreiche Freizeitmöglichkeiten. So kann man in vier der Kraterseen schwimmen gehen, und an drei Maaren gibt es Bootsverleihe.

Wer sich für die einzelnen Vulkanmaare interessiert, der sollte das bereits erwähnte Maarmuseum besuchen. Darüber hinaus bieten Internetseiten wie www.eifel.info Informationen rund um die »Augen der Eifel«.

AUS MANGEL AN BEWEISEN

»Claudia, glaubst du, der ist tot?«

Kriminalhauptkommissarin Claudia Meusen unterdrückte ein genervtes Stöhnen.

»Aber nein, Klaus, wir stehen doch erst seit gut zehn Minuten hier am Uferrand, während da vorne die Gestalt mit dem Gesicht nach unten im Wasser treibt.« Ihr Tonfall hätte gut zu einem Erklärfilm in der »Sendung mit der Maus« gepasst. »Das da vor uns ist Wasser, und im Wasser kann man ganz schlecht atmen, dazu müsste man ein Fisch sein. Der Mann da ist aber kein Fisch. Vielleicht hält er seit zehn Minuten die Luft an, aber das ist ganz, ganz schwierig.«

Klaus Mendigs Blick bekam etwas Ehrfurchtsvolles. »Echt? Zehn Minuten! Mann, das wäre ja krass.«

»Klaus, das war ein Scherz. Und jetzt sei so gut und geh noch mal zum Waldweg rauf und schau nach, ob die Feuerwehr schon eingetroffen ist. Wenn die noch nicht da sind, soll mein Kollege Martin Winkelhart noch einmal über Funk nachfragen. Denke daran, wir sind hier am **Weinfelder Maar**, also am Totenmaar und nirgendwo anders. Ich möchte nicht hören, dass sich die Feuerwehr am **Meerfelder Maar** die Beine in den Bauch steht oder uns sucht. Verstanden?«

»Verstanden, Claudia, mache ich. Totenmaar, nirgendwo anders. Totenmaar, das passt ja irgendwie. Wo der da draußen im Wasser doch tot ist. Ich meine, er könnte natürlich auch die Luft anhalten …«

»Klaus, bitte! Na los, mach schon!«

Klaus Mendig drehte sich um und verschwand im Halbdunkel des Waldes. Claudia hörte ihn noch leise vor sich hinmurmeln »Totenmaar … nirgendwo anders«. Sie seufzte, sie war mit Klaus zusammen in der Schule gewesen. Ihr war damals schon klar, dass er nicht gerade das schärfste Messer in der Schublade war. Sicher, man brauchte auch keinen Abschluss in Quantenphysik, um auf dem Campingplatz am **Schalkenmehrener Maar** als Aushilfe auf einem Rasentraktor zu sitzen. Klaus war zufrieden, zumindest schien es Claudia so, wenn er ihr mal in Daun über den Weg lief. Heute Abend aber ging er ihr gehörig auf die Nerven.

Ach was, dachte Claudia unzufrieden, Klaus ist gar nicht dein Problem, es ist die Leiche dort draußen im Wasser. Klaus hatte den im Wasser treibenden Körper beim Spazierengehen entdeckt und per Handy die Polizei verständigt. Dumm nur, dass Claudia und Martin auf dem Weg von Koblenz nach Daun gewesen waren, als über Funk die Meldung reinkam. Eigentlich wollten sie gerade Feierabend machen – endlich Ruhe haben. Aber das Maar war nur wenige Autominuten entfernt, also hatten sie sich bei der Dienststelle gemeldet, um durchzugeben, dass sie sich das Ganze mal vor Ort anschauen würden.

Eine Feuerwehrsirene unterbrach Claudias verärgertes Grübeln über den verpatzten Start in den Abend. Sie hatte sich auf ein Glas Rotwein und ein nettes Buch gefreut und nicht auf eine Wasserleiche. Scheinwerfer zuckten zwischen den Bäumen entlang. Laute Stimmen hallten zum Ufer hinunter, ohne dass sie wirklich zu verstehen waren. Kurze Zeit später stolperten vier Feuerwehrmänner durch die Büsche, sie trugen ein Schlauchboot zwischen sich.

»Hallo, Chefin, ist es der da drüben? Meinen Sie, der ist tot?«

War das jetzt hier in der Gegend so eine Art Standardbegrüßung, oder was? Claudia verdrehte die Augen. »Glauben Sie, der treibt nur aus Spaß auf dem Bauch im Wasser? Aber ich verrate Ihnen was, wenn Sie da draußen noch ein paar Tote im Wasser finden, dürfen Sie die gerne auch mit ans Ufer bringen. Da kommt es uns heute mal auf einen mehr oder weniger nicht an.«

Ironie perlte an dem stämmigen Feuerwehrmann ab wie das Wasser an seinem Schlauchboot.

»Ihr habt es gehört, Kameraden, jeder, der mit dem Gesicht nach unten im Wasser treibt, wird eingesammelt.«

Vielleicht könnte Klaus auch bei der Feuerwehr anfangen, dachte Claudia.

Keine zehn Minuten später hatten die Feuerwehrmänner den Toten ins Schlauchboot gehievt und ans Ufer zurückgebracht. Vier starke Taschenlampen sorgten für ausreichend Licht. Gerade als Claudia zu dem

Toten gehen wollte, kam Kollege Martin Winkelhart den Waldweg herunter.

»Die Spurensicherung müsste auch jeden Moment kommen, Claudia. Haben sie ihn schon aus dem Wasser gezogen?«

»Ja, und wahrscheinlich sind sie alle ganz traurig darüber, dass sie nur einen Toten herausholen durften.«

»Sei doch froh, dass wir nicht ins Wasser mussten. Obwohl, in diesem Maar ist, glaube ich, Schwimmen verboten.«

»Dann haben wir es womöglich gar nicht mit einem Badeunfall zu tun?«

Martin und Claudia standen jetzt direkt vor dem Toten, der von einem der Feuerwehrleute umgedreht worden war. Martin deutete mit dem Finger auf eine große Einschusswunde mitten auf der Brust des Toten.

»Ich glaube, einen Badeunfall können wir wohl ausschließen.«

*

Am nächsten Morgen

»Also was haben wir jetzt?«, Martin Winkelhart setzte sich auf die Kante seines Schreibtischs und blätterte in einer Aktenmappe. Claudia rieb sich müde mit beiden Händen über die Augen. Die Spurensicherung hatte bis kurz nach 23:00 Uhr am Maar gearbeitet. Claudia war erst um kurz nach eins ins Bett gekommen, sie hatte eindeutig zu wenig geschlafen. Nur mühsam unterdrückte sie ein Gähnen.

»Der Tote hieß Ottmar Kannengießer, 38, geschieden, Immobilienmakler und begeisterter Triathlet. So wie er gekleidet war, muss er gestern trainiert haben. Die Kollegen von der Schutzpolizei haben sogar schon sein Auto gefunden. War wohl eher Zufall. Kannengießers Mercedes SLK stand oben an der **Sternwarte**, wahrscheinlich ist er von dort losgelaufen. Ich vermute mal, dass er um alle drei Maare herumlaufen wollte.«

»Das wäre aber eine ganz schöne Strecke für einen abendlichen Trainingslauf«, erwiderte Claudia.

»Och, halb so wild. Von der Sternwarte Hoher List läufst du über den Pit-Kreuzberg-Weg nur knapp drei Kilometer bis zum Totenmaar. Der Tote trug ein Laufshirt vom **Maare-Mosel-Lauf**, da kann man unter anderem die Halbmarathon-Distanz laufen. Außerdem fanden die Kollegen im Auto die Anmeldeunterlagen für den **Vulkan-Cross-Triathlon** in Schalkenmehren: Anderthalb Kilometer schwimmen, 32 Kilometer mit dem Mountainbike fahren und zum Schluss noch neun Kilometer Crosslauf. Glaub' mir, Claudia, wer da mitmacht, für den ist ein Dauerlauf rund um die Dauner Maare ein Abendspaziergang. Ottmar Kannengießer muss topfit gewesen sein.«

»Bis er einer Kugel in den Weg kam. So ein Schuss in die Brust kann reichlich ungesund sein.«

Martin Winkelhart schnalzte mit der Zunge und schüttelte missbilligend den Kopf. »Aber Claudi, wer wird denn gleich so böse sein. Nur, weil du nicht genug geschlafen hast.«

Bevor seine Kollegin noch etwas antworten konnte, klingelte ihr Telefon auf dem Schreibtisch.

»Ja, Meusen. Ja … hmm seid ihr euch sicher? Ja, gut … Ich kümmere mich darum.«

Als Claudia aufgelegt hatte, schaute Martin seine Kollegin fragend an.

»Man hat ganz in der Nähe der Stelle, wo sie Kannengießer herausgezogen haben, Reifenspuren gefunden. Außerdem haben Spaziergänger 100 Meter weiter einen verendeten Hirschbock entdeckt.«

»Du meinst, es war ein Autowilderer, und der Kannengießer ist nur durch Zufall in die Schusslinie geraten?«

Claudia nickte. Sie wusste genau wie ihr Kollege, dass es in den letzten Monaten immer häufiger Wildfunde gegeben hatte, die darauf schließen ließen, dass skrupellose Wilderer aus ihrem Auto heraus auf alles schossen, was ihnen vor die Scheinwerfer lief. Manchmal ging es um das Wildbret, das schwarz unter der Hand verkauft wurde. Viel häufiger aber ging es wohl nur um den Kick am Schuss und die Trophäe. Da wurde dann der Kopf mitgenommen, um ihn später zu präparieren, und der Rest des Tieres blieb im Wald zurück. Die Wilderer kümmerten sich nicht um Schonzeiten oder ob ein Tier, das sie in ihrem Zielfernrohr sahen, trächtig war. Da viele Schützen mit den falschen Waffen unterwegs waren, fanden in den letzten Wochen

Jagdpächter und Förster immer öfter Tiere, die an ihren zunächst nicht tödlichen Verletzungen qualvoll verendet waren.

»Lass uns mal überlegen. Ottmar Kannengießer läuft am Totenmaar vorbei, und einer von diesen skrupellosen Idioten ballert dort von seinem Auto aus herum.« Martin kratzte sich nachdenklich an der Nase. »Wir könnten das Ganze als Jagdunfall oder Totschlag deklarieren.«

»Sagen wir mal, wir behalten es im Hinterkopf«, antwortete Claudia, »aber ich persönlich finde das zu einfach. Als Kannengießer erschossen wurde, war es noch einigermaßen hell, mit seinen reflektierenden Laufsachen konnte man ihn sicher gut erkennen. Mag sein, dass ein Querschläger ihn erwischt hat, aber das erklärt noch nicht, warum Kannengießer so weit draußen im Wasser trieb.«

»Wäre ja auch zu schön gewesen, wenn wir alles schnell zu den Akten legen könnten. Also machen wir es wie immer, wir schauen uns seinen Freundeskreis an und fangen an, nach einem Motiv zu suchen.« Martin sah nicht so aus, als würde ihn das stören, im Gegenteil. »Und wo würdest du anfangen, Claudia?«

»Hatte Kannengießer als Immobilienmakler ein eigenes Büro?«

Martin blätterte in den Akten und nickte dann.

»Dann schlage ich vor, dass wir dort als Erstes hinfahren.«

»Ich … ich kann es immer noch nicht fassen. Der arme Ottmar. Gott, warum nur?«

»Genau deshalb sind wir ja hier, Frau Korten. Wir wollen auch wissen, warum.«

Claudia und Martin standen vor einem großen Schreibtisch und sahen zu, wie Daniela Korten mit zitternden Händen ein neues Papiertaschentuch hervorholte, um sich die Augen abzutupfen. Das Immobilienbüro Kannengießer war im Erdgeschoss eines kleinen Einfamilienhauses untergebracht. Hier gab es Kannengießers Büro, einen Besprechungsraum und das Büro seiner Mitarbeiterin Daniela Korten. In der oberen Etage dagegen und im ausgebauten Dachgeschoss wohnte Ottmar Kannengießer. Daniela Korten hatte die beiden Polizeibeamten nach ihrem Eintreffen herumgeführt.

»Liefen die Geschäfte von Herrn Kannengießer gut?«, fragte Claudia.

»Ja natürlich. Wir hatten in den letzten Monaten viel zu tun.«

»Also keine Drohungen, kein wütender Geschäftspartner?« Martin schaute Daniela Korten prüfend an. »Sie wissen nicht zufällig, ob es jemanden gibt, der Ihren Chef lieber tot sehen würde?«

»Nein, was denken Sie denn? Wir sind hier in Daun, nicht in Chicago, wo an jeder Ecke geschossen wird.«

Martin zuckte nur mit einer entschuldigenden Miene die Schultern.

»Arbeiten Sie schon lange als Sekretärin für Ottmar Kannengießer?«, fragte Claudia.

»Ich bin seit drei Jahren Assistentin der Geschäftsleitung.«

Claudia hörte den Stolz in der Stimme der jungen Frau. Assistentin der Geschäftsleitung klingt natürlich viel besser als Sekretärin, dachte Claudia. Sie musterte Daniela Korten unauffällig. Die junge Frau war schlank, hatte mittellange blonde Haare und entweder gerade einen Mittelmeerurlaub hinter sich oder eine Dauerkarte fürs Bräunungsstudio. Sie würde zwar nicht als »Germany's next Topmodel« durchgehen, aber doch zumindest beim Schützenfest einigen Männern den Kopf verdrehen können.

»Trainierte Herr Kannengießer regelmäßig?«

Daniela Korten nickte. »Soweit ich weiß, hat er vor fünf Jahren mit dem Laufen angefangen. Zuerst lief er nur kurze Strecken, um sich fit zu halten. Wir haben uns bei einem Laufwettbewerb kennengelernt. Ich lief damals die 10-Kilometer-Strecke, Ottmar absolvierte den Halbmarathon.«

»War das der Maare-Mosel-Lauf?«, fragte Martin.

»Genau. Er lief über das Dauner Viadukt und durch das ›**Große Schlitzohr**‹, den ehemaligen Bahntunnel. Ich blieb auf dem Radweg, den man aus der alten Bahnstrecke gebaut hat. In Gillenfeld, im Zielbereich, haben wir uns dann an einem Getränkestand kennengelernt und uns sofort gut verstanden. Zwei Wochen später hat mich Ottmar angerufen und gefragt, ob ich als Geschäftsleitungsassistentin bei ihm anfangen wollte. Das war im Spätsommer vor drei Jahren.«

»Aber 21 Kilometer Laufen oder ein paar Schwimmrunden im **Pulvermaar** waren Herrn Kannengießer dann irgendwann zu wenig, oder?« Daniela Korten seufzte bei der Frage von Claudia. »Mit dem Triathlon-Training hat er vor gut einem halben Jahr begonnen, er war wie besessen davon.«

Claudia ging nicht weiter darauf ein, sondern fragte: »Gab es ein besonderes Projekt, an dem Herr Kannengießer in der letzten Zeit gearbeitet hat?«

»Ja sicher. Er plante ein größeres Ferienressort in Berlingen, ganz in der Nähe von **Eifel Adventures**, Sie wissen doch, das ist dieser Park, wo man an Drahtseilen zwischen den Baumwipfel entlanggleiten kann.«

»Und gibt es bei diesem Projekt auch einen Geschäftspartner?«

»Ottmar realisiert das Ganze mit einem Architekten, Frank Dannenbrecht.« Daniela Korten schrieb eine Telefonnummer auf einen Notizzettel. »Hier, unter dieser Handynummer können Sie Herrn Dannenbrecht erreichen.«

»Ist es dir auch aufgefallen?«

Claudia schaute im Auto ihren Kollegen an. Martin grinste: »Du meinst, dass Frau Korten reichlich erschüttert war und im Badezimmer oben zwei Zahnbürsten standen, obwohl Kannengießer doch Single war?«

»Ganz genau. Das alles und der zeitliche Zusammenhang.«

»Klar, unser lieber Ottmar lernt bei einem Laufwettbewerb eine süße Blondine kennen, stellt sie als seine Assistentin ein, und keine zwei Monate später lässt sich seine Frau von ihm scheiden.«

»Es geht doch nichts über ein gründliches Aktenstudium. Hast du mal was von diesem geplanten Ferienressort gehört, Martin?«

»Nöö, ist aber eine nette Gegend und zieht sicher viele Feriengäste an. Ich war mal mit ein paar Kumpels aus der Spurensicherung da. Nicht bei den Ziplines, aber auf dem **großen Minigolfplatz**.« Claudia zückte ihr Smartphone und holte den Zettel heraus, den sie von Daniela Korten erhalten hatte. »Dann wollen wir doch einmal sehen, ob Herr Dannenbrecht für uns Zeit hat.«

Frank Dannenbrecht war gut zehn Jahre älter als Ottmar Kannengießer. Ein leichter Bauch wölbte sich über dem Hosenbund, keine Frage, Dannenbrecht und Kannengießer hatten sich sicher nicht bei einem Triathlonwettbewerb kennengelernt.

»Schlimme Sache, möchte nur wissen, was da passiert ist«, Dannenbrecht kratzte sich in seinem grauen Vollbart, »die Frau Korten hat heute Morgen schon angerufen und mich informiert.«

»So? Ich hatte mich gerade schon gefragt, wie Sie vom Tod Ottmar Kannengießer erfahren haben.« Martin Winkelhart rückte auf dem Besucherstuhl ganz vorne an die Kante und sah aus, als wolle er gleich aufspringen. Frank Dannenbrecht hatte die beiden Polizisten in sein Architekturbüro eingeladen. In dem Büro herrschte geschäftiges Treiben, vier Mitarbeiter standen an einem großen Besprechungstisch und diskutierten das Modell eines Gebäudekomplexes, Claudia und Martin zählten mindestens sieben weitere Angestellte in den Büroräumen, an denen sie vorbeikamen. Keine Frage, das Architekturbüro Dannenbrecht war alles andere als eine kleine Klitsche.

Dannenbrecht, in karierter Golfhose und teurem Polohemd, sah aus, als wäre er gerade vom Golfplatz gekommen, um einmal kurz im Büro vorbeizuschauen. Vielleicht war er das ja tatsächlich, dachte Martin. Laut sagte er: »Sie haben also mit Ottmar Kannengießer bei einem neuen Projekt zusammengearbeitet? Gab es da irgendwelche Probleme?«

»Nein, überhaupt nicht. Alles lief ausgesprochen zufriedenstellend. Ottmar hatte schon verschiedene Interessenten an der Hand, und die Finanzierung ist komplett abgeschlossen.«

»Ein Bauprojekt mitten in der Eifel, und es gab überhaupt keine Gegenstimmen?«, Claudias Stimme klang zweifelnd, »keine Naturschutzbedenken, keine neidischen Nachbarn, keine Probleme bei der Auftragsvergabe?«

Dannenbrecht lehnte sich in seinem hohen Lederbürostuhl zurück und faltete die Hände über dem Bauch. »Ja, ja, ich weiß schon, worauf Sie hinaus wollen, Frau Kriminalhauptkommissarin. Aber ich habe in den letzten Jahren selten ein Bauprojekt erlebt, das so reibungslos ablief wie das neue Projekt mit Ottmar Kannengießer. Bestimmt gibt es den einen oder anderen Neider für dieses Projekt, aber dass jemand Ottmar dafür gleich erschießen würde, kann ich mir beim besten Willen nicht vorstellen.«

Bevor Claudia und Martin noch etwas sagen konnten, klopfte es an der Bürotür. Die Tür öffnete sich, und eine junge Frau trat herein. Für einen Moment starrte Martin sie an. Sie war blond, vielleicht gerade einmal 18 oder höchstens 20 Jahre alt, und im Gegensatz zu Daniela Korten hätte sie jederzeit jeden Modelwettbewerb gewinnen können. »Entschuldige, Paps, dass ich dich in deiner Besprechung stören muss, aber ich sollte dich daran erinnern, dass du um zwölf Uhr in Euskirchen sein musst.«

»Danke, Liebes. Frau Meusen, Herr Winkelhart, darf ich Ihnen meine Tochter Susanne vorstellen. Susanne, wir sprechen gerade über den Tod von Ottmar Kannengießer.«

Martin bemerkte, wie Susanne Dannenbrecht zusammenzuckte. Das war bei der Nachricht eines plötzlichen Todes möglicherweise völlig normal, aber Martin hätte schwören können, dass sich auf Susannes Gesicht ein viel größerer Schrecken abgezeichnet hatte. Doch dieser Schrecken dauerte nur einen Wimpernschlag, danach hatte sich die junge Frau wieder im Griff.

»Ich hab schon davon gehört, vielleicht war alles ja nur ein furchtbarer Unfall.«

»Denkbar ist das, aber wir müssen bei unseren Ermittlungen natürlich jede Möglichkeit berücksichtigen.« Claudia Meusen stand auf. »Wenn wir noch Fragen haben, würden wir uns bei Ihnen melden, Herr Dannenbrecht.«

»Ich begleite Sie nach draußen«, bot Susanne Dannenbrecht an. In der Tür drehte sich Martin Winkelhart noch einmal zu dem Architekten um. »Ach, Herr Dannenbrecht, eine Frage hätte ich noch. Sind Sie Jäger?«

»Ja, ich teile mir mit ein paar Freunden eine Pacht. Macht mich das verdächtig? Sie können jederzeit meine Gewehre untersuchen lassen. Ich habe da keine Geheimnisse.«

»Vielleicht kommen wir auf Ihr Angebot noch einmal zurück, Herr Dannenbrecht.«

»Was hältst du von der ganzen Sache?« Martin schaute seine Kollegin fragend an.

»Irgendetwas stört mich, aber ich komme nicht drauf, was es ist. Lass uns ins Polizeipräsidium zurückfahren, ich muss mal ein paar Dinge recherchieren.«

»Glaubst du, sie haben etwas bemerkt?« Susanne Dannenbrecht lehnte sich mit dem Rücken gegen die geschlossene Bürotür ihres Vaters.

»Unfug! Mach dir darüber keine Sorgen, Kind. Sie haben eine Leiche, aber keine Zeugen und keine Waffe. Das Gewehr war nicht registriert, und das Maar ist gut 50 Meter tief. Keine Menschenseele wird dieses Gewehr wieder zu sehen bekommen. Das Schwein hat bekommen, was es verdient hat. Oder hast du vergessen, was er dir angetan hat?«

»Ich werde das nie vergessen können! Das weißt du ganz genau.«

»Ich weiß, mein Schatz. Ich weiß …«

Als Martin Winkelhart am nächsten Morgen ins Büro kam, saß Claudia bereits am Schreibtisch, und eine leere Brötchentüte zeigte ihm, dass seine Kollegin bereits gefrühstückt hatte.

»Morgen, Claudi. Mensch, du bist aber früh dran.«

»Und es hat sich gelohnt.«

»Sag bloß, du hast etwas herausgefunden?« Claudia schob mit einem zufriedenen Lächeln verschiedene Blätter auf ihrem Schreibtisch zurecht. »Das kannst du laut sagen. Vor allem weiß ich jetzt, was mich gestern gestört hat.«

»Komm, mach es nicht so spannend!«

»Ich hab es nachgeprüft. Die Kollegen von der Schutzpolizei schwören Stein und Bein, dass sie Daniela Korten nur über den Tod ihres Chefs informiert haben. Kein Mensch hat ihr erzählt, dass Kannengießer erschossen worden ist. Die Presse ist ebenfalls noch nicht informiert worden. Woher also wussten Daniela Korten und Frank Dannenbrecht, dass Kannengießer erschossen worden ist? Und das ist noch nicht alles.

Ich habe noch ein paar ganz interessante Dinge herausgefunden. Erstens: Susanne Dannenbrecht ist eine hervorragende Sportschützin. Zweitens: Ihr Vater war zur Tatzeit mit Freunden in Gerolstein, er hat ein wasserdichtes Alibi. Drittens: ich habe ein paar Freunde von Ottmar Kannengießer gefunden, die mir verraten haben, dass Kannengießer mit seiner Sekretärin, pardon, Assistentin der Geschäftsleitung, Schluss gemacht hat. Und er ist zwei-, dreimal mit einer bildhübschen jungen Frau gesehen worden, bevor er beim letzten Altstadtfest wieder solo unterwegs war. Zum Glück gibt es auf der Webseite des Architekturbüros Dannenbrecht Fotos des Teams. Ich habe das Foto von Susanne Dannenbrecht den Kumpels von Kannengießer gemailt, sie erkannten sie sofort. Außerdem erfuhr ich, dass Susanne Dannenbrecht vor gut drei Monaten mehrere Wochen im Ausland war, zur Erholung in der Schweiz, heißt es. Ich kann mir kaum vorstellen, warum eine so gut aussehende junge Frau sich erholen muss.«

»Mal langsam, nur damit ich das alles verstehe. Ottmar Kannengießer hat ein Verhältnis mit Daniela Korten, dann macht er Schluss, weil er bei seinem Geschäftspartner dessen bildhübsche Tochter kennenlernt. Er geht ein paar Mal mit ihr aus, dann ist er wieder solo, während die junge Dame für einige Wochen von der Bildfläche verschwindet. Ach ja, und der Vater ist Jäger, hat aber ein Alibi. Wie es der Zufall will, kann aber auch seine Tochter mit einer Waffe umgehen.«

»So ist es. Bevor ich es vergesse: Daniela Korten und Susanne Dannenbrecht sind trotz des Altersunterschieds seit einigen Wochen dicke Freundinnen.«

»Woher willst du das denn jetzt wissen?«

»Facebook, Martin. Auf der Facebook-Seite von Susanne Dannenbrecht gibt es ein paar Fotos, die sie offensichtlich von sich und Daniela geschossen hat. Beim Shoppen, im Club und beim Besuch eines Open Air Konzertes am Gemündener Maar, während des ›**Klassik auf dem Vulkan-Festivals**‹ im Sommer.«

»Und da beschweren sich alle darüber, dass Vater Staat angeblich seine Finger im Privatleben des Einzelnen hat.« Martin grinste übers ganze Gesicht. »Ist gar nicht nötig, die meisten veröffentlichen längst ihr Privatleben bereitwillig im Netz.«

»Aber hilfreich ist das schon. Ich glaube, es lief so ab: Ottmar Kannengießer beginnt ein Verhältnis mit einer jungen Frau, die er bei einem Sportwettbewerb kennenlernt. Seine Gattin kommt dahinter und lässt sich scheiden. Ottmar Kannengießer bleibt mit Daniela Korten zusammen. Dann aber lernt er Susanne Dannenbrecht kennen. Er beschließt, dass er lange genug mit Daniela zusammen war und dass es Zeit ist für eine neue Beziehung. Doch dann geht etwas schief. Vielleicht wird Susanne Dannenbrecht schwanger, und unser Ottmar bekommt kalte Füße. Susanne lässt abtreiben, erholt sich in der Schweiz, und freundet sich nach ihrer Rückkehr mit ihrer früheren Rivalin an, die auf Ottmar auch nicht mehr gut zu sprechen ist.

Vater Dannenbrecht unterstützt seine Tochter, besorgt ein totes Reh und deponiert das Tier in der

Nähe des späteren Tatorts, bevor er sich auf den Weg nach Gerolstein macht, um sich ein Alibi zu verschaffen. Susanne wartet darauf, dass Ottmar bei seinem Trainingslauf auftaucht. Wenn Daniela Korten sie darüber informiert hat, wann Ottmar losgefahren ist, muss sie auch gar nicht lange im Auto warten. Was ganz praktisch ist, denn so besteht auch nicht die Gefahr, dass sie Spaziergängern wie meinem ehemaligen Schulfreund Klaus Mendig auffällt. Vielleicht war auch Daniela dabei. Ich bin sogar sicher, dass sie mit dabei war, weil wir am ganzen Ufer keine Schleifspuren gefunden haben. Susanne hat also Ottmar erschossen, und danach haben beide Frauen den Toten zum Ufer getragen und ins Wasser geworfen. Vielleicht hofften sie, dass der Tote vom Ufer wegtreiben würde, und so war es dann ja auch. Sie wollten die Spuren verwischen und dafür sorgen, dass Ottmar nicht gleich gefunden wird. Jede Wette, dass die Tatwaffe ebenfalls im Wasser verschwunden ist.«

»Junge, Junge, ich kriege eine Gänsehaut, wenn ich dich so erzählen höre, Claudia. Das hat alles Hand und Fuß, aber außer den Randbemerkungen, einem Urlaub in der Schweiz und ein paar Facebook-Fotos, haben wir noch nichts in der Hand. Auch Daniela Korten und Susanne Dannenbrecht haben sicher ein Alibi. Ohne die Tatwaffe und ohne Zeugen werden wir die nie kriegen.«

Claudia Meusen bekam einen entschlossenen Gesichtsausdruck. Diesen Gesichtsausdruck kannte

Martin Winkelbrecht bei seiner Kollegin. Sie würde so schnell nicht aufgeben.

»Ein ›Aus Mangel an Beweisen‹ werde ich nicht akzeptieren. Auch wenn Ottmar Kannengießer es nicht verdient haben sollte, ich krieg die. Das verspreche ich.«

Weinfelder Maar

gehört zu den sogenannten Dauner Maaren und ist 20–30.000 Jahre alt. Das Maar zählte zu den Lieblingsmotiven des Landschaftsmalers Fritz von Wille (1860–1941).

Dass das Weinfelder Maar auch Totenmaar genannt wird, hat nichts mit der Wasserqualität des Kratersees zu tun. Der Name hat seinen Ursprung in dem am Nordufer des Sees gelegene Friedhof und der kleinen Kapelle, die früher die Pfarrkirche des Dorfes Weinfeld war.

Baden ist im Weinfelder Maar übrigens nicht erlaubt.

Meerfelder Maar

Dieses Maar ist mit 1,5 Kilometer Durchmesser das größte Maar der Westeifel. Im Jahr 1877 schenkte der damalige Kaiser Wilhelm I. den Meerfelder Bürgern 12.000 Reichsmark, damit sie den Wasserspiegel des Kratersees um zwei Meter absenken und so zusätzliches Land gewinnen konnten.

Das Maar ist Heimat für verschiedene Wasservogelarten, dennoch ist Baden und Angeln im Maar erlaubt.

Schalkenmehrener Maar

Dieses Maar ist ein sogenanntes Doppelmaar. Doch das östliche Maar wurde von dem Auswurf des westlichen Maares vollständig bedeckt. Das Trockenmaar entwickelte sich zu einem flachen Moor.

Am Schalkenmehrener Maar liegt nicht nur ein Campingplatz, hier werden auch zahlreiche Freizeitaktivitäten angeboten. Wer will, kann in dem 21 Meter tiefen Kratersee Baden, Segeln, Angeln und Bootfahren. Tret- und Ruderboote werden vor Ort vermietet.

Das Maar ist auch der Austragungsort für den Vulkan-Cross-Triathlon (siehe unten).

Sternwarte »Hoher List«

Auf dem Hohen List oberhalb von Schalkenmehren wurde Anfang der 1950er Jahre ein Observatorium errichtet. Der Komplex mit seinen sechs unterschiedlichen Kuppeln gehörte als Außenstation zur Sternwarte der Universität Bonn. 1964 wurde hier ein Teleskop mit einem Spiegeldurchmesser von mehr als einem Meter eingebaut. Es ist bis heute eines der größten Teleskope Europas, das für Publikumsbeobachtungen eingesetzt werden kann. Anfang 2012 wollte die Universität die Forschungen in der Sternwarte einstellen. Glücklicherweise gründete sich ein Verein, der sich dafür engagierte, die Sternwarte zu erhalten. Die

Astronomische Vereinigung Vulkaneifel am hohen List e.V. mietete einen Teil des Observatoriums, darunter das Gebäude mit dem großen Spiegelteleskop, von der Universität Bonn. Seit dem Herbst 2013 steht die Sternwarte unter Denkmalschutz. Auf dem Hohen List werden heute Führungen und astronomische Vorträge angeboten. Informationen unter www.hoher-list.de.

Maare-Mosel-Lauf

ist ein jährlicher Sportwettbewerb, der verschiedene Laufdistanzen anbietet. Sogar die Kleinsten können schon beim 300 Meter Bambinilauf starten. Es gibt eine Sieben-Kilometer-Distanz ohne Zeitmessung, Walking-Wettbewerbe und einen Halbmarathon, der von Daun über Schalkenmehren nach Gillenfeld führt. Weil der Maare-Mosel-Lauf dabei in weiten Teilen dem bereits beschriebenen Maare-Mosel-Radweg folgt, sind die schlimmsten Steigungen eliminiert.
Informationen zu den Teilnehmergebühren und den einzelnen Wettbewerben findet man unter www.maaremosellauf.de.

VULKAN-Cross-Triathlon

gehört seit 2010 zu den größten Veranstaltungen in der deutschen Cross-Triathlon-Szene. Geschwommen wird im Schalkenmehrener Maar über eine Distanz von 1,5 Kilometern. Danach müssen die

Teilnehmer 32 Kilometer mit dem Mountainbike fahren, zum Teil auf technisch anspruchsvollen Strecken. Am Ende des Wettbewerbs steht noch ein neun Kilometer langer Cross-Lauf auf dem Programm.
Informationen zum Wettbewerb gibt es im Netz unter www.cross-triathlon-schalkenmehren.de.

Der Tunnel »Großes Schlitzohr«

Dieser Tunnel ist eines der Highlights auf dem Maare-Mosel-Radweg und wird auch bei dem beschriebenen Maare-Mosel-Lauf genutzt. Das »Große Schlitzohr« ist ein ehemaliger Eisenbahntunnel. Mit einer Länge von 560 Metern ist er der zweitlängste Tunnel, den man in Deutschland mit einem Fahrrad befahren kann. Seinen Spitznamen bekam er durch die Fledermäuse, die hier überwintern, darunter Zwergfledermäuse, das Braune Langohr sowie Bart-, Wasser- und Fransenfledermäuse.

Pulvermaar

Das Maar liegt in der Nähe von Gillenfeld. Der See ist mit einer maximalen Wassertiefe von 72 Metern der tiefste See der Vulkaneifel. Ursprünglich, so schätzen Geologen, soll dieses Maar sogar eine Tiefe von 200 Metern gehabt haben. Am Pulvermaar gibt es einen Campingplatz, ein Naturfreibad sowie einen Tretboot-Verleih.

Informationen zur Region rund um das Pulvermaar gibt es im Netz unter www.vulkaneifel.com.

Eifel Adventures

Können Sie sich vorstellen im Wald zwischen Bäumen hindurch zu schweben? Möglich wird dies in Berlingen, wo Eifel Adventures sogenannte Zipline-Touren anbietet. Die einzelnen Ziplines sind gespannte Drahtseile, an denen man in einem Klettergeschirr wie bei einer Seilbahn entlang gleitet. Angeboten werden insgesamt elf Strecken mit jeweils 15 Metern Länge und eine Fahrt quer über das gesamte Berlinger-Bach-Tal. Die ganze Tour dauert rund 2,5 Stunden. Infos unter www.eifeladventures.de.

Minigolfanlage / Eifel Adventures

Wer dagegen lieber mit beiden Beinen auf dem Boden bleiben möchte, sollte die große Minigolf-Anlage mit 18 Bahnen ausprobieren. Hier wurden die Hindernisse aus Baumstämmen, Steine und Wurzeln gebaut. Dazu kommen Bachläufe und Naturtunnel. Öffnungszeiten und Eintrittspreise unter www.eifeladventures.de.

Klassik auf dem Vulkan

Unter diesem Titel steht ein Sommer-Kulturfestival in der Vulkaneifel, das Musik- und Theateraufführungen anbietet. Die Bandbreite ist groß und reichte im Sommer 2015 von der Krimitheater-Inszenierung über Popmusik bis hin zu einem Konzert der »Jungen Philharmonie Köln« am Gemündener Maar. Informationen zu den aktuellen Veranstaltungen und Tickets gibt es im Netz unter www.klassikaufdemvulkan.de.

Die Eifel kulinarisch

Nachdem mir angeboten worden war, dieses Buch zu schreiben, entstand als Erstes die nachfolgende Geschichte. Über mögliche Freizeittipps hatte ich noch gar nicht nachgedacht. Durch einen Zufall hatte ich aber nur wenige Tage vorher die »Historische Wassermühle« in Birgel besucht, dort Senf zubereitet und mir auf der Rückfahrt überlegt, ob man in einem Krimi wohl jemanden mit Senf umbringen kann. Natürlich mit vergiftetem Senf. Da muss man fair bleiben, denn die angebotenen regionalen Sorten sind alle viel zu lecker und von ausgesuchter Qualität. Gar nicht zu vergleichen mit dem 08/15-Senf aus dem Supermarkt.

In der Eifel gibt es mehrere Senfmühlen, die ganz unterschiedliche Variationen produzieren. Und wer einmal einen Lammbraten mit Senfsoße probiert hat, der weiß, wie gut der Senf zur Eifler Küche passt.

Kulinarisch gesehen hat die Eifel in den letzten 20 Jahren enorm an Selbstvertrauen gewonnen. Spitzenköche haben, allen Unkenrufen zum Trotz, hier Fuß gefasst, regionale Produzenten von Käse, Senf und Wurstwaren haben sich etabliert. Und vor allem tritt die Eifelküche mit mehr Selbstvertrauen auf. Sie muss sich nicht verbiegen oder so tun, als müsse sie mit teuren Zutaten und ausgefallenen Kompositionen glänzen.

Die typischen Spezialitäten der Eifel sind einfache Rezepte, Gerichte, die wenig kosten und satt machen.

Das hat seinen Grund in der bitteren Armut, die in dieser Region geherrscht hatte. Statt fettem Braten kam hier Döbbekoochen, ein Auflauf aus geriebenen Kartoffeln mit Speck und Zwiebeln auf den Tisch. Wir servieren Döbbekoochen immer zu St. Martin, und dann sind auch noch Mettwürste und Rosinen im Spiel, aber das nur am Rande.

Kartoffeln waren billig, und Fisch war leichter zu bekommen als Fleisch. Auch heute noch kann man in der Eifel frische Forellen genießen. Und was in der Spitzenküche erst in den letzten Jahren wiederentdeckt wurde, der Einsatz von Wildkräutern, war in den Eifler Küchen ein Notwendigkeit zum Überleben. Kinder wurden zum Sammeln von Löwenzahnblättern auf die Wiesen geschickt. Aus dem Löwenzahn wurde dann ein Salat zubereitet und mit Kartoffeln und Speck serviert. Hongslatze heißt dieses Gericht.

Kurz: Produkte und Rezepte mit regionalen Wurzeln, mit Zutaten, die ohne lange Lieferwege zur Verfügung stehen – sie werden immer begehrter.

Da passt doch ein Senf aus der Eifel ganz optimal. Ach ja, und morden kann man mit ihm auch … Ich bedanke mich an dieser Stelle bei der Historischen Wassermühle in Birgel für die Erlaubnis, in ihren Räumlichkeiten mein Unwesen treiben zu dürfen.

MILD-WÜRZIG ODER TÖDLICH-SCHARF

Er wusste noch das genaue Datum, an dem Horst Dröggel das erste Mal in seinem Büro gestanden hatte. Pardon, in ihrem gemeinsamen Büro, denn Dröggel bezog den leeren Schreibtisch am Fenster.

Es war der 2. Mai gewesen – der Tag, an dem sein Leben den Bach runtergegangen war … aber der Reihe nach.

Rainer Westkirchen ließ es langsam angehen. War auch besser so, denn sein Kater hatte sich nach dem Einsatz von vier Aspirin nur unwillig in eine Ecke seines Schädels zurückgezogen. Ein Bekannter hatte ihn nach Burbach mitgenommen. Zum Tanz in den Mai des **Golfclubs**. Der Abend im Restaurant Lietzenhof und Vanessa Schwindlohe hatten ihre Spuren hinterlassen. Vor allem Vanessa Schwindlohe, für die eine Nacht grundsätzlich erst um fünf Uhr früh endete.

Er schaute hoch, als der neue Kollege sich unsicher umblickte.

»Guten Morgen auch, ich bin Rainer Westkirchen, Bauanträge und Industriegutachten im Landkreis. Wir duzen uns aber alle hier, also sag einfach Rainer zu mir.«

Der Neue schaute ihn mit einem Stirnrunzeln an und sagte dann schüchtern: »Äh ja, Dröggel, Horst Dröggel, Rechnungsprüfung und Internes auf Landesebene. Ich würde gern bei Herr Dröggel bleiben, wenn es Ihnen nichts ausmacht, Herr Westkirchen.«

Rainers Mund klappte ungläubig auf, was war das denn für einer, und warum musste die Kreisverwaltung Vulkaneifel ihn ausgerechnet in seinen Raum setzen? Dann aber dämmerte es ihm. Dröggel – weiß Gott kein Allerweltsname – doch nicht der Korinthen-Horst, dieser gefürchtete Rosinenpicker. Über den hatte er schon manche Schauergeschichte gehört. Mit seinem pedantischen Gehabe hatte Dröggel etliche Beamte zur Weißglut getrieben. Mehr als einen Monat hatte bislang keiner mit dem ausgehalten. »Ich geh lieber im Wald Bäume erfassen, als noch eine Minute länger mit diesem Langweiler und Klugscheißer in einem Raum zusammenzusitzen, so viel können die mir gar nicht bezahlen.« Rainer erinnerte sich noch gut an den Wutausbruch eines Kollegen beim letzten Verwaltungstag. Mehrmals hatte er gerüchteweise von einer Kollegin gehört, die bereits seit drei Jahren freiwillig im Keller Steuerbescheide sortierte. Angeblich erzählte sie jedem, der es hören wollte, dass sie dort im Keller sicher sein konnte, nie mehr mit Dröggel arbeiten zu müssen.

Rainer stöhnte auf. Ein Geräusch riss ihn aus seinem Selbstmitleid. Mit einem Desinfektionstüchlein wischte Dröggel sorgfältig den Telefonhörer und die Tastatur des Computers ab. Rainer Westkirchen nahm sich vor, das alles nicht zu beachten, doch das war leichter gesagt, als getan. Mit steter Gleichmäßigkeit holte sein neuer Kollege Locher, Hefter, mehrere Stifte in verschiedenen Farben, ein Foto (seine Mutter, wie sich später herausstellte) und eine Thermoskanne heraus. Hefter, Locher und Foto wurden sorgfältig zur Schreibtischkante ausgerichtet, die Thermoskanne bekam ihren Platz rechts hinten neben dem Monitor.

»Wir haben einen Kaffee-Vollautomaten in der kleinen Küche auf dem Flur, der macht sogar Latte.« Besser, man ist mal am Anfang höflich, dachte Rainer.

»Das wird nicht nötig sein. Von Kaffee bekomme ich immer Aufstoßen, da ist mir mein Kamillentee lieber.«

Das konnte ja heiter werden.

Und es wurde heiter. Die nächsten Wochen forderten von Rainer Westkirchen alles. Acht Stunden Dröggel live und in Farbe zermürbten ihn mehr und mehr. Nicht nur, weil jeden Morgen Telefonhörer und Tastatur abgewischt wurden – Dröggel war krankhaft pingelig.

Nur ein Beispiel: Manchmal aß Rainer in der Frühstückspause ein Kümmelbrötchen am Schreibtisch. Zwei Tage passierte gar nichts. Am dritten Tag zauberte Kollege Dröggel aus seiner unergründlichen Aktentasche einen Akku-Staubsauger, um die Krümel wegzusaugen. Der Mann macht ihn fertig. Und Vanessa? Vanessa gab ihm dann den Rest. Gott, die Frau war unersättlich. Rainer war sich bewusst, dass er nicht in ihrer Liga spielte. Immerhin war sie eine Schwindlohe. Autohaus Schwindlohe, sieben Niederlassungen überall in der Eifel, und Vanessa war die Alleinerbin des Firmenimperiums. Gut, Rainer musste sich selbst eingestehen, dass er bei ihrer ersten Begegnung ziemlich dick aufgetragen hatte. Aus den paar Semestern BWL war ein abgeschlossenes Studium geworden. Der Urlaub mit Ute in England wurde zum wichtigen Auslandsaufenthalt, und eigentlich arbeitete er nur bei der Verwaltung, weil er – trotz Erbschaft – etwas für seine Mitmenschen tun wollte. Geerbt hatte er tatsächlich, aber nur den Krempel seines Opas Hannes. Der alte Schwindlohe zeigte sich beim ersten Kennenlernen auch nur mäßig beeindruckt.

Zum Glück ging Rainer nicht mit Schwindlohe senior ins Bett, sondern mit der süßen Tochter des Familienpatriarchen, und die wusste zu leben. Meine Herren! Am Anfang hatte Rainer es ja noch mit ein paar örtlichen Aktivitäten ausprobiert – war bei seinen früheren Bekanntschaften immer gut angekommen. Auf dem **Kosmosradweg** hatte er früher mit seinem Halbwissen glänzen können, oder ein Spaziergang zur **Sommerrodelbahn**, da konnte man bei der Abfahrt Nervenstärke beweisen. Aber Vanessa hatte beides empört abgelehnt. Das wäre nichts für sie. Was etwas für sie war, hatte Rainer auch sehr schnell erfahren. Ein Wochenende in St. Moritz, Kurzurlaub auf Sylt, Shoppen in Düsseldorf, Hamburg und München. Sein Vorschlag, man könne doch auch das **City-Outlet in Bad Münstereifel** besuchen, wurde mit einem ungläubigen Schnauben quittiert. Ein kleines Abendessen zu zweit? Gern, aber bitte dann im **Schlosshotel Kurfürstliches Amtshaus**, schließlich konnte sich das Restaurant Graf Leopold hoch über der Stadt lange Jahre mit einem Michelin-Stern schmücken. Das Essen und der Wein waren ganz unglaublich gewesen, das musste Rainer neidlos zugestehen. Allerdings hatte Vanessa bestellt und bestellt, als gäbe es kein morgen. Am Ende verschlug ihm die Rechnung den Atem. Für das Geld hatte er auch schon mal Kurzurlaub gemacht.

Jetzt, nach sechs Wochen Vanessa-Total, traute sich Rainer Westkirchen nicht mal mehr die Briefe seiner Bank zu öffnen.

So also sah sein Leben aus – bis zu diesem einen Freitag.

An dem Tag, Kollege Dröggel lag gottlob mit einer Grippe flach, hatte sich Alfons Kreuzner gemeldet. Alfons gehörte zu seinen Kegelbrüdern. Mit der Baufirma Kreuzner lief es ganz gut, wusste Rainer. Warum nur wollte Alfons etwas Geschäftliches besprechen – und das bei ihm zu Hause?

Um Punkt acht stand sein Kegelbruder auf der Matte. Es war der erste Vanessa-freie Abend seit Wochen. Die Süße hatte mit Freundinnen ein Wellness-Wochenende an der Mosel gebucht – nur Frauen, keine Männer. Die Verschnaufpause war ihm ganz recht.

»Komm doch rein, Alfons. Was darf ich dir anbieten? Einen Espresso? Ein Bier, ein Glas Wein?«

»Ein Espresso zum wach bleiben und danach ein Bier wären nett«, antwortete sein Freund und setzte sich in einen der Ledersessel im Wohnzimmer. Rainer schaltete die neue Espressomaschine ein. Vanessa bestand morgens auf ihrem Milchkaffee, und zwar nur mit Kaffeebohnen aus der **Dauner Kaffeerösterei**. Okay, Rainer musste zugeben, dass das eine neue Dimension des Kaffeetrinkens war, eine, die ihm gefiel. Jedenfalls besser als das Austern schlürfen auf Sylt.

Minuten später standen sowohl die Espressotassen als auch zwei Gläser Bier auf dem Tisch. »Möchtest du noch etwas essen?«

»Nee, lass mal, Rainer«, Alfons winkte ab und nippte an dem Espresso.

Rainer wartete gespannt darauf, was Alfons von ihm wollte. Zum Glück kam der gleich zur Sache. »Pass mal auf, Rainer, ich hab da ein Problem: Du kennst doch das große Grundstück, das die von der Heinrich-Hertz-Kaserne abgeben wollen. Na ja, ich hätte da einen Investor. Aber weil da doch Militärs drauf waren, verlangt der ein Umweltgutachten. Und die Kosten für so ein Gutachten … ich mein, so rosig geht es meiner Firma auch nicht.«

»Und was willst du da genau von mir?«

»Also, wenn da in den Unterlagen dieser Passus mit der Lagerung von Munition nicht mehr auftauchen würde? Oder man mit einer Unterschrift bestätigen könnte, dass ein Gutachten vorgelegt wurde, vielleicht könnte ja auch die ganze Akte im Archiv verlegt werden, oder, Rainer? Das passiert doch immer wieder, hört man ständig.«

Bevor Rainer überhaupt etwas erwidern konnte, spielte Alfons seinen Trumpf aus. Er griff in die Jackentasche und holte einen dicken Briefumschlag heraus. »Sieh mal, ich weiß, dass das nicht nötig wäre, aber hier sind 5.000 drin, sozusagen als Aufwandsentschädigung. Und wenn der Investor zahlt, springen da noch mal fünf Prozent für dich raus. Fünf Prozent von drei Millionen wohlgemerkt.«

Fünf Prozent von drei Millionen, Rainer schluckte trocken, 150.000 Euro steuerfrei. Und ein alter Freund, der ihm auf ewig dankbar sein würde. Womöglich würde er sogar noch öfter dankbar sein müssen? Käme auf einen Versuch an, dachte Rainer.

Trotzdem runzelte er ernst die Stirn und rang scheinbar mit sich, aber nur für ein paar Sekunden, dann grinste er Alfons an, nickte nur und hob das Bierglas: »Darauf trinken wir, mein Freund.«

Erleichtert stieß Alfons mit ihm an, froh, dass sein Problem aus der Welt geschafft war.

Und es wurde aus der Welt geschafft.

Rainer hatte sich die Akte besorgt, ein paar Seiten in den Schredder gesteckt, mit seiner Unterschrift bestätigt, dass er ein Umweltgutachten gesichtet hätte und alles seine Ordnung habe. Diese Kopie ging dann offiziell an Alfons. Sicherheitshalber ordnete Rainer die Akte aber unter einem anderen Kürzel ein, man konnte ja nie wissen. Seine Bank war glücklich und Alfons' 150.000 sorgten für ein angenehmes Polster, auf dem er, Rainer, alle extravaganten Vanessa-Wünsche locker aussitzen konnte.

»Das ist ja kurios!« Horst Dröggel sprach selten laut und mit ihm sowieso nur das Nötigste.

Rainer schaute überrascht hoch. »Was denn?«

»Hier hat ein Bauunternehmer Baustoffe aufgeführt. Der Sack Zement zu 9,40 Euro. Mein Schwager baut gerade, der kauft den Zement immer für drei Euro ein.«

»Na, da hat sich wahrscheinlich einer gedacht, er könne seine Kosten hochsetzen, um ein bisschen dazu zu verdienen.«

»6,40 Euro bei 350 Sack, allein auf dieser Rechnung für den Kindergarten sind das 2.240 Euro, kein schlechter Nebenverdienst. Und hier«, Dröggel hielt ein zweites Blatt hoch, »hier gibt es eine Barabrechnung aus dem März mit dem Seniorenstift, die Franz Meisenbusch unterschrieben hat.«

»Und?«

»Franz Meisenbusch sammelt wie ich Briefmarken, er allerdings Übersee und Kolonien, den kenn ich …«

»Ich verstehe immer noch nicht«, unterbrach Rainer.

»Na ja, der Franz hatte im Februar einen Oberschenkelhalsbruch, ist mit einem Album in der Hand die Treppe runtergefallen. Der kann gar nicht unterschrieben haben, da hat jemand eine Barabrechnung gefälscht. Oha, falsche Rechnung, Unterschriftenfälschung und überteuerte Preise gegenüber städtischen Einrichtungen, oha.«

Kollege Dröggel lebte regelrecht auf. Mensch, der Kerl war ja wie ausgewechselt.

»Ich denke, da hat Ihnen ein Bauunternehmer einiges zu erklären«, sagte Rainer und trank einen Schluck Kaffee, »wer ist es denn?«

»Kreuzner & Sohn, Inhaber Alfons Kreuzner – wahrscheinlich der Sohn …«

Der Rest des Satzes ging in einem schweren Hustenanfall von Rainer unter, bei dem ein Großteil des Kaffees auf zwei Bauanträgen landete.

In den nächsten Tagen machte Horst Dröggel seinem Spitznamen alle Ehre. Er war der geborene Pedant, der Aktenberg wuchs und wuchs. Und Dröggel studierte Rechnungen, Gutachten, Angebote. Nicht, dass er noch irgendetwas gesagt hätte, aber in regelmäßigen Abständen schnaufte er triumphierend, ein Geräusch, das Rainer in den Wahnsinn trieb. Überhaupt wuchs mit jeder weiteren Akte, die aus dem Archiv gebracht wurde, seine Sorge, dass der Deal mit Alfons auffliegen würde. Gar nicht auszudenken, wenn Dröggel die Unterlagen fand. Nachdem er seit fast einer Woche beinah stündlich neue Ungereimtheiten in den Abrechnungen der Firma Kreuzner gefunden hatte, würde er die Sache mit dem Umweltgutachten sicher nicht übersehen. Vor zwei Tagen hatte Rainer Alfons abends angerufen und ihn gewarnt, dass da was im Gange sei. Alfons war ganz aus dem Häuschen gewesen, hatte natürlich nach Details gefragt und sogar weitere 10.000 in Aussicht gestellt. Schade um das schöne Geld, aber Rainer war machtlos. Dröggel schloss jeden Abend sowohl alle Akten als auch seine Notizen im Stahlschrank ein. Seinen Computer hatte er mit einem zusätzlichen Passwort geschützt. Der Mann war nicht nur ein unglaublicher Pedant, er war dazu auch noch ein paranoider Pedant. Was glaubte der eigentlich, wo er arbeitete? In Fort Knox?

So jedenfalls kam Rainer nicht weiter. Am Tag vor dem großen Betriebsausflug passierte dann das, was Rainer befürchtet hatte, seitdem das erste »kurios« Dröggel über die Lippen gekommen war.

»Ob Sie es glauben oder nicht, Kollege Westkirchen. Mir ist gerade aufgefallen, dass zwei Aktenstücke fehlen. Hier gibt es einen Vermerk, doch die Dokumente LZ-32a/4 und LZ-33/5 liegen nicht vor.«

»Da hat sich bestimmt jemand vertan«, beschwichtigte Rainer.

»Oh nein, das glaub ich nicht, denn hier wird auf Anlage B verwiesen. Und die gehört zu den Dokumenten. Wenn es die Dokumente nicht geben würde, warum sollte dann jemand auf die Anlage verweisen? Da steckt bestimmt ein ganz dickes Ding dahinter, ich spür das.«

»Ja, mag sein«, Rainer versuchte, den nervösen Klang aus seiner Stimme zu verbannen. Mist, er hatte überhaupt nicht an die Quervermerke oder Anlagen gedacht!

»Wissen Sie, was ich am kommenden Montag tun

werde, Herr Westkirchen? Ich werde selber runter ins Archiv gehen und nach den Dokumenten suchen, wahrscheinlich sind die nur falsch eingeordnet worden, die find' ich, da können Sie sicher sein.«

»Brauchen Sie denn die Unterlagen wirklich?«

»Aber natürlich – ich kann das Ganze doch nicht der Staatsanwaltschaft übergeben, wenn es Lücken in der Aktenkette gibt.«

Himmel, der Arsch will die Staatsanwaltschaft einschalten, na dann gute Nacht. Rainer spürte, wie ihm der kalte Schweiß ausbrach.

»Aber Herr Kollege, Sie sehen ja so bleich aus, ist Ihnen nicht gut?«, fragte Dröggel besorgt.

»Doch, doch, ich hab gestern Abend wahrscheinlich nur was Falsches gegessen.«

»Aber zur Senfmühle fahren Sie mit, oder?«

»Natürlich, das lass ich mir doch nicht entgehen«, antwortete Rainer. Er brauchte einen Plan. Und zwar schnell, noch vor Montag – so viel war ihm klar.

Die Idee, Dröggel ins Jenseits zu befördern, kam ihm beim dritten doppelten Schlehenbrand. Was blieb ihm denn schon für eine Wahl?

Entweder Dröggel trat ab, oder er trat den Gang in den Knast an. Der Pingelkopp ließ bestimmt nicht mit sich reden, der hatte mal, wie Rainer mittlerweile wusste, eine Kollegin bei der Direktion angezeigt, weil die einen Bürobleistift privat genutzt hatte. So einer würde nie über 150.000 Euro hinwegsehen.

Blieb nur noch die Frage, wie Dröggel abtreten könnte.

Als er endlich im Bett lag, immer noch grübelnd, kam plötzlich die Erleuchtung. Natürlich, warum hatte er daran nicht viel früher gedacht? Opa Hannes und seine Vorträge – das war es!

Rainer sprang aus dem Bett, zog sich rasch einen Bademantel über und stürzte in den Keller. Sein Opa Hannes war Oberstudienrat gewesen. Fächer Biologie und Chemie. In den Jahren nach der Pensionierung hatte er Vorträge gehalten. Seine VHS-Seminare wurden zu Klassikern: »Gift im Garten«, »Natürlich und tödlich«, »Erst essen, dann sterben«. Mit dem Beetbestand seines Reihenhausgartens hätte Opa Hannes ganze Straßenzüge entvölkern können.

Nachdem Hannes aber den Bunsenbrenner des Lebens zum letzten Mal gelöscht hatte (ein Lehrerkollege kam auf dieses schöne Bild bei der Trauerrede), blieb Rainer nicht viel von ihm. Immerhin hatte er den Schaukasten geerbt, der bei allen Vorträgen im Mittelpunkt gestanden hatte. Kleine Flaschen, und in vielen lauerte der Tod. Seit drei Jahren fristete der Kasten zwischen Weinregal und dem Surfbrett ein Kellerdasein. Was die einzelnen Fläschchen enthielten, wusste Rainer nicht mehr. Nur an eines konnte er sich noch gut erinnern: Ricin. Opa Hannes hatte es aus Rizinussamen gewonnen. Der sonst so ruhige und gelassene Oberstudienrat war dabei ganz hibbelig gewesen. »Ricin, Junge, ist ein Teufelszeug«, dozierte damals Opa Hannes. »Nur ein Viertel Gramm, und du bis mausetot. Nicht sofort, oh nein, da können schon gut zehn Stunden und mehr vergehen, aber wenn dann Erbrechen, blutiger Durchfall, Krämpfe und Herzbeschwerden einsetzen, ist es zu spät, da kann dich keiner mehr retten.«

Rainer schauderte, als er das Fläschchen ins Licht der einsamen Glühbirne im Keller hielt. Wie viel war da wohl drin? Auf jeden Fall deutlich mehr als nur ein Viertel Gramm. Wollte er damit zum Mörder werden? Welche Wahl hatte er schon! Denk immer daran, ermahnte sich Rainer, es ist nur der Dröggel, und der wird dich über die Klinge springen lassen, ohne dir eine Träne nachzuweinen. Dienst ist Dienst und – na ja – Gift ist Gift sozusagen.

Er wusste auch schon genau, wie er es machen wollte – schließlich würden sie die **Historische Wassermühle in Birgel** besuchen, und über die hatte er sich im Internet informiert.

Bereits im Bus köpften die Kolleginnen aus dem Bürgerbüro unter allgemeinem Gekicher die ersten Sekt-Pikkolos. Michael und Markus aus Dezernat IIa ließen dagegen grinsend einen Flachmann rumgehen. Als Rainer an der Reihe war, nahm er pro forma einen kleinen Schluck, der billige Wodka brannte im Hals, beruhigte aber wenigstens die Nerven.

War auch gut so, denn für den Rest des Tages war Nervenstärke gefragt. Zuerst wurden alle in Teams eingeteilt. Rainer achtete darauf, dass er nicht mit Dröggel in eine Gruppe kam – war sicher besser, wenn später mal Fragen gestellt würden.

Mit einem Lächeln stellte sich Rainer zu ein paar Kolleginnen und Kollegen, die das Team 1 bilden wollten. Doch er hatte die Rechnung ohne Silvie aus der Finanzbuchhaltung gemacht. Die funkelte ihn nur böse an und zischte: »Wir sind schon genug – tut mir leid.«

Nur weil sie beide nach der letzten Weihnachtsfeier rumgeknutscht hatten und er sie nicht mehr anrief, ließ sie ihn jetzt abblitzen. Blöde Kuh!

Zum Glück winkten schon Michael und Markus aus Team 2 ihm begeistert zu – da würde der Tag sicher feuchtfröhlich. Ach egal!

Den Rest des Tages bis zum Abendessen verlebte Rainer in einem Nebel aus Aufregung, Billig-Wodka und dem Wunsch, dass es endlich vorbei sein würde. Alle amüsierten sich prächtig. Die Besitzer der historischen Mühle boten was fürs Geld: Gummistiefel-Weitwurf zum Beispiel. Als Rainer den grünen Gummistiefel in die Hand gedrückt bekam, war ihm beim Wurf der Stiefel aus der schweißnassen Hand geglitscht und haarscharf am Kopf von Oberamtsrat Schnittner vorbei gezischt. Das hatte ihm keinen Punkt, dafür ein paar böse Blicke vom alten Schnittner beschert.

So ging es den ganzen Nachmittag weiter: Nägel mit so wenigen Schlägen wie möglich einschlagen, Baumscheibe zu zweit abschneiden und Brotbacken.

Hier musste jeder Teilnehmer 250 Gramm Teig

abschätzen, um daraus anschließend ein möglichst originelles Brot zu formen. Rainer kriegte nur einen klobigen Klumpen zustande. Der sah aus wie ein überfahrener Igel – wieder keine Teampunkte.

Endlich, endlich kamen sie zum Senfrühren. Die Grundmasse war für alle gleich, aber jedes Team durfte seine eigenen Gewürze untermischen. Am Ende füllten sie alle ihren Senf in Schraubgläser. Mehr als einmal fühlte Rainer mit zittrigen Fingern in seiner Hosentasche nach dem Fläschchen. Jetzt war es so weit. Die anderen machten noch einen kleinen Spaziergang, wollten in der **Schnapsbrennerei** vorbeischauen, bevor sich alle im urigen **Restaurant »Le Moulin«** zwischen alten Fachwerkbalken zum Abendessen treffen wollten. Blitzschnell zog Rainer das Fläschchen heraus. Aufschrauben, Inhalt in den Senf, unterrühren, fertig – er blickte sich aufmerksam um. Das Ganze hatte weniger als zehn Sekunden gedauert, und keiner hatte etwas gesehen. Mit einem kurzen Bleistift aus seiner Tasche markierte er den Deckel. Nicht auszudenken, wenn er das Glas nicht wiederfinden würde.

Im Restaurant saßen schon die meisten Kollegen und feierten ihren erfolgreichen Tag. Sogar Oberamtsrat Schnittner konnte bei der Erwähnung des missglückten Wurfs in Richtung seines Kopfes schon wieder mitlachen. Die gebackenen Brote standen in Papiertüten bereit, die Senfgläser der Teams daneben. Rainer sah sein Glas sofort. Schnell nahm er es an sich, wischte unauffällig die Markierung ab und verstaute es in der

Tüte auf der »Horst Dröggel« stand. Dann nahm er sie und brachte sie an den Tisch.

»Ah, Herr Dröggel. Na, haben Sie sich amüsiert? Ist doch wirklich eine nette Truppe hier bei uns in der Verwaltung, nicht wahr? Hier, ich hab gerade ihre Tüte bei meiner gesehen, da dachte ich mir, ich bringe Ihnen gleich auch alles an den Tisch. Team 3 war doch richtig, oder? Ich meine wegen des Senfs?«

»Das ist aber sehr aufmerksam von Ihnen, Herr Westkirchen. Sie werden es nicht glauben, aber ich habe mich richtig bei Ihnen allen eingelebt. Und morgen früh werde ich meiner Mutter beweisen, was für einen leckeren Senf ihr Sohn zubereiten kann, jawohl, da gönnen wir uns was.«

Rainer nickte noch einmal freundlich, doch sein linkes Auge hörte gar nicht mehr auf, nervös zu zucken. Dröggel würde den Senf probieren, vielleicht auch Mutter Dröggel, das wäre bedauerlich, aber was sollte er dagegen schon tun? Zehn Stunden und ein bisschen hatten die beiden danach noch. Montag früh würde Dröggel ganz sicher nicht mehr ins Archiv gehen.

Erst im Bus auf der Rückfahrt entspannte sich Rainer allmählich. Morgen würde er Vanessa anrufen. In dem **Mühlenhotel** konnte man auch Romantikwochenenden buchen, das wäre doch mal was.

Sein Magen knurrte, vor lauter Aufregung hatte er keinen Bissen runterbekommen. Zu Hause konnte er ja das Brot anschneiden und den Senf probieren. Die weiteren 10.000 würde Alfons auch bezahlen müssen.

Nicht sofort am Montag, aber so gegen Ende der Woche würde er bei seinem Kegelbruder mal nachhaken, dachte Rainer zufrieden, während draußen die nächtliche Eifel an seinem Busfenster vorbeizog.

Ich schaute aus dem Busfenster, draußen zog dunkel die Eifel vorbei, am Himmel konnte ich den Mond ausmachen. Was war das für ein herrlicher Tag gewesen. Mutti hatte ganz recht gehabt, als sie mir geraten hatte, hier mitzufahren. So nette Kolleginnen und Kollegen – und vor allem der Rainer Westkirchen. Was für ein sympathischer Kollege, so einen hatte ich ja noch nie in einem Zimmer gehabt in all den Jahren. Am Montag werde ich ihm das ›du‹ anbieten, da wird der staunen. Na ja, staunen wird er sicher schon vorher. Ich weiß doch, wie gern er Kümmel mag. Deshalb hatte ich in meiner Gruppe durchgesetzt, dass wir Kümmelsenf anrühren. Gerade eben, als wir alle unsere Tüten in den Kofferraum gestellt haben, habe ich das Senfglas aus meiner Tüte mit dem Glas aus seiner vertauscht. Mild-würzig mit einer Spur Kümmel. Ach, ich wäre ja gern dabei, wenn er den Senf isst .... was wird der staunen!

Golfanlage Lietzenhof

Auf diesem Golfplatz in Burbach sind gleich zwei Golfvereine beheimatet. Der Golfplatz mit seinen 18 Bahnen wurde in 500 Meter Höhenlage errichtet. Er bietet laut Werbebroschüre ein anspruchsvolles Golfspiel, insbesondere Loch 9 wird hervorgehoben, denn das liegt auf einer Halbinsel inmitten eines Teiches.

Wer immer schon einmal überlegt hat, mit dem Golfen anzufangen, der ist hier richtig, denn es werden auch Schnupperkurse angeboten. Für alle, die mit dem Wohnmobil anreisen möchten, gibt es sogar eigene Stellplätze.

Infos unter www.golf-lietzenhof.de

Kosmosradweg

Dieser Radweg führt von Daun nach Meerfeld. Das Besondere: Entlang des Radwegs mit dem Schwierigkeitsgrad »leicht« erfährt man eine Menge über unser Sonnensystem und seine Planeten. Was ist eigentlich der Urknall oder wie lang ist ein Lichtjahr? – auch das wird hier beantwortet.

Entlang des Weges sind zum Beispiel einzelne Planeten maßstabsgetreu in Größe und Entfernung zur Sonne dargestellt.

Aber Ende der 22 Kilometer langen Radtour ist

man mit Sicherheit ein ganzes Stück schlauer geworden. Infos unter www.kosmosradweg.de.

Sommerrodelbahn in Daun

liegt vor der Einfahrt zu dem bereits beschriebenen Wild- und Erlebnispark Daun. Besucher können die Rodelbahn unabhängig von dem Wildpark nutzen. 800 Meter ist die Sommerrodelbahn lang. Am Ende der Fahrt wird man wieder automatisch hochgezogen, da lohnt sich die 10er-Karte. Infos unter www.wildpark-daun.de.

City-Outlet Bad Münstereifel

Outlets liegen gerade im Trend, aber häufig werden die Geschäfte für Markenschnäppchen irgendwo auf der »grünen Wiese« errichtet. In Bad Münstereifel ist man einen anderen Weg gegangen. In der historischen Altstadt wurden 30 Outlet-Geschäfte eröffnet. Zum ersten Mal in Deutschland wurde damit das Konzept eines Outlet-Centers in eine bestehende Innenstadt mit Einzelhandelsgeschäften integriert. Infos im Netz unter www.cityoutletbadmuenstereifel.com.

Schlosshotel Kurfürstliches Amtshaus / Restaurant Graf Leopold

Der Name verrät es schon: Hier war einst der herrschaftliche Sitz des Trierer Amtsmannes und Vertreters des Kurfürsten. Hoch über der Stadt Daun

in der 300 Jahre alten Burg kann man nicht nur übernachten und im Felsenschwimmbad samt Saunatrakt relaxen, sondern auch ausgezeichnet essen. Ein Besuch im Gourmet-Restaurant Graf Leopold, das sogar schon den Michelin-Stern trug, lohnt sich. Der neue Küchenchef wird jedenfalls von allen Kritikern hoch gelobt.
Informationen unter www.daunerburg.de.

Dauner Kaffeerösterei

Wenn Sie einmal einen Milchkaffee oder einen Cappuccino aus den Kaffeebohnen probiert haben, die von der Dauner Kaffeerösterei stammen, werden Sie keinen anderen Kaffee mehr trinken wollen. Seit 2004 werden in der Rösterei Kaffeebohnen geröstet und verkauft. Die Besitzer Hans und Heike Richarz besuchen selber die Anbaugebiete und machen sich ein Bild von den dortigen Arbeitsverhältnissen. Aber man kann nicht nur Kaffeebohnen kaufen, es gibt auch Schokolade, Liköre und ausgesuchte Öle. Sogar ein Eifler-Kaffee-Honig ist im Sortiment. Wer will, kann auch online einkaufen. Infos unter www.dauner-kaffeeoesterei.de.

Historische Wassermühle Birgel

Hier in Birgel gibt es nicht nur eine Getreidemühle aus dem 13. Jahrhundert, sondern darüber hinaus auch noch eine Senf- und eine Ölmühle.

Bei einer Führung erfährt man alles über den Mühlenbetrieb in früheren Jahrhunderten. Angeboten werden aber auch Backkurse und Workshops, in denen man seinen eigenen Senf kreieren kann. So kam ich ja erst auf die Idee zu dieser Geschichte …

In der **Schnapsbrennerei** auf dem Mühlengelände kann man den Aufbau und die Arbeit einer Brennerei kennenlernen und natürlich auch einen selbstgebrannten Schnaps probieren. Oder man bucht für eine Gruppe gleich eine komplette Schnapsprobe.
Außerdem gibt es ein Mühlenmuseum, das Restaurant »Le Moulin«, das Wirtshaus »Zum Sägewerk« und das Mühlenhotel. Hier übernachten die Gäste unter altem Fachwerk. Das Hotel bietet auch verschiedene Arrangements mit Freizeitaktivitäten an.
Gruppen können sogar ganze Tage mit Erlebnisprogramm buchen (ja, Gummistiefel-Weitwurf ist auch dabei).
Übrigens: Wenn Sie heiraten möchten … auch das ist auf dem Mühlengelände möglich. Das Standesamt Birgel hat hier seine Räumlichkeiten. Informationen unter www.moulin.de.

Vulkanpark Brohltal / Laacher See

Der Laacher See ist, wenn man vom Rhein in Richtung Mayen und die Eifel fährt, sozusagen die erste Station. Mit mehr als drei Quadratkilometern ist er der größte See in Rheinland-Pfalz. Ungefähr 11.000 v. Chr. brach hier ein Vulkan aus, mit verheerenden Folgen für die ganze Region. Ablagerungen dieses gewaltigen Ausbruchs kann man heute sogar noch in Schweden nachweisen. Nach dem Ausbruch brach der Krater ein, füllte sich langsam mit Wasser, und der Laacher See entstand.

Also wenn Sie mal bei Freunden ordentlich angeben wollen, dann lassen Sie beiläufig fallen, dass dieser See natürlich kein Maar ist, sondern eine Caldera, ein Einbruchkrater. Dabei kann der 51 Meter tiefe See sogar noch einen weiteren Rekord für sich verbuchen: Er ist eine der größten Caldera der Eifel und die einzige wassergefüllte Mitteleuropas.

Eng verbunden mit dem See ist natürlich das Benediktinerkloster an seinem Ufer. Die »Abbatia St. Mariae ad Lacum«, die Abtei der hl. Maria am See – oder wie wir sie heute nennen: die Abtei Maria Laach.

Es gibt wohl keinen, der nicht von der mächtigen Basilika beeindruckt ist, doch noch beeindruckender finde ich persönlich die Ruhe und Stille, die man hier findet.

In den letzten Jahren ist der Laacher See Teil eines Informationsnetzwerkes rund um den Vulkanismus geworden. Wer sich also für diesen Aspekt der Eifel interessiert, wird hier sicher fündig, von den Attraktionen, die die nahen Städte Andernach, Mendig und Mayen zu bieten haben, ganz zu schweigen.

Informationen dazu gibt es im
Vulkanpark Infozentrum Plaidt/Saffig
Rauschermühle 6
56637 Plaidt
Tel.: 02632-98750

GESUCHT: DIE NONNE

Ich liebte den Regen. Er spülte die Sünden der großen dunklen Stadt in den Rinnstein der Vergessenheit. Das hier war meine Stadt. Ich liebte sie – auch wenn sie mir jeden Tag wieder neu ins Gesicht spuckte. Ich liebte ihre Sünden – die großen und vor allem die vielen kleinen. Eine dieser Sünden stand an der Ecke der 38. Richtung Downtown, der Rock über ihren langen Beinen war nur wenig breiter als meine Krawatte. Die Kleine schenkte mir einen Blick so tief wie zwei Doppelte und hauchte …

»Entschuldigen Sie, junger Mann, ist hier noch Platz?«

Markus Bartls schreckte hoch, ließ das Buch sinken, in dem er eben noch gelesen hatte, und funkelte den Spaziergänger in lodengrüner Jacke unwillig an. Der Blick genügte. Der Spaziergänger wurde knallrot vor Empörung. Er drehte sich um, zog heftig an der Leine seines Dackels und murmelte halblaut: »Unverschämtheit, so ein Rüpel, da wollen wir doch nicht sitzen, was, Hektor?«

Bartls stöhnte leise. Unauffällig ging anders. Der Lodenfreund hatte ihn nur auf dem falschen Fuß erwischt. Er rieb sich mit den Händen über das Gesicht.

Er war total gereizt. Diese Idylle hier. Fehlte nur noch ein Eichhörnchen, das vor ihm Männchen machte.

Dealer, Zuhälter, Autodiebe und den ganzen dreckigen Großstadtdschungel konnte er ertragen, aber diese Stille, das Zirpen der Vögel – vor allem aber die Stille, die machte ihn fertig. Über dem Wasser lag leichter Dunst, sanfte Hügel umschlossen das Ufer, der Wald explodierte in Goldtönen. Konnte man süchtig nach Autoabgasen und dem Muff von Frittenfett sein? Die geräucherten Seefelchen im Seehotel waren köstlich, keine Frage, aber für einen Döner hätte er jetzt gemordet.

»Scheiß See, verdammter!«, brach es aus ihm heraus. Ein Ehepaar, das aus dem Bioladen einen ganzen Monatsvorrat Äpfel herausschleppte, zuckte erschrocken zusammen. Während sie zu ihrem Auto eilten, nur weg von diesem Fremden auf der Bank, hörte Bartls ihn sagen: »Es ist eine wassergefüllte Caldera – ein Einbruchkrater – kein See, Schatz. Das verwechseln die Leute immer.«

Toll, Bartls, jetzt bist du innerhalb von zwei Minuten schon drei Leuten aufgefallen. Drei und einem Dackel, da musste er schon genau sein. Das hier war aber auch wirklich eine bekloppte Idee. Noch zehn Minuten, dann war Schluss!

Markus Bartls fluchte weiter leise vor sich hin. Drei Tage, drei unerträglich lange Tage hatte er nun schon mit der Suche verplempert. Und die letzten zwei Stunden hatten ihn auch keinen einzigen Schritt weitergebracht. So lange saß er hier schon auf der Bank am

Laacher See und starrte auf die 20 Meter entfernte Infotafel. Der Umriss des Sees mit seinen vielen Wanderwegen hatte sich längst in seine Netzhaut gebrannt. Seine Bank kannte er mittlerweile auch in- und auswendig. Die Vogelmistflecken da links genauso wie die Sprüche, die irgendjemand mit einem dicken Edding und geringen Grammatikkenntnissen auf das verwitterte Holz geschmiert hatte. »Stell dich vor ist Krieg und keinem geht hin«, war Bartls' Favorit geworden.

Zum Glück, dachte er, regnet es nicht. Die Arbeit als verdeckter Ermittler erforderte Geduld. Markus Bartls konnte unglaublich geduldig sein. Das war das Geheimnis seines Erfolgs. Jedem noch so kleinen Hinweis war er in den letzten fünf Jahren nachgegangen. Fünf lange Jahre auf der Jagd nach dem berüchtigtsten Auftragskiller Europas. Eine Legende. Ein Unsichtbarer. Bartls suchte diesen Unsichtbaren. Und wie fing man eine Legende? Genau, mit Geduld. Doch die wurde jetzt auf eine harte Probe gestellt. Bartls seufzte, er zweifelte langsam daran, am richtigen Ort zur richtigen Zeit zu sein. Warum sollte gerade hier an diesem wassergefüllten Vulkankrater seine Suche zu Ende gehen? In einem dunklen Hinterhof Berlins, in einer Gasse der Kölner Altstadt, auf einem Schrottplatz im Duisburger Industriehafen – aber doch bitte nicht hier im Schatten der **Basilika des alten Benediktinerklosters**, inmitten von mehr idyllischer Landschaft, als Bartls ertragen konnte. Leider erstreckte sich die Idylle nicht auf seine von Vögeln beschissene Parkbank.

Und wem hatte er das alles zu verdanken? Mario Rinaldi, von vielen »der Magier« genannt. Wer sich so einen Spitznamen zulegte, hatte garantiert ein übersteigertes Selbstbewusstsein und einen an der Murmel. Mario konnte alles verschwinden lassen. Die Leiche eines ungeliebten Geschäftskonkurrenten? Kein Problem für Mario, sie würde nie wieder auftauchen. Eine Pistole, ein mit Fingerabdrücken versehenes Messer, eine verräterische Patrone – Mario hinterließ nie Spuren, alles war verschwunden, bevor man nur blinzelte.

Bartls schaute unauffällig zu der Infotafel. Ein paar Läufer bleiben davor stehen, studierten die Kilometerangaben auf der Übersichtskarte und trabten weiter. Aus den Augenwinkeln sah Bartls eine ältere Dame mit fliederfarbener Dauerwelle, schwer auf einen Gehstock gestützt den Uferpfad heraufkommen. Er seufzte, als er sah, dass sie seine Bank ansteuerte. Schnell schlug er das Buch wieder auf, das er sich am Morgen in der **Buchhandlung** am Kloster gekauft hatte. Ein Krimi, der an Philip Marlowe erinnerte. Bisschen übertrieben, aber er las ihn trotzdem. Der Geruch von Kölnisch Wasser waberte zu ihm herüber, als sie sich mit einem wohligen Stöhnen auf die Bank fallen ließ. Bartls schaute nur kurz hoch und nickte ihr freundlich zu. Er war heute schon zu oft aufgefallen, besser, er blieb höflich. Sie nicht zu beachten, wäre verdächtig gewesen. Obwohl – was konnte hier noch groß passieren?

*

Einen Monat vorher

»Scheiße, Markus, was kann hier noch groß passieren?«

Markus Bartls schaute zu seinem jungen Kollegen Steffen Kleins hinüber, der sich an die dreckige Ziegelwand lehnte und leise vor sich hin fluchte.

»Steffen, du musst lernen, Geduld zu haben. Oder hast du wirklich geglaubt, dass wir uns die ganze Zeit mit qualmenden Reifen in wilde Verfolgungsjagden stürzen?«

»Schon gut, ich bin zwar noch nicht lange im Team, aber ich bin nicht blöde. Warum habe ich mich wohl auf diese Stelle beworben? Aber das heißt ja nicht, dass ich es toll finden muss, mir in einer dreckigen Gasse, in der es nach Müll und Pisse stinkt, die Beine in den Bauch zu stehen. Vor allem nicht, wenn es schon drei Uhr morgens ist, wo andere längst in ihrem Bett liegen.«

»Aber das hier ist der optimale Platz, um Rinaldi zu observieren.«

»Ja, und wer sagt uns, dass die Ratte aus dem Haus da drüben auch wieder rauskommt?«

»Da drüben steigt seit Mitternacht eine illegale Pokerrunde. Glaub mir, der Magier kommt da wieder raus.«

»Oder er hat sich eine Nutte geschnappt und schiebt in aller Ruhe eine Nummer, während wir uns den Arsch abfrieren. Ich sag dir, heute passiert hier gar nichts mehr.«

Markus schloss genervt die Augen. Seit mehr als zwei Stunden jammerte Steffen ihm die Ohren voll. Dem

Kleinen fehlte einfach die Ausdauer des Jägers. Markus streckte die Beine aus. Er saß auf einer alten Tüte auf dem Boden mit gutem Blick auf den Hinterausgang des Pokerhauses und wartete.

»Hör mal, Steffen, wenn du die Straße runtergehst, gibt es da 'ne Frittenbude. Die hat die ganze Nacht auf. Hol uns 'ne Currywurst und Kaffee, am besten einen großen Kaffee. Für mich schwarz mit 'nem Löffel Zucker.«

Normalerweise hätte er nie einen jüngeren Kollegen losgeschickt, und normalerweise hätte Steffen sicher auch protestiert, er war schließlich Ermittler und nicht der Kaffee holende Praktikant. Aber Markus sah, dass Steffen erleichtert war, etwas tun zu können.

Als er weg war und das Jammern aufgehört hatte, bemerkte Markus erst, wie leise es geworden war. Die Gegend hier in Essen hatte schon bessere Zeiten erlebt. Im fernen Werden oder an der Gruga mochten die Jugendstil-Villen stehen, hier dagegen standen die Mietshäuser, in denen die gewohnt hatten, die für die Villen-Besitzer malochen mussten. Das stete Brummen der Autos auf der nahen B 224 war verstummt. Für ihn hatte es sich wie Meeresrauschen angehört, war ganz angenehm gewesen. Besser jedenfalls als das verstohlene Trippeln Dutzender Rattenfüße, das er jetzt hören konnte. Bartls versuchte, nicht auf das leise Rascheln um ihn herum zu achten, er konzentrierte sich auf das Haus gegenüber. Das Haus, in dem Rinaldi verschwunden war.

Mario Rinaldi hatte es geschafft, allen Anklagen aus dem Weg zu gehen, hatte immer jeden Verdacht von sich gewiesen, und keiner konnte ihm bislang etwas anhängen. Außerdem spielte Mario für beide Seiten, verdingte sich als V-Mann und brachte so seine Schäfchen ins Trockene.

Fast hätte Bartls Rinaldis Abgang verpasst. Die Hintertür öffnete sich, aber im Flur dahinter war das Licht ausgeschaltet worden. Nur weil die Tür leise in den Angeln quietschte und das Quietschen in der Stille der Nacht unnatürlich laut klang, fiel Bartls es überhaupt auf. Er blieb sitzen, wo er war, und hoffte nur, dass nicht ausgerechnet jetzt Steffen mit Pommes-Currywurst und Kaffee um die Ecke kam. Gebannt starrte Bartls ins Dunkel. Da – jetzt konnte er den Schatten eines Mannes erkennen, der aus dem Hinterhof gegenüber kam. Das Licht einer Straßenlaterne fiel schräg auf den Bürgersteig. Als die Gestalt den Lichtschein durchschritt, erkannte Bartls, dass es Rinaldi war, der da direkt auf seine Gasse zu steuerte. Mit einen gemurmelten Fluch zog Bartls die Beine an und machte sich sprungbereit. Er wusste nicht, warum Rinaldi ausgerechnet hier entlang gehen wollte. War es eine Abkürzung auf seinem Weg nach Hause? Oder wollte er hier womöglich noch auf einen Kontaktmann warten?

Rinaldi war immer auf der Hut, passte auf, mit wem er sich traf. Bis es ihn selbst traf. Hinter Rinaldi startete plötzlich ein Auto. Das Motorgeräusch klang erschreckend laut in der nächtlichen Straße. Alarmiert wirbelte der Magier herum, da fiel auch schon ein Schuss. Nur ein Schuss, eine einzige Kugel, aber sie beendete Marios steten Wechsel als Informant zwischen den Fronten.

Der Wagen raste mit durchdrehenden Reifen davon. Noch bevor der Schuss richtig verhallt war, kniete Markus Bartls neben dem Sterbenden. Er sah sofort, dass er nichts mehr tun konnte. Und Mario wusste, dass es vorbei war. Mit einer Hand krallte er sich in Bartls Jacke.

»Killer … der Profi … wieder zurück. Zu Hause … in … in der Ost … Osteifel.«

Bartls beugte sich tiefer über den Sterbenden, um ja kein Wort zu verpassen.

»Ein … letzter Auftrag … die Nonne … ist zurück.«

Die Nonne ist zurück? Hatte er das richtig verstanden? Was zum Teufel meinte Mario damit? Doch bevor Bartls fragen konnte, war Rinaldi bereits tot.

*

Am Laacher See

Die Reise von der dreckigen schmalen Gasse in Essen hierher an den schönen Laacher See verdankte Markus Bartls dem kleinen Taschenkalender, den die Spurensicherung in dem sehr teuren Anzug des sehr toten Rinaldi fand.

Drei Tage waren angekreuzt, daneben hatte Rinaldi eine Liste gekritzelt: »Geysir«, »V-Express«, »Vulkanmu.«, »Lava-Keller«, »Schieferstollen«, »Laach, Infotafel«. Hinter jedem Stichwort stand noch ein »V« oder ein »N«, wahrscheinlich, um grob die Zeiträume einzugrenzen.

So begann die Odyssee Bartls und seines Teams zu den Highlights dieses Landstrichs. Er hatte in drei Tagen mehr Sehenswürdigkeiten gesehen als in den letzten drei Jahren zusammen. Ach was, drei Jahre – seit er mit seinen Eltern nicht mehr in den Urlaub fuhr, und das war wirklich schon eine ganze Weile her, hatte er nicht mehr so viel angeschaut. Bartls verlebte einen Vormittag in Andernach, besuchte das **Geysir-Zentrum** und sah sich den größten **Kaltwasser-Geysir** der Welt an. Nachmittags schritt er durch die Stollen des **Schieferbergwerks** in Mayen. Seine Teamkollegen schauten sich parallel die **Lava-Keller** in Mendig an, ein riesiges Netz großer Stollen und Höhlen, in denen früher Bier gelagert wurde. Da unten hätte jeder Austausch unbemerkt erfolgen können, allerdings war keine einzige Nonne gesichtet worden. Bartls fuhr mit dem **Vulkan-Express** durchs Brohltal und lief anschließend zur **Burg Olbrück** hoch. Er genoss insgeheim diesen Ausflug, aber konnte auch hier keinen Erfolg vermelden.

Bartls seufzte erneut, als sein Handy vibrierte. Eine SMS vom anderen Team: Fehlanzeige im **Vulkanpark-Zentrum** zwischen Saffig und Plaidt. Er schob das Handy zurück in die Tasche und schaute sich verstohlen um.

Wenn sich hier eine einzelne Nonne mit jemandem treffen würde, dann wäre er zur Stelle. Daran glauben wollte er erst, wenn es soweit wäre. Aber er musste zugeben, dass das für einen Profikiller eine brillante Verkleidung war. Wer würde in Maria Laach eine Ordensfrau verdächtigen? Allein heute Mittag war ihm an der **Klostergärtnerei** eine ganze Gruppe von Nonnen entgegen gekommen, die sich laut kichernd wie Teenager über die bevorstehende **Tretboot-Fahrt** auf dem See unterhielten.

»Na, junger Mann, genießen Sie auch die frische Luft?«

Die ältere Dame hatte ihr Strickzeug hervorgeholt, sich ihre grobe Wollstrickjacke zurechtgezupft, und schaute neugierig zu ihm herüber.

»Ja, tut mal ganz gut«, antwortete Markus Bartls halbwegs höflich.

»Früher, früher waren hier am See noch nicht diese ganzen Wanderer mit den Stöcken und all die Läufer, die hier am Ufer entlanghetzen. Da konnte man noch in Ruhe spazieren gehen. Ich erinnere mich noch, wie ich als junges Ding drüben auf der Terrasse des Seehotels Apfelkuchen mit Schlagsahne gegessen habe. Jeden Sonntag gab es dort in der Saison Apfelkuchen. Und Tanztee, Tanztee gab es auch. Da waren einige junge Burschen aus Mayen, sag ich Ihnen, die mehr als nur Tanzen und Kuchen wollten. Aber nicht mit uns, wir waren schließlich anständige junge Mädchen. Obwohl, wenn ich so darüber nachdenke, dann hat die Rosa aus Wassenach mehr als nur einmal einen Abstecher zum Seeufer gemacht. Na ja, die Rosa führte sowieso so einen lockereren Lebenswandel. Geraucht hat sie damals schon, sogar ohne Filter. Und im Sommer ist die nachts fast nackt geschwommen.«

Bartls wusste sich nicht zu helfen. Womit konnte er den Redefluss wohl stoppen? Ignorieren oder besser nur einsilbig antworten? Bleib höflich, ermahnte er sich.

»Ja, so war das wohl damals«, antwortet er unbestimmt. Er schaute demonstrativ auf seine Armbanduhr. »Ach, so spät schon. Da bleibt mir ja gar nicht mehr viel Zeit.«

Bartls blätterte eine Seite um, so als müsse er sich jetzt aber ranhalten mit dem Lesen.

Die ältere Dame kicherte in sich hinein.

»Glauben Sie mir, das mit der Zeit und der Hektik, das gibt sich. Was haben wir uns früher abgehetzt, und heute, heute ist man froh, wenn man einen kleinen Plausch halten kann.«

An der Infotafel regte sich nichts, und Bartls glaubte auch nicht mehr an sein Glück, dass hier in der nächsten Zeit ein als Nonne verkleideter Profikiller vorbeischlendern würde. Irgendetwas aber löste bei ihm Unbehagen aus. Wie ein Holzsplitter im Finger, den man nicht zu fassen bekam, der aber bei jeder Bewegung schmerzte. War es ein Geräusch? Eine verdächtige Bewegung, die er hinten bei den Bäumen gesehen haben könnte? Markus Bartls runzelte die Stirn, rutschte unruhig hin und her. Die Dame neben ihm griff in ihren mit altrosafarbenen Blüten bestickten Beutel.

Das Letzte, was Markus Bartls sah, war eine verwischte Bewegung ihrer Hand. Das Letzte, was er spürte, war der kalte metallische Druck eines Schalldämpfers an seiner Schläfe. Das Letzte, was er hörte, war ein unscheinbares leises Plopp. Das Letzte, was Markus Bartls dachte, war, dass Mario Rinaldi nicht »Nonne«, sondern »Nonna« gehaucht hatte. Nonna – die Oma. Der Idiot hatte italienisch gesprochen.

Mit einer ruhigen Bewegung steckte sie die Pistole in den Beutel zurück. Kurz hatte sie überlegt, ihn mit einer der Stricknadeln auszuschalten. War es der verräterische Umriss ihrer Pistole im Stoffbeutel gewesen oder hatte er bemerkt, dass sie gar nicht strickte? Ihr war sowieso keine Wahl geblieben. Mit einer geschmeidigen Bewegung stand sie auf, der junge Mann sah aus, als ob er schliefe. Sie rückte ihn etwas zurecht, schob das Buch auf seinem Schoß gerade. Auch wenn sie jetzt keiner beobachtete, stützte sie sich wieder auf den Stock. Mit Trippelschritten ging sie zur Infotafel hinüber. Ihr italienischer Kontaktmann würde jeden Moment kommen. Der kannte auch nur ihren Spitznamen.

Nonna, die Oma – sie hasste es, wenn man sie so nannte.

Laacher See

Rund um den Laacher See gibt es mehrere ausgeschilderte Nordic Walking- und Laufrunden. Die Infos dazu findet man auf den Informationstafeln am Parkplatz des Klosters. Neben dem Parkplatz gibt es den Hofladen, der u.a. Obst aus dem klostereigenen Anbau verkauft. Ganz neu ist die Tourist-Information neben dem Hofladen, in der man alles Wissenswerte über die Region erfährt.
Am Seeufer gibt es einen Campingplatz und eine Minigolfanlage. Vom Gelände des Campingplatzes aus kann man im See baden gehen. Tagesgäste zahlen ihren Eintritt an der Rezeption des Platzes. Wer dagegen lieber mit dem Boot aufs Wasser will, der kann sich von April bis Ende September auch ein Tret- bzw. Ruderboot ausleihen. Vom Klosterparkplatz führt ein Weg direkt zum Bootsverleih am Seeufer.

Abtei Maria Laach

Der Name Maria Laach wurde erst im 19. Jahrhundert eingeführt. Ansonsten aber hat sich in den letzten 920 Jahren erstaunlich wenig an diesem beeindruckenden Kloster verändert. Die Klostergeschichte begann mit dem Entschluss des Pfalzgrafen Heinrich II., eine Benediktinerabtei zu gründen. Die Bauarbeiten begannen im Jahr 1093, nur zwei Jahre später starb Heinrich II. Seine Frau, Adelheid von Orlamünde, ließ nach seinem Tod die Bauarbeiten weiterführen, aber nur fünf Jahre nach dem Tod ihres Mannes starb auch sie auf einer Pilgerreise. Da die beiden kinderlos waren, fiel das Erbe an ihren Sohn aus erster Ehe, Pfalzgraf Siegfried von Ballenstadt. Der erneuerte schließlich die Stiftung und unterstellte das Kloster der brabantischen Abtei Affligem im heutigen Belgien. Von hier kamen auch die ersten Mönche an den Laacher See.

Die Arbeit und das Leben der Benediktiner am Laacher See endeten mit der Säkularisierung im Jahr 1802. Das Klosterleben der Benediktiner begann hier erst wieder im Jahr 1892: 33 Patres und Brüder des Benediktinerordens übernahmen die Abtei erneut.

Die Buch- und Kunsthandlung

hat ihren Schwerpunkt in Büchern und Kunsthandwerk zu religiösen Themen. Mit dem Laacher Forum hat die Buch- und Kunsthandlung eine eigene Veranstaltungsreihe ins Leben gerufen. Die Veranstaltungen setzen sich mit aktuellen Themen vor religiös motiviertem Hintergrund auseinander. Auf der Webseite des Klosters finden Interessierte eine Liste der aktuellen Veranstaltungen.

Gegenüber der Buchhandlung liegt der Eingang

zum Informationszentrum, das mit Film und Ausstellung über die Geschichte der Abtei informiert. In der Klostergärtnerei kaufe ich immer frische Küchenkräuter für unseren Garten ein. Die Angebotspalette ist aber viel größer. Sie reicht von der fleischfressenden Pflanze bis hin zur alten Obstsorte. Außerdem gibt es in der Gärtnerei eine sehr fundierte Beratung, wenn man Probleme mit einer Pflanze hat.
Auf dem Klostergelände gibt es darüber hinaus noch eine Kunstschmiede, eine Bildhauerei, eine Glockengießerei und eine Schreinerei.
Informationen zum Kloster gibt es im Internet unter www.maria-laach.de.

Das Geysir-Zentrum

Ein Besuch des Andernacher Geysirs beginnt immer im Geysir-Zentrum an den Andernacher Rheinanlagen. Hier gibt es interaktive Exponate, Experimentierstationen und Medieninstallationen, die das Phänomen Geysir erklären. Für den Besuch der Ausstellung sollte man gut eineinhalb Stunden einplanen. Vom Zentrum führt dann ein kurzer Fußweg zum Rheinufer und zur »MS Namedy«, dem Schiff, das die Besucher zum Geysir befördert.

Der Geysir

Der Andernacher Geysir ist mit fast 60 Metern der höchste Kaltwasser-Geysir der Welt. Er liegt inmitten eines Naturschutzgebietes, dem Namedyer Werth. Das ist auch der Grund dafür, warum die Besucher mit dem Schiff zum Geysir gebracht werden. Bis zu acht Minuten dauert die Eruption des Geysirs, alle zwei Stunden wiederholt sich das Naturspektakel.

Der Geysir war viele Jahrzehnte verschüttet, bevor 2001 erste Erkundungsbohrungen durchgeführt wurden, die letztlich dazu geführt haben, dass der Geysir seit 2006 wieder »springt«. Informationen unter www.geysir-andernach.de.

Das Deutsche Schieferbergwerk

16 Meter unter dem Mayener Genovevaturm, in dem auch das Eifelmuseum untergebracht ist, laufen alte Schieferstollen entlang. In den Kriegsjahren dienten diese Stollen den Mayener Bürgern auch als Zufluchtsort und Schutzbunker. Heute ist hier das Deutsche Schieferbergwerk untergebracht. Die Besucher dieses Museums erfahren viel über die Arbeit und den Alltag der Schieferbergleute. Eifelmuseum und Schieferbergwerk bieten gesonderte Veranstaltungen für Kinder an, man kann sogar den Kindergeburtstag hier feiern. Informationen unter www.mayen.de.

Lava-Keller in Mendig

Die insgesamt 28 Lava-Keller unterhalb der Stadt Mendig sind einzigartig auf der Welt. Entstanden sind sie durch den Abbau von Basaltlava. Auf einer Fläche von fast drei Quadratkilometern spannt sich das Labyrinth aus Kellern und Stollen. 32 Meter tief unter der Stadt sind hier bizarre Basalthöhlen entstanden. Im 19. Jahrhundert wurden die Lava-Keller noch von vielen Brauereien genutzt, da sie mit einer gleichbleibenden Temperatur von bis zu neun Grad Celsius optimale Lagerbedingungen für Bier boten. Heute kann man die Lava-Keller im Rahmen einer Führung besichtigen. Informationen dazu unter www.lavadome.de.

Vulkan-Express

ist eine Schmalspurbahn, die durchs Brohltal nach Engeln führt. An manchen Tagen werden die historischen Waggons auch von einer Dampflok gezogen. Im Sommer gibt es einen offenen Wagen, sodass man einen besonders guten Rundumblick auf die Landschaft der Osteifel genießen kann. Auf der 18 Kilometer langen Strecke überwindet der Vulkan-Express insgesamt 400 Höhenmeter. Von Engeln aus kann man zu Fuß die knapp fünf Kilometer lange Strecke zur Burg Olbrück wandern.

Informationen zu Abfahrtzeiten und Sonderveranstaltungen wie z.B. der Nikolaus-Fahrt unter www.vulkan-express.de.

Burg Olbrück

Vom Bergfried der Burg Olbrück hat man einen tollen Panoramablick über die Osteifel. Die Burg wurde zu Beginn des 12. Jahrhunderts gebaut und hat eine wechselvolle Geschichte mit zahlreichen Besitzern erlebt. Zerstört wurde sie im 17. Jahrhundert und danach nur noch zum Teil wieder aufgebaut. Im 19. Jahrhundert drohte sie, völlig zu verfallen. 1998 wurde das, was von der Burg noch übrig geblieben war, saniert. Es gibt einen Rundgang, bei dem man an einzelnen Stationen viel über die Geschichte der Burg und das Leben im Mittelalter erfahren kann. Kinder werden von dem Burgspielplatz begeistert sein. Infos unter www.olbrueck.de.

Vulkanpark-Infozentrum

Der Laacher See, der Geysir in Andernach, das Römerbergwerk Meurin, der Lava-Dom und die Lava-Keller in Mendig – sie sind alle Teil des sogenannten Vulkanparks. Das Zentrum zwischen Plaidt und Saffig informiert über die verschiedenen Stationen des Vulkanparks. Hier gibt es nicht nur eine Ausstellung über das Thema Vulkanismus, sondern auch Filme über Vulkanausbrüche. Wer über den Eifelvulkanismus mehr erfahren möchte, ist hier richtig. Infos im Netz unter www.vulkanpark.com

Burgen in der Eifel

Die Eifel gehört ohne Zweifel zu den burgenreichsten Regionen Deutschlands. Lange Zeit dachte ich, dass es am Mittelrhein besonders viele Burgen geben würde, aber ich wurde eines Besseren belehrt.

Die Webseite Burgen-der-Eifel führt allein 46 verschiedene Burgen, Schlösser und Ruinen auf, die in dem Gebiet zwischen Euskirchen und der Mosel liegen.

Warum aber gab es hier so viele befestigte Adelswohnsitze? Ich bin kein Historiker, aber ich hätte da zwei Vorschläge: Zum einen trafen in der Eifel die Herrschaftsgebiete von zwei mächtigen Kurfürsten aufeinander. Der Kurfürst und Erzbischof von Köln auf der einen Seite und sein Amtskollege, der Kurfürst und Erzbischof von Trier, auf der anderen Seite. Beide hatten ein Interesse daran, ihren jeweiligen Herrschaftsbereich weiter auszudehnen, da blieben Kämpfe sicher nicht aus. Kein Wunder, dass die jeweiligen Vögte und Amtsmänner der beiden Kurfürsten dafür sorgten, dass ihre Wohnsitze entsprechend befestigt waren.

Der zweite Grund könnte in der Lage der Eifel selber liegen. Sie ist nun einmal das Gebiet, durch das wichtige Handelsrouten führten – und zwar schon seit der Römerzeit. Wer von der ältesten Stadt Deutschlands, Trier, nach Köln wollte, der reiste durch die Eifel. Auch die Verbindung der Herrschaftsgebiete des Königs von Frankreich oder des Herzogs von Burgund hin zur wichtigen Verkehrsader Rhein führt durch diese Region.

Da liegt es nahe, dass diese wichtigen Handelsrouten auch entsprechend geschützt wurden.

Nun wollte ich Ihnen aber keine Krimi-Kurzgeschichte präsentieren, in der 46 Burgen auftauchen – warum sollten sich Protagonisten auch eine Burg nach der anderen anschauen? Warum? Vielleicht, um den Drehort für einen Film zu finden. Und so entstand die nachfolgende Geschichte.

Wenn Sie sich über die Burgen in der Eifel informieren wollen, empfehle ich Ihnen die Webseite www.burgen-der-eifel.de.

Natürlich erhalten Sie auch bei den jeweiligen Touristik-Informationen einer Stadt bzw. einer Region entsprechende Auskünfte.

UND ACTION …

»Draußen ging die Welt unter. Der Sturm brüllte. Der Regen prasselte aufs Dach, Blitze zuckten über die Zimmerwände. Der anschließende Donner rollte wie ein Welle über das Haus hinweg. Das war kein zahmes Stadtgewitter. Das hier war eine Urgewalt, so alt wie die Felsen, die Wälder und die Vulkankrater der Eifel. Das hier …«

»Sag mal, Alex, hast du gerade wirklich Urgewalt vorgelesen?«

»Ja, Rainer. ›Das hier war eine Urgewalt, so alt wie die Felsen, die Wälder und die Vulkankrater der Eifel.‹ Ich bin aber noch nicht ganz fertig.«

»Kein Problem, Alex, ich glaube, das reicht mir für einen ersten Eindruck.«

»Es gefällt dir nicht. Dir gefällt mein Einstieg in die neue Serie nicht.«

»Nö, Alex, echt, das hat schon … äh … Potenzial. Also, da sind wirklich gute Ansätze drin. Du überarbeitest das noch mal, und dann reden wir weiter, ja?«

Alexander-Horst Meilebrecht nickte. »Ja, du hast bestimmt recht, Rainer. Ja, ich hätte da auch schon eine Idee …«

»Supi, Alex. Und jetzt klär doch bitte mal mit der Anne, wann wir endlich da sind.«

Rainer Swolbke atmete erleichtert einmal durch, als er sah, wie sein Assistent durch den Busgang nach vorne wankte. Rainer war Regisseur, natürlich kannte man ihn in der Film- und Fernsehbranche nicht unter seinem vollen Namen. Ihm war schon vor Jahren klar geworden, dass er mit dem Namen Swolbke keinen Blumentopf gewinnen konnte. Deshalb hatte er von Anfang an auf dem Künstlernamen Rainer S. bestanden. Als Rainer S. hatte er Erfolg, sogar den Fernsehpreis für die beste Vorabendserie hatten sie ihm verliehen. »Die Tierklinik am Rande der Großstadt« war sein Baby gewesen, sein ganz großes Ding. Und jetzt war er entschlossen nachzulegen. Musste er auch. Die Bosse beim Sender erwarteten einen neuen Quotenhit von ihm. Verdammt, den werde ich ihnen auch liefern, dachte Rainer entschlossen und verdrängte alle Zweifel, die sich wie Stacheln unangenehm in sein Selbstvertrauen bohrten. Sein Problem war, dass er nicht wusste, worum es bei dem neuen Quotenhit gehen sollte. Rainer schaute aus dem Busfenster, hoffentlich wird das was mit unserer Recherchetour hier in der Eifel. Scheiße, »Mord mit Aussicht« spielte doch auch hier. Alex hatte ihm außerdem diese ganzen Erfolgszahlen der Eifelkrimis vorgebetet.

Draußen zockelte ein Traktor mit einem Gülleanhänger vorbei. Der Gestank wehte durchs Fenster herein, Rainer rümpfte angewidert die Nase. Das sah ja nicht gerade wie das Mekka der Hochspannung aus, eher wie Provinz ganz unten. Ganz, ganz unten.

Alex war ein guter Assistent. Okay, er wollte unbedingt Skripte schreiben und verzapfte ziemlichen Müll, aber als Assi war er erste Sahne. Hoffentlich hat Alex sich mit dieser Gegend hier nicht vertan, dachte Rainer müde. Er brauchte wirklich die Quoten. Seit zwei Tagen waren sie nun schon unterwegs. Ihm blieb echt wenig Zeit.

Anne Schmitz-Bresenstein sah angewidert zu, wie Alex heranwankte. Der Kerl konnte nicht mal normal durch einen Bus gehen, und dann immer dieses dümmliche Grinsen. Okay, er hatte ihr diesen Job hier vermittelt, aber darauf sollte er sich bloß nichts einbilden.

»Du Anne, der Rainer lässt fragen, wann wir endlich da sind.«

Anne nervte schon die Frage. Als hätte man ein kleines Kind im Auto. Anne, wann sind wir da? Anne, was sehen wir heute? Anne, ich hab Hunger. Anne, ich muss mal raus, 'ne Zigarette rauchen.

Anne, Anne, Anne.

Wie konnte ein erwachsener Mann nur so unselbstständig sein? Dazu kam noch ihr eigentlicher Auftrag – und der machte ihr wirklich Sorgen. Sie schaute auf die Uhr.

»Alex, du kannst dem Rainer ausrichten, dass wir in zehn Minuten an der **Kasselburg Pelm** sind. Da halten wir dann.«

»Echt jetzt? Noch ’ne Burg?« Alex blies die Wangen auf und stöhnte. »Wir haben doch schon diese Ruine …«

»**Burg Neublankenheim**«, half Anne weiter.

»Genau. Die haben wir doch schon gesehen. Und bei der **Burg Kerpen** hat der Rainer auch so gar nichts gespürt, hat so gar keine Beziehung zur Location aufbauen können. Da waren ihm einige Gebäude zu modern.«

»Hör zu, Alex. Ihr habt mich als Location-Scout engagiert, ich soll euch mögliche Drehorte zeigen. Okay, auf eurer Liste stehen Burgen, da kann sich Rainer doch nicht beschweren, wenn er jetzt welche zu sehen bekommt.«

Alex zuckte resigniert mit den Schultern.

»Klar, du hast ja recht. Okay, ich sag’ es ihm.«

Alex wankte zurück.

Scheiße, ich muss dringend telefonieren, so wird das nicht klappen, dachte Anne verzweifelt.

Zehn Minuten später bog der Reisebus auf den Parkplatz der Kasselburg Pelm. So ein großer Reisebus für so wenige Leute, in Annes Augen ein weiterer Beweis dafür, dass Rainer Swolbke an gnadenloser Selbstüberschätzung litt.

Aber sie hatte keine Wahl, sie musste das Spiel vorerst mitspielen.

»Also Leute, alles aussteigen. Wir sind an unserem nächsten Ziel angekommen.«

Innerlich vor Ungeduld zitternd sah Anne zu, wie sie einer nach dem anderen aus dem Bus kletterten, heute schon zum dritten Mal: Jean-Luc, der französische Kameragott, und Dennis, sein Licht- und Tonassistent. Beide kannte Anne noch nicht lange. Von Gabi Brommer dagegen hatte sie schon viel gehört. Sie war bei den Vorabendserien für Ausstattung und Requisite zuständig und hatte eine sehr schüchterne Kollegin im Schlepptau, die sich allen nur mit einem leisen »Hi, ich bin die Moni« vorgestellt hatte und seitdem beharrlich schwieg. Gabi dagegen war ein ganz anderes Kaliber, die hatte Haare auf den Zähnen und so manchem Regisseur bereits die Meinung gegeigt, wenn der dachte, er könne mit zusätzlicher Ausstattung von seiner grottigen Regiearbeit ablenken.

»Die wüste Gabi« nannten einige Kolleginnen und Kollegen die Brommer, natürlich nur, wenn sie nicht in Hörweite war. Mit Rainer kam sie erstaunlich gut klar, zumindest war Anne da noch nichts aufgefallen. Und den Abschluss machten Rainer und sein Schoßhündchen Alex.

»So, das hier ist die Kasselburg Pelm. Der Park hinter mir ist der **Adler- und Wolfspark**. Hier gibt es Greifvogel-Vorführungen und das größte Wolfsrudel Westeuropas«, erklärte Anne.

Jean-Lucs einziger Kommentar war ein imitiertes Wolfsheulen »Hauhauhhuuu«. Dennis lachte, schwang die ausgebreiteten Arme auf und ab und krächzte »KraKraKra«.

Gabi Brommer schüttelte nur den Kopf und sagte halblaut: »Das ist, als würde man mit einer Horde Erstklässler unterwegs sein.«

Anne lächelte. Die wüste Gabi war ihr richtig sympathisch.

»Ist das nicht schwierig, hier zu drehen, bei den ganzen Besuchern?«, fragte Alex und erntete ein anerkennendes Kopfnicken von Rainer.

»Schon, aber ihr wolltet ja die Möglichkeiten kennenlernen«, antwortete Anne. »Lasst uns wenigstens kurz zur Burg rübergehen, der hohe Doppelturm sieht wirklich eindrucksvoll aus, und es gibt bestimmt auch Tage, an denen weniger Besucher hier sind. Außerdem steigert das doch die Publicity, wenn Zuschauer die Dreharbeiten miterleben.«

Beim Wort Publicity streckte sich Rainer und schaute sich schon mal vorsorglich um, ob nicht irgendwer hier auf dem Parkplatz stand, der ihn vielleicht erkennen könnte. Aber die Gruppe war ganz allein, wie er enttäuscht feststellen musste.

»Der Ort hat jedenfalls Atmosphäre, da kann ich eine Beziehung aufbauen«, verkündete er, »wollen wir uns mal umschauen.«

Gabi brummelte: »Mittelalter, das ist ja so was von aufwendig«, ergab sich dann aber ihrem Schicksal.

»Ich komm gleich nach. Ich klär nur noch rasch die Weiterfahrt«, rief Anne den anderen hinterher. Dann stellte sie sich hinter den Bus und wählte schnell auf ihrem Smartphone die Nummer.

»Wurde auch langsam Zeit, dass du dich meldest«, brummte eine tiefe Männerstimme nach einer knappen Begrüßung.

»Ich kann ja schlecht vor allen anderen im Bus mit dir telefonieren«, verteidigte sich Anne gereizt.

»Und wie sieht es aus?«

»Im Moment schauen wir uns Burgen an, aber Rainer der Göttliche ist noch uninspiriert. Ich kann sie noch zur **Bertradaburg** in Mürlenbach karren lassen, die ist in Privatbesitz, da glaube ich nicht, dass das Rainer gefallen wird. Und die **Burgruine Freudenkoppe** liegt in der Nähe von Neroth. Viel zu aufwendig, dort das ganze Equipment hinzuschaffen. Da wird Gabi Brommer Einspruch erheben.«

»Mich interessieren nicht die Details, wo du die hinkarren lässt, ich will nur, dass Rainer Swolbke keinen weiteren Serienhit für diesen Kacksender produziert. Dafür bezahlen wir dich.«

»Was soll ich denn deiner Meinung nach tun – die ganze Bande von der **Aussichtsplattform Achterhöhe** stoßen?«

»Lass dir was einfallen. Es reicht ja, wenn der Richtige einen Unfall hat.« Annes Gesprächspartner lachte. Ein Lachen, bei dem sie eine Gänsehaut bekam.

Als der Reisebus am Abend an der **Burg Lissingen** anhielt, war Anne klar, dass sie so nicht weitermachen konnte.

»Hör mal, Anne, ich denke, wir haben für heute genug alte Gemäuer gesehen«, maulte Rainer.

»Wir werden uns auch keine mehr ansehen, wir werden hier übernachten«, verkündete Anne und erntete ein erstauntes Gemurmel. »In der Oberburg gibt es Räume, die als Ferienwohnung vermietet werden. Ich dachte, da bekommt ihr noch einmal ganz neue Eindrücke.«

Als Rainer, mit einem weißen Strickpulli um die Schultern, den malerischen Innenhof der Burg betrat, den überdachten Treppenaufgang und die verwinkelten Mauern sah, pfiff er anerkennend. »Ja, das sieht doch gleich ganz anders aus. Kinder, hier kann ich arbeiten, diese Steine atmen Geschichte, ich spür' da was.«

»Ja, aber was willst du denn drehen?«, fragte Gabi.

Rainer breitete die Arme aus: »Ja was schon? Ich denke da an eine junge Frau, die unverschuldet in Schwierigkeiten gerät und dann versuchen muss, sich im finsteren Mittelalter durchzuschlagen. Vielleicht muss sie sogar ihren Körper verkaufen. Viel Tragik, die richtige Action und ein bisschen Sex. Natürlich nur angedeutet, ist ja Vorabend. Das ist es, oder etwa nicht?«

Gabi schüttelte den Kopf: »Die Kosten für die ganze Ausstattung kriegen wir nie durch.«

»Also für misch kömmt es so vor, als 'ät es das schon gegäben«, ergänzte Jean-Luc, »und isch 'ab nur die Erdfarben un' äh die schmutzigen Menschen. Ab'r isch will doch eine Strahlen in die Wohnzimmer bringen, eine Kaskade aus die Farben.«

Anne seufzte. Alex hörte ihr Seufzen und lächelte ihr aufmunternd zu. »Das wird schon. Ich kenn' dass. Ich glaube, die Burgen sind eben gestorben.«

Rainer drehte sich noch einmal im Kreis und verkündete dann: »Ich habe Hunger. Außerdem fühle ich gerade, dass die Burgidee gestorben ist. Nein, ihr müsst gar nicht erst versuchen, mich umzustimmen. Der Stoff trägt nicht, für so was hab ich einen untrüglichen Instinkt. Und ich will in ein richtiges Hotel.«

Es dauerte eine ganze Weile und etliche Telefonate, bis Anne das passende Hotel gefunden hatte. Sie war sauer. Stocksauer. Allein für diese Aktion hätte sie Rainer liebend gern erwürgt. War ja klar, dass der Meister der Vorabendserie eine eigene Suite verlangte.

Den Gesprächen beim gemeinsamen Abendessen im Hotel-Restaurant Burgblick folgte Anne nur mit einem Ohr. Sie zermarterte sich den Kopf darüber, was sie tun könnte. Es musste wie ein Unfall aussehen, aber wie sollte sie das anstellen?

»Ihr entschuldigt mich mal gerade. Bin kurz für kleine Mädchen«, Anne lief die steile Treppe zu ihrem Zimmer hoch. Sie musste unbedingt telefonieren.

Fünf Minuten, nach unzähligen Wahlwiederholungen, musste sie frustriert einsehen, dass keiner am anderen Ende abhob. So ein Mist. Länger warten wollte sie auch nicht, das würde den anderen nur auffallen. Als sie in den Flur trat, suchte sie nach dem Lichtschalter – da sah sie ihn. Rainer stand gerade an der Treppe, den Rücken ihr zugewandt. Deutlich konnte sie seinen hellen Pullover im Halbdunkel des Flurs erkennen.

Ohne groß nachzudenken, machte Anne drei Schritte und stieß zu.

Mit einem Schrei stürzte Rainer die steilen Steinstufen der Hoteltreppe hinunter. Anne drehte den Kopf weg und schloss die Augen. Dumpf schlug der Körper unten auf.

Ein schriller Schrei gellte durch das Hotel. Offenbar hatte jemand Rainer entdeckt. Anne zählte leise bis zehn, bevor sie selber die Treppe hinunterlief.

»Mein Gott, was ist denn passiert?«, rief sie laut auf der Hälfte der Treppe. Menschen drängten sich um den Verunglückten. Alex blickte hoch. »Anne, schau nur. Der Jean-Luc ist gestürzt.«

Anne blieb erstarrt stehen.

Jean-Luc? Tatsächlich, jetzt öffnete sich der Kreis und gab den Blick auf die Gestalt am Boden frei. Auf dem Boden lag mit verdrehten Gliedern Jean-Luc.

»Er ist nur nach oben gegangen, um sich noch schnell einen Pulli zu holen«, schluchzte Moni. »Ich hab diesen grässlichen Schrei bis ins Restaurant gehört.«

»Er muss oben gestolpert sein«, mutmaßte Rainer, »besser, ihr bewegt ihn nicht, bis der Arzt da ist.«

»Die Rezeption hat schon den Notarzt angerufen«, verkündete Gabi.

Anne musste ihre Aufregung und ihr Entsetzen gar nicht verbergen, allen in der Gruppe ging es so wie ihr, nur aus einem anderen Grund.

Eine Viertelstunde später hatte der Notarzt Jean-Luc untersucht, und Rettungssanitäter brachten den

Bewusstlosen ins nächste Krankenhaus. Die Kopfverletzung sei ernst, aber noch könne man nichts Genaues sagen, erklärte der Arzt vor seiner Abfahrt der Gruppe.

In dieser Nacht fand Anne kaum Schlaf.

»Es gewitterte. Der Regen prasselte herunter. Blitze und Donner beherrschten die Nacht. Eine Gewitternacht in der Eifel.«

Alex schaute von seinem Laptop hoch. »Na Rainer, was sagst du?«

Rainer hätte am liebsten die Stirn gegen die Fensterscheibe des Busses geschlagen. Himmel, er hatte gestern seinen Kameramann verloren, ihm fehlte immer noch jede Idee, und diese gottverdammte Gegend da draußen inspirierte ihn … zu rein gar nichts. Jetzt regnete es auch noch. Er war mittlerweile zu allem bereit. Außerirdische Raumschiffe brachten Quoten? Okay, dann würde er eben zwischen den Tannen und diesen Fuck-Maaren ein paar Aliens rumtorkeln lassen.

Er stöhnte leise, bevor er sich zu Alex umdrehte, der ihn erwartungsvoll anstrahlte.

»Du Alex, das ist als Grundlage eine super Ausgangsbasis, ehrlich. Das würde ich weiterverfolgen. Vielleicht behutsam überarbeiten und von Anfang an noch einmal überdenken, aber von der Struktur her ist das schon Material, mit dem man arbeiten kann.«

Alex nickte zufrieden, drehte sich um und fing an zu tippen.

»Ähem«, Annes Stimme dröhnte aus dem Buslautsprecher, »ich … wollte nur … Also, wir müssen ja heute weitermachen, auch wenn der arme Jean-Luc nicht dabei ist. Ich wollte nur kurz durchgeben, dass wir gleich da sind.«

Als sie aus dem Bus stiegen, maulte Rainer laut: »Wo, zum Teufel, sind wir hier?«

Anne zeigte nach links: »Wir sind hier in Immerath, das da drüben ist das **Schulmuseum**. Da kann man sich eine historische Dorfschulklasse ansehen.«

»Historische Dorfschulklasse?« Rainer spürte, wie sein Blutdruck bedenklich anstieg. »Soll ich hier etwa Hanni und Nanni nachdrehen, oder was?«

»Nee, Rainer. Aber wir wollten doch alle Bereiche abdecken«, versuchte Alex Rainer zu beschwichtigen. »Und das Alltagsleben im 19. Jahrhundert ist doch groß im Kommen, das Leben der einfachen Leute, ihre Sorgen, Auswanderung und Hungersnöte.«

Anne nickte zustimmend. »Damit ihr euch ein richtiges Bild machen könnt, stehen noch das **Heimatmuseum in Alfen** und das **Heimweberei Museum** in Schalkenmehren auf dem Programm. Eventuell können wir auch noch in Manderscheid Halt machen.«

»Sagt mal, habt ihr sie noch alle? Man erwartet von uns, dass wir Fernsehgeschichte schreiben, und ihr präsentiert mir diesen Heimatscheiß? Mir reicht's. Ich will ins Hotel zurück«, brüllte Rainer.

»In Bad Bertrich gibt es sogar ein **Foto- und Filmmuseum**«, warf Alex kleinlaut ein.

»Am Arsch, Alex. Wir brauchen kein Filmmuseum. Wir sind der Film, schon vergessen?«

Rainer stapfte wütend zurück in den Bus und warf sich ganz hinten auf einen Sitz. Er war von Idioten umgeben – so viel war ihm jetzt klar. Und er war am Ende, total am Ende.

Auf dem Hotelparkplatz schauten sich alle ratlos an. Rainer schien das überhaupt nicht wahrzunehmen, sondern stürmte an ihnen vorbei.

Gabi zuckte schließlich nur mit den Schultern. »Der kriegt sich schon wieder ein. Ich mach mal einen Bummel durch die Stadt.«

Rainer lag auf seinem Bett, als es klopfte.

Mit mürrischem Gesicht öffnete er die Zimmertür. Draußen stand Moni und hatte vor lauter Aufregung rote Flecken am Hals.

»Ja, was?«

»Ich … ich wollte nur kurz sagen, dass ich auch finde, dass wir in eine andere Richtung weiterdenken sollten. Und dass ich auch gern dabei wäre, wenn die Gabi nicht weitermachen will.«

Moni schaute bewundernd zu Rainer hoch. Der bemerkte zum ersten Mal, dass die Kleine schöne Augen hatte. Sein Blick rutschte etwas tiefer. Himmel, die hat ja nicht nur hübsche Augen. Warum sind mir bisher diese Prachtmöpse nicht aufgefallen?

»Das ist sehr lieb von dir, Moni. Ich werde es mir merken. Wie wäre es: Hast du Lust, mit mir Mittag zu essen?«

Moni schenkte ihm einen schüchternen Augenaufschlag. Rainer wurde ganz heiß.

»Das wäre wirklich schön, aber nur, wenn ich dich nicht von etwas Wichtigem abhalte.«

»Aber nein, ich muss auch mal den Kopf freikriegen«, antwortete Rainer laut und fügte im Stillen hinzu: Und da wäre so eine kleine Nummer als Nachtisch genau das Richtige.

Anne döste auf einer Bank vor dem Hotel. So wie es jetzt aussah, musste sie vielleicht gar nichts weiter tun. Aber Rainers Launen waren unberechenbar. Besser, sie ging auf Nummer sicher. Ich ruhe mich aus, dann bringe ich es hinter mich, und danach werde ich hier sofort verschwinden. Sie hatte einen Plan. Eine Stunde später war sie wieder im Hotel. In der Hotelhalle lief ihr Alex über den Weg. Der kam ihr gerade recht.

»Alex, ich hab schreckliche Kopfschmerzen. Bitte sei so gut und entschuldige mich für den Rest des Nachmittags bei den anderen, ja?«

»Klar Anne, mach ich doch gern. Und gute Besserung.«

Rainer Swolbke war ein Mann mit festen Gewohnheiten, das wusste Anne inzwischen. In den letzten Tagen hatte er immer vor jedem Abendessen ein Bad genommen. Um den Stress des Alltags abzuspülen, wie er gleich am ersten Tag verkündet hatte.

An den Zimmertüren gab es keine modernen Kartenschlösser, also musste sie nur darauf hoffen, dass Rainers Raum nicht abgeschlossen war.

Leise schlich Anne über den Flur. Vorsichtig drückte sie die Zimmerklinke herunter. Sie hatte Glück, die Tür ging sofort auf. Rainers Bett sah ziemlich zerwühlt aus. Die Badezimmertür war nur angelehnt, sie hörte, wie Rainer gerade in die Badewanne stieg.

Der neue Föhn, den sie heute gekauft hatte, besaß eine extra lange Stromleitung, das war das einzig Wichtige bei der Auswahl gewesen. Die Steckdose neben der Badezimmertür war genau richtig. Behutsam öffnete sie die Tür einen Spalt breit, holte aus und warf den eingeschalteten Föhn mit Schwung in die Badewanne, dann rannte sie aus dem Zimmer.

»Ich kann das immer noch nicht fassen. Wie kann man nur so blöd sein? Ich meine, einen eingeschalteten Föhn in der Badewanne? Echt, das ist tragisch.« Alex schüttelte benommen den Kopf und sah die anderen an. Rainer stürzte gerade einen doppelten Korn auf ex herunter. »Die arme Moni!«, stöhnte er und füllte sich aus der Flasche, die vor ihm auf dem Tisch stand, das Glas neu auf.

»Trinken wir auf Moni, das arme Ding.«

Für Moni war jede Rettung zu spät gekommen. Den ganzen Abend saßen sie nun schon zusammen und konnten es nicht fassen. Die anderen waren so taktvoll und fragten erst gar nicht, warum Moni in Rainers Badewanne gewesen war.

Gabi hatte verheulte rote Augen, Dennis wusste nicht, wohin mit seinen Händen, und Alex bestritt mehr oder weniger alleine das Tischgespräch. Rainer überlegte, ob er noch mehr Schnaps ordern sollte. Im Vollrausch würde er vielleicht diesen ganzen Albtraum hier vergessen. Dass die dumme Kuh einen Föhn mit in die Wanne nehmen musste, wo er doch nur kurz an der Bar eine Flasche Sekt besorgen wollte.

»Die Anne ist auch weg«, unterbrach Alex seine trüben Gedanken. »An der Rezeption hat sie uns 'ne Nachricht hinterlassen, sie habe das Gefühl, sie würde nicht mehr gebraucht.«

»Womit sie ja auch recht hat«, sagte Rainer mit schleppender Stimme. »Ach komm schon, Rainer«, Alex stieß ihm den Ellenbogen in die Seite. »Der Mann, der für die ›Tierklinik am Rande der Großstadt‹ den Fernsehpreis bekommen hat, wird doch nicht schon nach ein paar Tagen aufgeben.«

Rainer wollte gerade widersprechen, als ihm plötzlich eine Idee durch den Kopf schoss.

»Alex, ich hab es!«

»Was jetzt?«

»Ich weiß jetzt, was wir als Nächstes hier in der Eifel drehen.«

Rainer grinste Alex, Gabi und Dennis an:

»Die Landtierklinik!«

Die anderen drei schwiegen verblüfft. Schließlich hauchte Gabi: »Rainer, das ist genial.«

Der Bus war auf dem Heimweg. Rainer lehnte sich zufrieden in seinem Sitz zurück. Er würde wiederkommen und hier den nächsten großen Fernsehknaller verwirklichen. Eine der Krankenschwestern würde Moni heißen, das war er der Kleinen schuldig.

»Du Rainer, ich bin fertig. Willst du es hören?«, Alex schaute ihn fragend an.

»Klar, lies vor!«

»Es regnet draußen. Leise und gleichmäßig.«

»Mensch, Alex. Du kannst ja schreiben. Ich wusste doch, dass du es drauf hast.«

Kasselburg Pelm

Im 12. Jahrhundert wurde von den Herren von Blankenheim eine kleine Kernburg mit Bergfried gebaut, die dann in den darauffolgenden Jahrhunderten erweitert worden ist. Weithin sichtbar ist der 37 Meter hohe Doppelturm der Kasselburg Pelm. Große Teile der Burg sind bis heute erhalten geblieben. Um die Burg herum ist der Adler- und Wolfspark entstanden. Er beherbergt nicht nur zahlreiche Greifvögel, sondern auch das größte Wolfsrudel Westeuropas.

Für die Besucher gibt es sogar die Möglichkeit, bei der täglichen Wolfsfütterung mit dabei zu sein und das Wolfsgehege zu betreten.

Flugvorführungen, Wolfsnächte, oder Kinder-Ritterspiele vervollständigen den Veranstaltungskalender des Adler- und Wolfsparks. Übrigens: Hunde sind in dem zehn Hektar großen Park leider aus verständlichen Gründen nicht erlaubt. Am Eingang des Parks kann man entsprechende Hundeboxen mieten.

Informationen im Internet unter www.adler-wolfsbark.de.

Burg Neublankenheim

Im Gegensatz zur Kasselburg Pelm sind von der Burg Neublankenheim lediglich Mauerreste und der 24 Meter hoch aufragende Bergfried erhalten geblieben. Neublankenheim entstand wahrscheinlich im 13. – 14. Jahrhundert. In den Jahren 2004 – 2006 wurden hier umfangreiche Sanierungsarbeiten durchgeführt, um die Ruine zu erhalten. Heute ist Neublankenheim, dass in der Nähe verschiedener Wanderwege und Themenrouten liegt, als Kulturdenkmal ausgewiesen und für jedermann frei zugänglich. Die Ruine steht unter Denkmalschutz.

Burg Kerpen

Wann die Burg genau gebaut wurde, kann heute keiner mehr mit Sicherheit sagen, wahrscheinlich entstand sie Anfang des 12. Jahrhunderts. Die Geschichte der Burg Kerpen ist geprägt von zahlreichen Besitzerwechseln und Erbstreitigkeiten. Die Burganlage, die sich über drei Terrassen erstreckt, wurde mehrfach zerstört und wieder aufgebaut. Ende des 19. Jahrhunderts kam sie in Privatbesitz. 1911 kaufte der bereits erwähnte Eifelmaler Fritz von Wille die Burg und ließ Teile davon renovieren. Der Künstler, der 1941 verstarb, wurde auf dem Burggelände beigesetzt. In den Jahrzehnten danach wurde die Burg als Schulungsheim und sogar als Landschulheim genutzt.

Bertradaburg Mürlenbach

Weithin sichtbar ist das Doppelturmtor der Bertradaburg in Mürlenbach. Die Burg diente dem Schutz der Handelsroute Trier-Köln. Hinsichtlich ihrer Entstehung gibt es zahlreiche Legenden und Sagen. So soll sie auf den Grundmauern eines römischen Kastells erbaut worden sein, was aber bis heute nicht nachgewiesen werden konnte. Namensgeberin der Burganlage ist Bertrada die Ältere, die Urgroßmutter von Karl dem Großen. Angeblich soll der große Karl auf dieser Burg geboren worden sein, aber auch dafür gibt es keine Belege.

Die Burg, in der im 19. Jahrhundert sogar einmal eine Brauerei untergebracht worden war, ist heute in Privatbesitz. Im Burghaus kann man eine Ferienwohnung mieten. Informationen unter www.bertradaburg.de.

Burgruine Freudenkoppe

Für meine Geschichte suchte ich noch eine Ruine, an der ein Filmteam ganz sicher nicht drehen möchte, weil die Ruine mitten im Wald viel zu schwer zu erreichen ist. Ich wurde fündig. Die Burg Freudenkoppe entstand wahrscheinlich im 14. Jahrhundert. 1340 wird sie urkundlich erwähnt, doch schon 1460 enden die Nennungen in den schriftlichen Aufzeichnungen der damaligen Zeit. Historiker vermuten, dass die Burg danach aufgegeben wurde und langsam verfiel. Heute sind von der Höhenburg nur noch ein paar Mauerreste erhalten. Informationen unter www.neroth.de.

Aussichtsplattform Achterhöhe

Sie ist das neue Highlight des Wanderweges Achterhöhe bei Lutzerath: eine Stahlkonstruktion, die sich über den Talrand hinaus schiebt und einen unglaublichen Ausblick bietet. Die Konstruktion erinnert ein wenig an den berühmten »Skywalk« am amerikanischen Grand Canyon, auch wenn sie natürlich kleiner ist.

Schwindelfrei sollte man aber schon sein, wenn man sich auf die Aussichtsplattform wagt. Allen anderen genießen die Aussicht besser von einer der Ruhebänke.

Burg Lissingen

Gut erhalten ist die Burg Lissingen, eine ehemalige Wasserburg aus dem 13. Jahrhundert. Auch wenn sie wie eine einzige Burg aussieht, handelt es sich doch um eine Doppelburg, die im 16. Jahrhundert in die sogenannte Unter- und Oberburg geteilt wurde, und auch heute gibt es verschiedene Besitzer für die beide Burgen. Die Burg Lissingen ist eine der wenigen Eifelburgen, die nie zerstört worden ist. 2014 wurde die Unterburg, in der es Dauerausstellungen, eine Gaststätte und sogar ein Standesamt gab, zwangsversteigert. Was hier künftig Besuchern geboten werden soll, ist offen. In der Oberburg kann man Ferienwohnungen mieten. Informationen dazu unter www.oberburglissingen.de.

Schulmuseum Immerath

In dem kleinen Fachwerkhaus aus dem Jahr 1770 war bis 1910 die Dorfschule untergebracht. Damit ist es wohl das älteste Schulhaus im Kreis Daun. Heute ist hier das historische Schulmuseum zu Hause. 200 Jahre Schulgeschichte werden in diesem kleinen Museum dokumentiert. Die Besucher erleben hier eine Zeit, in der es noch keine Schulpflicht gab und die Kinder nur in den Wintermonaten notdürftig unterrichtet werden konnten, weil sie den Rest des Jahres in der Landwirtschaft und im Haushalt mithelfen mussten. Informationen im Netz unter www.vgv-daun.de.

Das Heimatmuseum Alflen

ist ein gutes Beispiel dafür, wie durch persönliches Engagement einer kleinen Gruppe Heimatgeschichte lebendig werden kann. Im Dachgeschoss eines alten Schulgebäudes neben der Pfarrkirche ist das Heimatmuseum untergebracht. Betrieben wird es von einem eigens gegründeten Verein, der in dem Museum Wohn- und Einrichtungsgegenstände aus unterschiedlichen Epochen sowie handwerkliche und landwirtschaftliche Geräte ausstellt.

Öffnungszeiten findet man im Internet unter www.heimatmuseumalflen.de.

Das Heimweberei-Museum Schalkenmehren

Viele Familien in der Eifel verdienten zusätzlich Geld durch das Weben von Stoffen. Diese Arbeit wird in dem Heimweberei-Museum vorgestellt. Hier können sich Besucher alte Webstühle ansehen und sich über die Entwicklung der Heimweberei-Erzeugnisse informieren. Außerdem gibt es regelmäßig Demonstrationen der alten Webtechniken, des Spinnens und Färbens von Wolle und der Verarbeitung von Flachs. Infos dazu unter www.heimweberei-museum.de.

Foto- und Filmmuseum

ist eine private Sammlung, die die Familie Eischen im ehemaligen Hotel Kurfürst in Bad Bertrich präsentiert. Die Sammlung umfasst rund 2.500 Ausstellungsstücke aus dem Bereich der Foto- und Filmtechnik. Auf Wunsch erhält man gerne eine persönliche Führung.

Informationen findet man im Internet u.a. auf der Webseite www.bad-bertrich.de.

Sprudel aus der Eifel

Eine Kurzgeschichte sollte auch in Gerolstein spielen. Und woran denken Sie, wenn Sie an die Stadt in der Vulkaneifel denken? Natürlich an das Mineralwasser. Das liegt ja auch nahe, schließlich ist das Wasser mit dem roten Stern-Logo weit über die Grenzen der Eifel hinaus bekannt. Laut Firmenaussage ist »der Gerolsteiner Brunnen der größte Mineralwasser-Exporteur Deutschlands und Weltmarktführer unter kohlensäurehaltigen Mineralwässern«.

Doch er ist nun wirklich nicht der einzige Mineralbrunnen in dieser Region.

Vor allem aber gibt es in der Eifel an vielen Stellen offene, für jedermann frei zugängliche Mineralwasserquellen. Im Eifler Dialekt werden diese Mineralbrunnen auch »Dreese« genannt.

Manche dieser Quellen sind so alt, dass sie bereits von den Römern als Heil- und Trinkbrunnen genutzt worden sind. Wer durch die Region rund um Gerolstein wandert, der trifft auf diese offenen Mineralbrunnen. Einige von ihnen wurden mit einem Quellpavillon geschützt. Und an vielen Sprudelquellen darf man das Wasser auch verkosten. Zu solchen Quellen zählt beispielsweise die Lindenquelle, gut vier Kilometer nördlich von Birresborn, oder die Quelle Duppacher Drees am Duppacher Maar. Mitten im Kurpark von Gerolstein gibt es die Helenenquelle, deren

Wasser aus einer Tiefe von fast 100 Metern stammt und direkt aus dem Messinghahn im Park getrunken werden kann.

Weil es aufgrund der Geologie in der Vulkaneifel so viele Mineralbrunnen gibt, konnte ich es mir nicht verkneifen, einen eigenen, ganz neuen Mineralbrunnen zu erfinden.

Informationen rund um das Thema Mineralwasser und natürlich alle Freizeitmöglichkeiten in und um Gerolstein erhält man bei der Tourist-Information.

Tourist-Information
Brunnenstraße 10
54568 Gerolstein
Tel.: 06591-94 99 10
www.gerolsteiner-land.de

DER FLASCHENKÖNIG MUSS STERBEN

»Na los, stopft ihn ins Klo!«

»Nein, nein, lasst mich los, ich sag: Ihr sollt mich loslassen … uaah!«

Der Schrei brach sich an den gekachelten Wänden des Jungenklos. Peter-Alexander König grinste hinterhältig, als er die Entsetzensschreie von Hannes hörte, die Sekunden später in dem Geräusch der Klospülung untergingen.

»Aufmachen! Lasst uns hier raus, ihr Schweine!«

Das laute Hämmern gegen die Tür der hinteren Toilettenkabinen war Musik in seinen Ohren. Dort waren Markus und Christoph eingesperrt. Die würden gleich nach Hannes an die Reihe kommen.

»He King, der Schmitz kommt.«

Thomas, einer aus Peter-Alexanders Bande, hatte auf dem Flur Schmiere gestanden. »Ach Scheiße, lasst uns abhauen, Männer. Die beiden anderen Loser bekommen ihr Fett beim nächsten Mal ab.«

Sekunden später waren Peter-Alexander und seine Bande von Mitläufern verschwunden. Oberstudienrat Theodor Schmitz musste lediglich zwei aufgelöste Zwölfjährige aus einer Toilettenkabine befreien. Den dritten

Jungen mit klitschnassen Haaren bemerkte er nicht, da der sich mucksmäuschenstill verhielt. Hätte Schmitz ihn gefunden, Hannes wäre vor Scham gestorben.

Keiner konnte mit Bestimmtheit sagen, warum Hannes, Christoph und Markus die Opfer von Peter-Alexander Königs Gemeinheiten waren. Hätte man Peter-Alexander gefragt, hätte der geantwortet: weil sie es verdient haben. Hannes Bell war nun einmal der Klassenbeste in Mathematik, Christoph Munschau völlig unbegabt in jeder Sportart und Markus Velder dummerweise der Freund der beiden.

Von seinem Vater verwöhnt und von der Mutter und den Großeltern abgöttisch geliebt, hatte Peter-Alexander nicht nur den Namen des großen Schlagerstars erhalten, sondern von klein auf das Gefühl gehabt, dass er etwas Besonderes war. Er war der jüngste Spross von Franz Josef König, der nach eigener Meinung mit drei kleinen Einzelhandelsgeschäften in der Eifel praktisch ein Handelsimperium besaß.

Und diese Grundeinstellung saugte der kleine Peter-Alexander praktisch schon mit der Muttermilch auf. Da er bereits in der fünften Klasse einen guten Kopf größer und deutlich stärker als alle seine Mitschüler war, stellte sich ihm nie jemand in den Weg. Jeder hatte Angst vor ihm. Als er, der King, dann noch ein paar Anhänger fand, denen es genauso viel Spaß machte andere zu quälen, begann die Leidenszeit von Hannes, Christoph und Markus.

Die drei wurden zur Zielscheibe der übelsten Scherze. Sie versuchten zwar, Peter-Alexander und seiner Gang aus dem Weg zu gehen, doch das klappte nicht immer.

Das alles muss man wissen, wenn man die nachfolgenden Ereignisse verstehen will, die sich gut 20 Jahre nach der Schulzeit abspielten.

*

Gut 20 Jahre nach der Schulzeit

»Christoph, das ist eine Scheißidee gewesen!«

Hannes Bell leuchtete mit der Taschenlampe in der Felsenhöhle umher. Im Licht der Lampe wirkten die gewölbten Wände und die Decke der Höhle wie der lange Schlund eines riesigen Tieres.

»Hannes hat recht, Christoph, du wirst hier in der Buchenlochhöhle keinen Platz finden, den dir irgendeine Behörde genehmigt«, sagte Markus.

»Echt, in diesem Loch waren schon Höhlenbären, und ich habe mal gelesen, dass in der Jungsteinzeit Menschen hier Zuflucht gefunden haben, aber du kannst hier unmöglich Bier lagern.« Hannes schnaubte ärgerlich, und sein Freund Markus konnte es ihm nicht einmal übel nehmen. Christoph hatte sie nicht nur dazu gedrängt, in der **Buchenlochhöhle** herumzustöbern, vorher waren sie auch noch in den drei Stollen der **Birresborner Eishöhlen** gewesen. Doch da gab es außer ein paar Eiszapfen und uralten halb angefangenen Mühlsteinen aus Basalt auch keinen Platz, um Christophs Idee umzusetzen. Markus war kalt, er war müde und wollte nach Hause. Hannes ging es bestimmt genauso. Nur Christoph sprühte vor Energie.

»Ach hört doch auf, ihr beiden, tut jetzt nicht so, als hätte euch meine Idee nicht gefallen. Bier, das bei Vollmond gebraut und in einer Steinzeithöhle gelagert wird – Gerolsteiner Höhlenbier. Sagt nicht, das hätte keinen Klang«, verteidigte Christoph seine Idee.

»Gerolsteiner Höhlenbier – das klingt wirklich nicht schlecht, nur dass du keine Höhle finden wirst, in der du Bier lagern darfst.« Hannes leuchtete noch einmal mit der Taschenlampe über die dunklen Basaltsteine. »Ich hab die Nase voll. Wir finden hier unten wahrscheinlich eher das Bernsteinzimmer als einen Platz zum Bier lagern.«

Hannes drehte sich um und ging zum Höhleneingang zurück, Markus folgte ihm schweigend, und so blieb Christoph nichts anderes übrig, als sich seinen beiden Freunden anzuschließen. Fast wäre Hannes noch draußen auf der steilen Holztreppe, die von der Höhle nach unten führte, ausgerutscht.

»Dreckshöhle, verdammte. Schnapsidee. Zeitverschwendung.« Markus wusste genau, dass Hannes sich erst einmal abreagieren musste. Allerdings konnte er Hannes' Ärger verstehen. Sein Freund hätte an diesem Samstagnachmittag eigentlich zwei Mathematikklausuren korrigieren müssen, hatte sich aber von Christoph noch einmal breitschlagen lassen, mitzukommen.

»Und meinst du auch, dass meine Idee Unfug ist?« Christoph sah Markus von der Seite an. Markus zuckte mit den Schultern: »Nichts für ungut, Christoph, grundsätzlich ist deine Höhlenbieridee nicht schlecht. Ich glaube sogar, es würde Käufer für das Bier geben. Nur mit der Umsetzung wird es schwierig.«

Hannes drehte sich am Fuß der steilen Treppe um und ergänzte: »Das ist eben der Unterschied zwischen gut gemeint und gut gemacht. Und dein Höhlenbier passt hervorragend zu all den anderen Einfällen in den letzten Jahren. Himmel, was haben wir schon alles ertragen müssen. Du wolltest mit der **Eifel Glockengießerei,** der **Schmiede in Duppach** und dem **Eisenmuseum in Jünkerrath** den Themenpfad Eifel-Eisen ins Leben rufen und vermarkten – nur wollte keiner mitmachen. Oder dieser Dino-Park am **Eckfelder Maar** …«

»Das wäre ein Volltreffer geworden. Vor 44 Millionen Jahren lebten an diesem Maar Affen und Krokodile unter Palmen«, Christoph geriet ins Schwärmen, »in den letzten 25 Jahren haben Forscher am Eckfelder Maar mehr als 30.000 Fossilien ausgegraben.«

»Ja, nur dass keiner deiner angeblichen Investoren Geld für einen Dinosaurier-Park ausgeben wollte«, beschwerte sich Hannes.

»Und was ist mit dem **Dinosaurier-Park Teufelsschlucht**? Da strömen jetzt die Besucher hin.«

»Vielleicht sind die einfach cleverer als du.«

»Kommt, hört auf zu streiten.« Markus wusste genau, dass Christoph und Hannes, obwohl sie die besten Freunde waren, sich unglaublich in die Haare kriegen konnten. Dann musste er die Wogen wieder glätten.

Diesmal aber ging Hannes dem sich anbahnenden Streit aus dem Weg. Grummelnd stampfte er davon, trat wütend in das vertrocknete Laub auf dem Waldboden, sodass bei jedem Schritt kleine Buchenblätterwolken hochflogen. Besser, er reagiert seine Wut so ab, als dass er einen richtigen Streit anfängt, dachte Markus. Wenn eine von Christophs Ideen sich als Luftnummer entpuppte, hatten sie in der Regel ein paar Monate Ruhe, bevor ihm etwas Neues einfiel. Doch da sollte er sich täuschen.

»Es ist mir egal, wie in diesem Jahr Ihre Apfelernte aussieht. Sie haben bei mir Flaschen bestellt und die werden Sie auch bezahlen. Und wenn in drei Tagen nicht das Geld auf meinem Konto ist, dann werde ich dafür sorgen, dass niemand in der Eifel Ihnen je wieder eine Glasflasche verkauft. Dann können Sie demnächst Ihre Apfelplörre in Tassen ausschenken, habe ich mich da deutlich ausgedrückt? Gut!«

Peter-Alexander König drückte wutschnaubend auf die Taste seines schnurlosen Telefons. Es gab Situationen, da vermisste er den guten alten Telefonhörer, den man wütend auf die Gabel schmettern konnte. Was bildete sich dieser Obstwein-Heini ein? Glaubte der wirklich, er könne es mit ihm, Peter-Alexander König, dem

Flaschenkönig der Eifel, aufnehmen? Pah, den würde er am ausgestreckten Arm verhungern lassen. Vielleicht sollte ich ihm, egal, ob er zahlt oder nicht, mal zeigen, wo der Hammer hängt, dachte Peter-Alexander und lächelte zufrieden.

»Entschuldigung, Herr König, darf ich Sie daran erinnern, dass Sie sich um 14:00 Uhr mit Doktor Möhlmann verabredet haben?«

König nickte Rita, seiner langjährigen Sekretärin, wohlwollend zu. Die zog, ohne ein weiteres Wort zu sagen, die Bürotür wieder leise hinter sich zu. Der Termin mit Möhlmann sollte dafür sorgen, dass **Gerolsteiner** endlich auch zu seinen Kunden zählte. Der Sprudel mit dem Stern fehlte ihm noch in seiner Referenzliste, und das wollte er nicht mehr länger hinnehmen. In spätestens einem Monat, so nahm sich Peter Alexander vor, hätte er den großen Mineralwasserbrunnen überzeugt. Nur noch einen Monat, und ich muss mir über nichts mehr Sorgen machen, dachte König zufrieden. Doch da sollte er sich täuschen.

*

Einen Monat später

Markus Velder unterschrieb den letzten Antrag und legte dann die Aktenmappe beiseite. Er schaute auf die Uhr. Gleich war es halb sieben, Zeit, nach Hause zu fahren und sich um seine Familie zu kümmern. Markus hatte nach seinem Germanistikstudium eher aus Verlegenheit als aus Neigung bei einem örtlichen Nachhilfeinstitut angefangen. Als ihm angeboten wurde, als Leiter des Institutes zu arbeiten, hatte er die Chance ergriffen – und nicht bereut. Die Arbeit machte ihm Spaß. Jetzt aber freute er sich darauf, nach Hause zu kommen. Marion, seine Frau, wollte sich heute mit ein paar Freundinnen treffen. Ihre beiden Töchter Luise und Sabine, elf und neun Jahre alt, hatten natürlich lautstark erklärt, dass sie alt genug seien, um auch alleine zu Hause bleiben zu können. Das stimmte wahrscheinlich sogar, aber er hatte seine Mädels mit der Aussicht auf einen DVD-Abend und einer großen Tüte Mikrowellen-Popcorn überzeugen können, dass ein Abend mit dem Vater auch nicht schlecht werden würde. Markus schaute noch einmal auf die Armbanduhr, er musste noch die DVD aus dem Videoverleih abholen. Er wollte gerade seine Bürotür abschließen, als das Telefon auf dem Schreibtisch klingelte. Für einen kurzen Moment überlegte er, ob er es nicht einfach klingeln lassen sollte, aber dann siegten Neugierde und Pflichtgefühl.

»Die Lernwerkstatt, mein Name ist Markus Velder, guten Abend.«

»Markus? Christoph hier. Du, ich hab da eine Riesensache am Laufen, aber es gibt Probleme.«

»Christoph, nimm es mir nicht übel, aber Marion geht heute mit Freunden aus, und ich passe auf die Mädels auf. Ich habe jetzt keine Zeit, um lange mit dir zu plaudern. Ich muss um kurz nach sieben zu Hause sein, sonst reißt mir Marion die Ohren ab.«

»Aber es ist wirklich wichtig. Wann gehen die Kinder denn schlafen?«

»Na ja, morgen ist zwar Wochenende, aber spätestens um neun sind die beiden bestimmt im Bett.«

»Um neun, sagst du? Super! Ich könnte kurz nach neun bei dir sein. Du wirst staunen!«

Markus unterdrückte ein Seufzen, er hatte sich schon auf ein Glas Rotwein und einen Actionfilm gefreut, aber er wusste auch, dass Christoph keine Ruhe geben würde. Außerdem machte ihn die Begeisterung in Christophs Stimme neugierig.

»Dann sehen wir uns um kurz nach neun. Solltest du früher da sein, musst du ein Stück von Justin Bibers Livekonzert mit ansehen.«

»Gut, bis dann. Und ich verspreche dir, es ist der Hammer!«

Es war tatsächlich der Hammer.

Markus starrte sprachlos auf sein Wasserglas, aus dem er gerade noch getrunken hatte. Christoph hatte ihm Mineralwasser eingeschenkt und ihn aufgefordert zu probieren. Markus hatte probiert. Das Wasser war kühl, es perlte leicht auf der Zunge. Mehr als bei stillem Mineralwasser, weniger als bei Wasser mit Kohlensäure. Vor allem aber war dies das erste Mineralwasser, das Markus je getrunken hatte, das … irgendwie schmeckte. Er konnte es nicht in Worte fassen, aber es schmeckte. Und noch etwas fiel ihm auf. Bevor er das Wasser getrunken hatte, hatte er sich schon leicht schläfrig gefühlt. Jetzt, nach dem zweiten Glas, fühlte er sich erfrischt und hellwach.

»Das schmeckt richtig gut. Ist das eine neue Sorte?«

»Es ist nicht nur der Geschmack, oder?«

»Klingt jetzt albern, aber ich fühle mich wacher als vor ein paar Minuten.«

»Ja!« Christoph streckte die rechte Faust triumphierend nach oben. »Wacher als vorher, du sagst es. Genauso hab ich es auch empfunden. Und mittlerweile weiß ich auch, woran das liegt. Ich habe heute die Analyse aus dem Labor erhalten. Es ist eine ganz bestimmte Mischung aus verschiedenen Mineralstoffen und Spurenelementen, die in diesem Wasser enthalten sind, das Labor war ganz aus dem Häuschen.«

»Du hast ein Labor damit beauftragt, ein Mineralwasser zu analysieren? Warum? Was ist das hier für ein Wasser?«

»Warum? Weil ich sichergehen wollte. Und was das für ein Wasser ist, willst du wissen? Das ist das Wasser, mit dem wir einen ganzen Sack voll Geld verdienen werden.«

»Moment mal, du willst ein Mineralwasser vermarkten?« Markus schaute seinen Freund zweifelnd an. Das Wasser war wirklich toll, aber das klang doch schon wieder wie eine von Christophs Geschäftsideen, aus der am Ende nichts wurde. Christoph grinste über das ganze Gesicht. »Nein, ich will kein Mineralwasser vermarkten, ich will es in Flaschen abfüllen und mir von den Käufern aus den Händen reißen lassen. Das, was du da im Glas hast«, Christoph senkte verschwörerisch die Stimme, »kommt aus einer völlig neuen Mineralwasserquelle, die noch keiner kennt.«

»Und wo ist die?«

»Ich habe es dir ja gesagt, es ist der Hammer. Das ist meine eigene Quelle, ich hab sie direkt im Obstgarten gefunden, den ich von Opa Kurt geerbt habe.«

Markus war sprachlos, ihm schwirrte der Kopf. Nachdem Christoph die Katze aus dem Sack gelassen hatte, sprudelte er förmlich los.

Eigentlich hatte er vor zwei Wochen nur den alten Obstgarten in Ordnung bringen wollen. Seit sein Großvater vor zwei Jahren gestorben war, besaß er diesen großen Garten außerhalb der Stadt. Christoph hatte sich nie viel aus Gartenarbeit gemacht, deshalb drohte das Grundstück mehr und mehr zu verwildern. Christoph wusste, wie sehr sein Großvater an diesem Stückchen Land gehangen hatte, deshalb nahm er sich fünf Tage Zeit, um die Sträucher zu schneiden, das Gras zu mähen und die Beete in Ordnung zu bringen. Am fünften Tag entdeckte er zwischen ein paar Büschen einen alten Wassertrog aus Basalt und eine Handpumpe. Diese Wasserquelle war ihm in all den Jahren nie aufgefallen. Mehr noch, so wie die Büsche und Sträucher um die Pumpe herum gepflanzt worden waren, sah es so aus, als habe sein Großvater die Quelle verstecken wollen. Neugierig hatte er den Schwengel der Pumpe betätigt. Er musste nur kurz pumpen, bevor das erste klare Wasser in das Basaltbecken spritzte. Und als Christoph dann das Wasser probierte, fiel er aus allen Wolken. Es schmeckte fantastisch. Bei der Kreisverwaltung hatte er sich genau erkundigt, welche Vorschriften es für das Abfüllen von Mineralwasser gab. Und heute Vormittag war dann die Analyse des Labors in Trier in der Post gewesen.

»Ich gratuliere dir, Christoph. Wobei ich nicht weiß, wie aufwendig und kompliziert das Abfüllen von Mineralwasser sein kann. Aber der Geschmack von deinem Wasser ist echt was Besonderes.«

»Ja, finde ich auch. Hör mal, wusstest du, dass es Wasser-Sommeliers gibt? Ich glaube, dass die für dieses Mineralwasser morden werden. Außerdem könnt ihr euch auch schon mal freuen, denn ich werde dich und Hannes an dem Gewinn beteiligen.«

»Aber …«

»Nix aber. In den letzten Jahren habt ihr bereitwillig bei jeder Idee mitgemacht, also werden wir das hier jetzt auch zusammen durchziehen. Lasst mich ruhig am Anfang die Arbeit alleine erledigen, wenn dann alles richtig ins Rollen gekommen ist, können wir immer noch darüber nachdenken, ob ihr euch an der Arbeit beteiligt.«

»Das ist wirklich sehr großzügig von dir, Christoph. Aber hast du nicht am Telefon gesagt, dass es ein Problem gibt?«

»Ja, ich habe dieses Wasser hier mehreren Restaurantchefs serviert. Du hättest die Gesichter sehen sollen. Jeder, der dieses Wasser probiert, möchte es auch kaufen. Das Problem ist, ich brauche … wir brauchen Flaschen. Nicht irgendwelche Flaschen, sondern Flaschen, die besonders hochwertig aussehen. Und da gibt es nur eine Quelle, an der wir nicht vorbeikommen werden. Und das ist das Problem.«

»Das kann doch nicht so schwer sein, mit dem Flaschenlieferanten einen Deal auszuhandeln.«

»Doch, leider ja – ich sag nur einen Namen: Peter-Alexander König.«

In Peter-Alexander König brodelte es. Drei Tage lang hatten ihn mehrere Kunden auf dieses unglaubliche, fantastische, wohlschmeckende neue Mineralwasser angesprochen, und er wusste nichts darüber, rein gar nichts. Schließlich hatte er einen Namen erfahren: Christoph Munschau, der ewige Loser, hatte doch tatsächlich eine Goldgrube aufgetan. Und wo der Munschau war, waren seine beiden Kumpels Velder und Bell sicher auch nicht weit. Die drei waren Loser gewesen und würden es immer bleiben. Dafür hatte er stets gesorgt.

Als Munschau vor ein paar Jahren diesen Dinosaurierpark am Eckfelder Maar ins Leben rufen wollte, hatte er, der Flaschenkönig, seine Beziehungen spielen lassen und alle potenziellen Investoren vergrault. Er hatte versucht zu verhindern, dass Markus Velder Leiter des Nachhilfeinstituts wurde, und fast wäre es ihm auch gelungen. Und natürlich hatte Hannes Bell keine Ahnung davon, dass hinter der anonymen Anzeige über

Drogenmissbrauch während einer Schulfahrt ebenfalls König steckte. Ja, in den letzten Jahren hatte er es sich zum Sport gemacht, auch das Erwachsenenleben der drei Freunde zu beobachten und ihnen, wo es nur ging, Steine in den Weg zu legen.

Irgendein Hobby musste der Mensch schließlich haben. Und jetzt würde er sich etwas ganz Besonderes ausdenken, um Munschau und sein Mineralwasser fertig zu machen.

Zwei Gläser Cognac später hatte er einen perfekten Plan. Was ihm noch fehlte, musste ihm sein alter Kumpel Thomas liefern, der war Notar.

König griff zum Telefon.

»Thomas? Hallo, ja ich bin's, der King. Ja, altes Haus. Klar treffen wir uns am Sonntag. Du, ich hab da eine Bitte. Ich brauche ein paar Bogen Briefpapier von dir, oder noch besser, ich maile dir einen Text und den musst du dann ausdrucken. Wofür? He, das wird lustig. Erinnerst du dich noch an die drei Loser? Klar erinnerst du dich. Also den Rest erzähl ich dir bei unserem Treffen. Super. Ich wusste, dass ich mich auf dich verlassen kann. Bis bald.«

Mit einem zufriedenen Lächeln beendete König das Telefonat. Jetzt würde er es den Losern zeigen.

»Ich habe heute Nachmittag mit dem **Mausefallenmuseum** in Nehrot, dem **Telefonmuseum** und dem **Naturkundemuseum** telefoniert. Wenn wir neben dem Ausschank in Spitzenrestaurants auch eine sogenannte

Museumsabfüllung anbieten würden, wären alle bereit, sie vor Ort zu verkaufen.« Hannes Bell schaute zufrieden Markus an, der mit ihm am Tisch saß. »Und ich habe durchgerechnet, was uns das alles kosten würde. Und natürlich, wie viel wir daran verdienen werden. Aber nur …«

»Aber nur, wenn wir endlich loslegen«, ergänzte Markus.

Hannes nickte. »Ganz genau. Und zum ersten Mal in all den Jahren habe ich das Gefühl, dass eine Idee von Christoph tatsächlich ein Knaller ist.«

Bevor Markus noch antworten konnte, wurde die Küchentür aufgerissen und Christoph stürzte in den Raum. Er sah aus, als wäre ihm der Leibhaftige persönlich erschienen.

»Ihr glaubt nicht, was ich heute mit der Post erhalten habe.« Christoph knallte einen aufgerissenen Briefumschlag auf die Tischplatte.

»Das hier ist ein Schreiben von Peter-Alexander König, in dem er mich darüber informiert, dass er bereits vor Jahren mit Opa Kurt über den Kauf des Obstgartens verhandelt habe. Es liegt sogar ein Schreiben von einem Notar dabei: Opa Kurt soll angeblich das Grundstück für 1500 Euro verkauft haben. Ich werde hier aufgefordert, innerhalb von zwei Tagen meinen persönlichen Besitz aus dem alten Gartenhaus zu entfernen.«

»Nie und nimmer hätte Opa Kurt seinen Garten verkauft«, warf Markus ein, und Hannes nickte zustimmend. »König, diese linke Bazille, muss diese ganze

Sache mit dem angeblichen Verkauf irgendwie eingefädelt haben.«

Markus las den Notarbrief durch. »Sieh mal, der Notar ist Thomas Beckers. Das ist doch der Beckers aus der Nachbarklasse, der zu Königs Gang gehört hatte.«

»Erinnere mich bloß nicht an die Ratte«, stöhnte Christoph. »Aber ich werde diesmal nicht klein beigeben. Ich werde mich dem König stellen.«

»Aber du weißt auch, dass wir gegen Peter-Alexander König noch nie eine Chance hatten«, sagte Hannes düster.

Peter-Alexander König hatte sein Ziel erreicht. Zufrieden schaute er von seiner Terrasse auf den angrenzenden Tannenwald. Er nahm einen großen Schluck Bier und lehnte sich auf seiner Gartenbank zurück. Morgen würde er den drei Losern den Todesstoß versetzen. Im Haus klingelte das Telefon. König stemmte sich hoch, um den Anruf im Flur anzunehmen.

Der Flaschenkönig musste sterben. Für Christoph Munschau war das so sicher wie das Amen in der Kirche. Mit seinem Telefonat hatte er Peter-Alexander König ins Haus gelockt. Der hörte sich jetzt eine amtlich klingende Telefonansage an. Das würde ihn sicher nur sehr kurz beschäftigen, aber er brauchte auch nur Sekunden, um das Pulver in das Bierglas zu schütten. Er würde es jetzt tun, nicht nur für sich, sondern auch für Markus und Hannes. Wie ein Schatten glitt er auf die Terrasse, und Sekunden später war dieser Schatten auch schon wieder verschwunden.

König kam leise schimpfend zurück aus dem Haus, ließ sich auf die Gartenbank fallen und nahm einen großen Schluck aus seinem Bierglas. Als Minuten später sein Herz aufhörte zu schlagen, fiel sein Kinn einfach auf die Brust, und er sah aus, als würde er ein Nickerchen machen.

Der Flaschenkönig musste sterben. Für Markus Velder war das so sicher wie das Amen in der Kirche. Markus zog ein langes spitzes Messer und schlich sich leise von hinten an die große massige Gestalt an, die auf der Gartenbank saß. Er würde es jetzt tun, nicht nur für sich, sondern auch für Christoph und Hannes. Es war schon dämmerig geworden. Er holte aus, und dann rammte Markus mit aller Kraft der Gestalt das Messer ins Herz. König knallte mit dem Kopf auf die Tischplatte und blieb dort liegen.

Der Flaschenkönig musste sterben. Für Hannes Bell war das so sicher wie das Amen in der Kirche. Er hatte bis zum Abend gewartet. Er würde es jetzt tun, nicht nur für sich, sondern auch für Christoph und Markus. Auf der Terrasse saß König, sein Kopf lag auf dem Tisch neben einem Glas und zwei Flaschen Bier. Entweder war er besoffen oder er machte gerade ein Nickerchen. Egal, so war es einfacher. Hannes holte mit der kurzen Eisenstange aus, die er sich besorgt hatte und schlug damit zu. Königs Schädelknochen knackte wie ein morscher Ast, dann war es vorbei.

Polizeioberkommissar Thorsten Nobely rieb sich nachdenklich das Kinn. Seit mehr als einen Monat arbeitete er an einem Fall, der sich als völlig verrückt entpuppt hatte. Ein Mordopfer, das nacheinander vergiftet, erstochen und erschlagen worden war. Wer zum Teufel vergiftet jemanden, um ihn anschließend weiter umzubringen? Es gab keine Zeugen und keine verwertbaren Spuren.

Nobely kannte den Ruf, den Peter-Alexander König zu Lebzeiten gehabt hatte, wahrscheinlich gab es mehr als einen, der König gerne unter der Erde gesehen hätte. Und die haben sich dann zusammengetan, um König nacheinander den Garaus zu machen. Thorsten Nobely musste bei dieser absurden Vorstellung grinsen. Na ja, vielleicht war das auch einer von den Fällen, die man nie aufklären würde.

Er griff zu einem halb gefüllten Glas und trank es in einem Zug leer. Ah, das tat gut. Dieses neue Mineralwasser, das ihm seine Freundin empfohlen hatte, war wirklich der Hammer.

Buchenlochhöhle

Die Buchenlochhöhle ist vor rund 1,8 Millionen Jahren entstanden. Hier wurden die Knochen von Höhlenbären und dem Wollnashorn gefunden. Schon in der Jungsteinzeit suchten Menschen in der Buchenlochhöhle Schutz, wie der Fund einer Feuersteinklinge belegt.

Die Buchenlochhöhle ist frei zugänglich, eine steile Holztreppe führt zu dem Eingang der Höhle hinauf. Wer die Höhle bei einer Wanderung besichtigen will, sollte eine starke Taschenlampe im Gepäck haben.

Infos zur Höhle unter www.gerolsteiner-land.de.

Birresborner Eishöhlen

Der Name ist ein wenig irreführend. Zum einen wurde in diesen Höhlen kein Eis gelagert, vielmehr bilden sich in kalten Wintern Eiszapfen an der Decke der Höhlen. Zum anderen sind es keine natürlichen Höhlen, sondern vielmehr drei Stollen, die ursprünglich eine Länge von insgesamt 30 Metern hatten. Diese Stollen entstanden bei der Mühlsteingewinnung. Noch heute kann man an den Wänden der Höhlen die Spuren dieser Arbeiten entdecken: halb herausgearbeitete, angefangene Steinformen, die den Mühlstein bereits erahnen lassen. Da Fledermäuse die Stollen als Winterschlafquartier nutzen, sind Besichtigungen nur von April bis Oktober möglich.

Eifeler Glockengießerei

In Brockscheid, zwischen Daun und Manderscheid, werden auch heute noch große Kirchenglocken gegossen. Seit 1840 gibt es die Glockengießer in Brockscheid, und die Familie kann auf eine Gießertradition bis in das Jahr 1620 zurückblicken. Anders als bei anderen Handwerken, hat sich bei der Herstellung einer Glocke in den letzten Jahrhunderten kaum etwas verändert. Noch immer wird Lehm für die Herstellung der Gussformen verwendet. Besucher können in der Eifeler Glockengießerei bei einer Führung den Fertigungsprozess einer Glocke kennenlernen. Vier bis fünf Mal im Jahr findet auch der Glockenguss statt, bei dem dann die vorbereiteten großen Kirchenglocken gegossen werden. Aber auch an den übrigen Tagen des Jahres gibt es hier genug zu sehen. Wer will, kann natürlich auch einer kleinere Bronze- oder Messingglocke vor Ort kaufen und mit nach Hause nehmen.
Infos und Öffnungszeiten unter www.glockengiesser.de.

Die Erlebnisschmiede Knauf

In Duppach begann Anfang des 20. Jahrhunderts Michel Knauf mit dem Schmiedehandwerk.

Heute kann man dem Inhaber Thomas Knauf beim Schmieden am offenen Feuer über die Schulter sehen. Vorführungen gibt es hier von April bis Oktober. Und natürlich kann man die Kunstschmiedearbeiten auch vor Ort kaufen. Informationen findet man auf der Webseite www.erlebnisschmiede-knauf.de.

Das Eisenmuseum in Jünkerath

Dieses Museum präsentiert alle Aspekte des Umgangs mit Eisen: seine Herkunft, der Abbau von Erz und die Eisenverhüttung in der Eifel. Zu den Exponaten aus Eisen zählen: Gussformen, Herdgussplatten, Maschinen und Gebrauchsgegenstände. In Jünkerath gibt es die Eisen-Geschichte der Eifel zum Anfassen. Informationen unter www.juenkerath.de.

Eckfelder Maar

Das Eckfelder Maar in einem Seitental der Lieser etwa zwei Kilometer nördlich von Manderscheid ist mit rund 45 Millionen Jahren das älteste Maar. Berühmt aber wurde das Trockenmaar nicht aufgrund seines Alters, sondern weil hier in den letzten Jahrzehnten mehr als 30.000 wertvolle Fossilien gefunden worden sind. Zu den berühmtesten Funden zählt das Skelett eines 50 Zentimeter großen Urpferdchens, das vor knapp 45 Millionen Jahren die Eifel bevölkerte. Diesen Fund kann man heute im Manderscheider Maarmuseum bewundern. Noch immer wird am Eckfelder Maar gegraben. Das Ganze ist ein Forschungsprojekt der Landessammlung für Naturkunde Rheinland-Pfalz und des Naturhistorischen Museums Mainz. Natürlich darf man als Besucher das Grabungsgelände nicht betreten oder womöglich sogar selber anfangen zu graben, aber es gibt Infotafeln zu den verschiedenen Funden. Informationen zum Projekt findet man im Internet auf der Seite www.eckfelder-maar.de.

Dinosaurierpark-Teufelsschlucht

In dem Themenpark können Besucher mehr als 100 lebensgroße Saurier-Rekonstruktionen bewundern. Ein 1,5 Kilometer langer Rundweg führt durch das Parkgelände und vorbei an T-Rex & Co.

Mit dem Rundgang begibt man sich aber auch auf eine Reise durch die Erdgeschichte, angefangen im Devon vor 420 Millionen Jahren bis in die Zeit der Eiszeitjäger und Mammuts vor gut 40.000 Jahren. Darüber hinaus bietet der Park Themenführungen und Workshops an. Informationen zum Park in Ernzen unter www.dinopark-teufelsschlucht.de.

Gerolsteiner Brunnen

Der bekannte Mineralwasserbrunnen hat ein eigenes Besucherzentrum, in dem Interessierte alles über die Entstehung des Mineralwassers, seine Förderung und Abfüllung erfahren können. Im firmeneigenen Kino gibt es Kurzfilme über das Wasser, und von einer Tribüne kann man einen Blick in die Produktion mit Abfüllung, Etikettierung und Flaschenreinigung werfen. Der Eintritt ist frei. Für eine Führung (9, 11 und 13 Uhr) kann man sich anmelden, z.B. per Mail: besucherzentrum@gerolsteiner.com.

Montags bis freitags gibt es jeweils um 15 Uhr freie Führungen, zu denen man sich nicht anmelden muss.

Mausefallenmuseum

Mäuse gehörten früher zu den allgegenwärtigen Plagegeistern, und sie bedrohten Lebensmittelvorräte und Getreidespeicher.

Der kleine Ort Neroth war bekannt für seine Mausefallen und andere Drahtwaren. Im 19. Jahrhundert bis in die Nachkriegsjahre des 20. Jahrhunderts hinein wurden in Neroth in Heimarbeit Mausefallen hergestellt. Fahrende Händler aus dem Ort sorgten dann im Winterhalbjahr für den Verkauf der »Nerother Drahtwaren«. Ein kleines Museum präsentiert die Entwicklung der Drahtwarenindustrie und zeigt unzählige verschiedene Mausefallen. Oder wissen Sie, was ein Massenfänger, eine automatische Wasserfalle, eine Korbmausefalle oder eine Lochmausefalle ist?

Informationen findet man im Internet unter: www.mausefallendorf.de.

Telefonmuseum Gerolstein

Das Telefonmuseum Gerolstein im Alten Rathaus befindet sich in direkter Nachbarschaft zum Naturkundemuseum. Hier werden die Sammelstücke gezeigt, die Heribert Schirmer seit 1951 zusammengetragen hat. Mittlerweile kommt das Museum auf rund 450 Telefone aus 15 Nationen, 200 Radios und Phonogeräte. Besonderes Schmuckstück der Sammlung ist der Originalnachbau von Graham Bells erstem Telefon aus dem Jahr 1877. Informationen unter www.gerolsteiner-land.de.

Naturkundemuseum Gerolstein

Weil sich natürlich viele Besucher und Gäste der Stadt für Mineralien interessierten, wurde bereits zu Beginn des 20. Jahrhunderts in Gerolstein eine Mineraliensammlung gezeigt. Vor knapp 30 Jahren eröffnete die Stadt das erste und bis heute größte Naturkundemuseum der Vulkaneifel. Im Naturkundemuseum gibt es u.a. Mineralien und Fossilien zu bestaunen, aber auch die Geschichte der Römer und Kelten in der Region wird vorgestellt. Informationen unter www.naturkundemuseum-gerolstein.de.

Naturzentrum Eifel

Ich hatte eine Geschichte entworfen, die es fast nicht in dieses Buch hinein geschafft hätte. Der Grund war ganz einfach: Mir fehlte der passende Ort.

Wo gab es Veranstaltungen, Workshops, Diskussionsrunden, aber auch attraktive Freizeitmöglichkeiten?

Die Antwort fand ich, als ich im Rahmen des LitEifel-Festivals eingeladen wurde, im Naturzentrum Eifel eine Buchlesung zu bestreiten.

Das Naturzentrum Eifel wurde 1989 in Nettersheim eröffnet. Die zentrale Aufgabe des Naturzentrums Eifel ist laut Prospekt die Umweltbildungsarbeit mit dem Schwerpunkt in der außerschulischen Umweltpädagogik und Erwachsenenbildung.

Kinder und Jugendliche können z.B. die archäologischen Denkmäler der Region, aber auch die Pflanzen und Tierwelt der Eifel kennenlernen. Umweltpädagogik wird in Nettersheim großgeschrieben. Das geschieht aber nicht durch trockene Vorträge, sondern durch aktives Erleben.

Erwachsenen bietet das Naturzentrum Weiterbildungsmaßnahmen und Workshops an. Mit dem Naturzentrum Eifel sind mehrere Einrichtungen vernetzt – zum Beispiel der archäologische Landschaftspark und das Holzkompetenzzentrum.

Wer einen Betriebsausflug plant und den Teamgeist stärken möchte, dem empfehle ich den Besuch des Hochseilgartens.

Familien, die an einem Wochenende nicht nur Natur erleben möchten, sondern auf spielerische Weise römische Geschichte kennenlernen wollen, sollten sich den archäologischen Landschaftspark ansehen.

Und bei schlechtem Wetter gibt es im Naturzentrum selber noch genügend Ausstellungen, um einen Tag auszufüllen.

Informationen zu allen Angeboten gibt es beim
Naturzentrum Eifel
Urftstraße 2–4
53947 Nettersheim
Tel.: 02486-12 46
www.naturzentrum-eifel.de

MANFRED

»Oh Gott, oh Gott. Scheiße. Nein, nein, nicht weiter. Ach du meine Güte, ist das hoch. Oh, oh … uaaaah!«

Andere Teilnehmer hatten nach dem ersten Schock laut gejauchzt, hatten ihre Begeisterung herausgeschrien. Manfred Kottke dagegen brüllte vor Entsetzen, und als sein Schrei im Grün des Buchenwaldes verklungen war, presste er die Lippen zusammen, schloss voller Panik die Augen und betete darum, dass das Schaukeln endlich aufhörte.

Ja, es war nicht jedermanns Sache, in einem Klettergeschirr fast 15 Meter in die Höhe gezogen zu werden, um, nach dem Ausklinken, wie in einer Riesenschaukel zwischen den Buchen hindurch zu schwingen.

Manfred hasste Höhe, er hasste Karl-Heinz, der ihn dazu überredet hatte, bei dieser Schaukelei mitzumachen. Wahrscheinlich stand er da unten und winkte ihm fröhlich zu. Manfred wollte gar nicht runtersehen.

Als er schließlich wieder festen Boden unter den Füßen hatte und aus dem Klettergeschirr befreit worden war, klopfte ihm Karl-Heinz grinsend auf die Schulter.

»Na Manfred, war das eine geile Erfahrung? Willst

du jetzt auf den hohen Baum dort klettern? Das wär doch was.«

Manfred schaute zu dem Baum empor. Rechts und links waren Steighilfen ins Holz eingeschlagen, und oben, sehr, sehr weit oben gab es eine winzige Plattform, auf die sich gerade eine junge Frau stellte, die den Baum hochgeklettert war. Als sie aufrecht stand, streckte sie jubelnd die Arme in die Höhe. Und machte dann einen Schritt vorwärts ins Leere. Sie schrie sich ihre Begeisterung aus dem Leib, als sie, im Klettergeschirr baumelnd, langsam heruntergelassen wurde.

Manfred schüttelte verwundert den Kopf. Allein vom Zusehen war ihm schon speiübel. Auf einer Leiter hatte er Höhenangst, diese Schaukel eben war das Furchtbarste, was er je gemacht hatte.

»Auf gar keinen Fall klettere ich hier im **Hochseilgarten** irgendwo rauf. Ich bin fertig. Aus, vorbei, Ende-Gelände«, erklärte er bestimmt, »du kannst noch gerne bleiben, aber ich höre jetzt auf.«

»Ach komm, Manfred, sei kein Spielverderber«, Karl-Heinz schaute auf seine Armbanduhr, »du hast noch fast zwei Stunden bis zu diesem Treffen im **Naturzentrum**. Deswegen sind wir doch extra früher hierher gekommen, um uns alles anzuschauen.«

»Genau. Ich will mir etwas anschauen, aber ich will mich nicht zu Tode ängstigen. Bleib du noch, kletter über die Seilbrücke oder diese quer hängenden Baumstämme. Ich werde mir den **archäologischen Landschaftspark** ansehen, da wird mir wenigstens nicht schlecht.«

Manfred kramte ein Faltblatt hervor und fluchte, weil er zu Hause seine Lesebrille vergessen hatte. Egal, dann würde er jetzt eben den großen Hinweis-Schildern folgen.

»Wie du willst, Manfred. Dann sehen wir uns später vorne im Naturzentrums. Ich warte im Eingangsbereich auf dich. Während du bei deinem Treffen bist, schau ich noch im **Holzkompetenzzentrum** vorbei. Die Grete will doch für unser Haus eine Holzheizung. Wenn ich da keine Infos mitbringe, kann ich zu Hause was erleben.«

Eine Viertelstunde später schlenderte Manfred am Naturzentrum vorbei. Seine Knie fühlten sich immer noch an, als seien sie aus Pudding. Gut, dass er hier Ruhe hatte. In der Nachmittagssonne schimmerte die grau gestrichene Holzfassade des Naturzentrums fast silbrig. Daneben stand ein Anbau mit großer Glasfront. In dem Saal hinter den riesigen Scheiben saß eine Diskussionsrunde. Für einen Moment befürchtete Manfred schon, zu spät zu sein, aber ein Blick auf die Uhr zeigte ihm, dass noch genug Zeit war. Nein, das war nur eine von vielen Veranstaltungen, die hier in Nettersheim stattfanden.

Der Weg führte an einem Bach vorbei, der leise gurgelnd dahinfloss. Geschnitzte Holzwegweiser gaben Auskunft über die verschiedenen Attraktionen. Vielleicht sollte ich mir drinnen im Café einen Becher Kaffee holen und mich einfach nur auf eine Bank hier in die

Sonne setzen. Und danach noch einen kurzen Blick auf die **Fossilien-Sammlung** werfen, überlegte Manfred. Wer weiß, wie weit der Weg zur Römerausgrabung war. Am Ende käme er noch zu spät zu dem Treffen, und das wollte er auf keinen Fall.

Jawohl, so würde er es machen. Ausruhen und den richtigen Raum suchen. Dann würde auch nichts schiefgehen.

*

Eine gute Stunde später

Manfred hasste es, wenn man ihn »Manni« nannte, hatte es schon immer gehasst. Bei Karl-Heinz war das, was anderes, den nannten alle Kalle. Und Kalle mochte das. Wer will auch schon Karl-Heinz heißen?

Kalle kann was erleben, wenn ich den nachher treffe, dachte Manfred, schließlich hatte ihm Kalle das hier eingebrockt. Unbehaglich blickte er sich um. Zwölf Männer saßen mit ihm in einem Stuhlkreis.

Was hat mich nur geritten, hierher zu kommen? Diese Frage hatte er sich in den letzten Minuten mehr als einmal gestellt. »Also noch einmal, ein ganz liebes, herzliches Willkommen im Naturzentrum Eifel zu unserem Sonntagsseminar im Mai. Wir haben ein neues Gesicht in unserer Runde, das ist der Manfred. Sag mal, Manni, in unseren Kreis kommen ja nur neue Teilnehmer durch eine persönliche Einladung. Wie war das bei dir?«

»Ja also …«, Manfred schluckte einmal trocken, »der Kalle, also ich meine, der Karl-Heinz, hat mir geraten, hier mal vorbeizuschauen …«

»Ach du meinst Carlo, natürlich … das erklärt ja alles. Wie schön!«

Kalle hieß auch Carlo? Manfred kam das komisch vor. Aber mal ehrlich, die ganze Männerrunde hier war komisch.

»Trotz unseres neuen Gastes in der Runde – wir wollen doch der Reihe nach vorgehen. Das letzte Mal waren wir bei Benno stehen geblieben. Benno, hast du der Gruppe was zu sagen?«

Manfred musterte Benno ehrfürchtig: ein grobschlächtiger Hüne mit großen, sehr großen Händen, auf dem Handrücken stark behaart. Manfred schauderte.

»Ja hallo, ich bin der Benno. Und ich fühl' mich in letzter Zeit – irgendwie so total überfordert.«

»Gut, Benno, sehr gut. Kannst du das denn mal für uns in deinen eigenen Worten beschreiben? Überforderung, Stress, zu hohe Ansprüche an sich selbst – das kennen wir wohl alle hier im Kreis. Kannst du das ein bisschen genauer eingrenzen?«

»Ich weiß jetzt nich', wo ich so anfangen soll. Ich mein, früher … da hieß es immer ›Benno, schaff mir den aus den Augen‹ oder ›Benno sorg dafür, dass der nich' mehr reden tut‹. Aber so is' das schon lange nich' mehr. Heute muss das immer gleich wie 'n Unfall aussehen tun. Oder es soll 'n natürlicher Tod sein. Also das find ich total schwierig so insgesamt.«

»Das hast du gaaanz toll rübergebracht, Benno. Ich finde, wir sollten dem Benno dafür mal einen Applaus gönnen. Toll, Benno!«

Die Männer klatschten. Manfred klatschte mit, wäre aber am liebsten aufgesprungen und rausgerannt, das hier war wirklich nicht das, was er brauchte.

Draußen vor den großen Fensterscheiben schlenderte eine Familie vorbei, die Hefte des Mitmach-Krimis in der Hand. Manfred erkannte den großen Helm auf dem Cover der Hefte. Ein paar Kinder liefen glücklich mit großen Steinen herum. Kamen wahrscheinlich vom Fossiliensuchen, er aber saß hier drin fest.

»So, über Bennos Problem hinsichtlich des zunehmenden Leistungsdrucks sprechen wir später noch. Neben dir, Benno, sitzt ja unser Stefan. Und Stefan, bei dir hat sich seit unserem April-Treffen einiges verbessert, oder?«

»Ja, Tach. Es ist schon richtig. Ich habe jetzt mal ganz klare Grenzen gezogen.«

Stefans Stimme kiekste schrill in Manfreds Ohren. Stefan klang nicht nur wie einer der Schlümpfe, der lispelte auch noch.

»Ich dachte ja immer, dass mich keiner respektiert, weil ich nur die mittlere Reife habe und man das merkt. Aber jetzt, jetzt schlag ich immer gleich einem auf die Fresse, wenn er grinst, und das hat doch ganz vieles verändert.«

»Auf die Fresse, und es hat ganz vieles verändert! Schön, Stefan, schön, dass wir hier kleine Fortschritte sehen. Ich finde, auch für Stefan darf geklatscht werden.«

Manfred ertappte sich dabei, dass er bei dem Lispelkönig fast losgeprustet hätte. Zum Glück konnte er das Ganze mit einem Hustenanfall tarnen.

»Bevor wir zu Manfred, unserem Neuzugang, kommen, noch eine kurze Rückmeldung von Gerd. Gerd, du hast uns ja erzählt, dass du eine ganz schlimme Schmauchspur-Allergie bekommen hast, dass da selbst Handschuhe nichts geholfen haben. Geht es denn jetzt besser?«

Gerd, ein älterer Herr, der aussah, als wolle er gleich draußen am Bach Enten füttern gehen, setzte sich gerade auf seinem Stuhl zurecht.

»Jawohl! Ich hab das in den Griff bekommen. So eine Umstellung ist ja in meinem Alter nicht immer ganz einfach. Aber ich muss sagen, die letzten drei Male konnte ich mit dem langen Stilett ein paar sehr schöne Ergebnisse erzielen.«

Manfred wusste, dass es wirklich ein Riesenfehler gewesen war, heute nach Nettersheim zu fahren, um an diesem Seminar teilzunehmen. Ein paar schöne Erfolge mit dem Stilett? Er konnte es nicht fassen!

»Toll, Gerd, ganz, ganz toll. Da freuen wir uns aber nun wirklich alle mit dir. So, und jetzt zu dir, Manni. Warum bist du denn hier bei den AAM – den Anonymen Auftragsmördern?«

Manfred schaute reihum in zwölf Augenpaare, die ihn wachsam musterten.

»Ja also …, Kalle hatte gesagt, wenn ich …, also Kalle meinte, dass, sollte ich wirklich … ähm ernsthaft abnehmen wollen, dann wäre Kohlsuppen-Diät ganz blöd. Da wäre so ein Wochenend-Crash-Kurs mit einer Selbsthilfegruppe, die auf das Gewicht achtet, viel besser …«

Über den ganzen Raum senkte sich eine tödliche Stille. Vögel zwitscherten vor dem Fenster, die Sonne leuchtete hell auf die großen Holzbalken im Raum. Zwölf Hände fuhren wie auf ein Kommando in die Innentaschen von Sakkos und Jacken.

Warum nur, fluchte Manfred Kottke im Stillen, warum nur musste das blöde Naturzentrum seine Seminarräume auch so klein beschriften. Und warum hatte er nur seine Lesebrille zu Hause liegen gelassen.

Hochseilgarten

Für den Natur-Hochseilgarten, der einen guten Kilometer vom Naturzentrum mitten im Buchenwald liegt, sollte man schwindelfrei sein oder doch zumindest ein tiefes Vertrauen zum Rest seines Teams haben.

Denn darum geht es hier vor allem: die Stärkung von Selbstvertrauen, das Erkennen eigener Grenzen und das Stecken von realistischen Zielen. Unter Anleitung eines Diplom-Sportpädagogen klettern die Teilnehmer, natürlich mit Klettergeschirr gesichert, auf hohe Bäume, probieren die »Riesenschaukel« aus oder überwinden in luftiger Höhe Hindernisse. Informationen unter www.hochseilgarten-nettersheim.de.

Naturzentrum Eifel

Wie bereits erwähnt, ist das Naturzentrum seit fast 30 Jahren Dreh- und Angelpunkt der verschiedensten umweltpädagogischen Aktivitäten in Nettersheim. Im Hauptgebäude selber gibt es nicht nur Schulungsräume und Informationen zu allen Freizeitangeboten der Eifelgemeinde und der Region. Hier kann man auch ein Korallenriffaquarium und verschiedene Ausstellungen besichtigen. Am Naturzentrum selber gibt es darüber hinaus noch einen traditionellen Bauerngarten sowie einen römischen Garten, in dem Nutzpflanzen, Heil- und Gewürzkräuter angepflanzt worden sind, die schon zur Römerzeit in der Eifel angebaut wurden. Außerdem findet man in der Nähe restaurierte Kalkbrennöfen, eine historische Getreidemühle, eine römische Taverne sowie das Haus der Fossilien. (Siehe unten)

Holzkompetenzzentrum

Das Holzkompetenzzentrum Rheinland ist eine Kooperation zwischen dem Regionalforstamt Hocheifel-Zülpicher Börde des »Landesbetriebes Wald und Holz NRW« und der Gemeinde Nettersheim. Hier können sich Fachleute, aber auch Endverbraucher über den Baustoff Holz informieren, seine Einsatzmöglichkeiten beim Aus- und Umbau von Häusern, oder die Nutzung von Holz zum Heizen.
Das Holzkompetenzzentrum bietet Informationsmaterialien, organisiert Fachveranstaltungen und betreut internationale Besuchergruppen. Informationen findet man im Internet unter www.hkzr.de.

Archäologischer Landschaftspark

2009 wurden in Nettersheim eine römische Siedlung und Teile eines spätantiken Kastells entdeckt. Dazu kamen Abschnitte der Römerstraße Köln-Trier. Die Funde wurden u.a. durch Archäologen

der Universität Köln erforscht und in Teilen ausgegraben. Heute kann man diese Funde im archäologischen Landschaftspark besichtigen. Dafür gibt es vor Ort einen gut vier Kilometer langen Rundweg. Wer dabei hungrig und durstig wird, kann sich in der römischen Taverne stärken.
Für Kinder und Jugendliche gibt auch einen ganz besonderen Zugang zu den römischen Artefakten. An der Kasse des Naturzentrums wird ein Mitmach-Krimi verkauft, bei dem man die Spuren zur Lösung des »Frevels auf dem Tempelberg« im archäologischen Landschaftspark finden muss. Informationen unter www.archaeologischer-landschaftspark.de.

Haus der Fossilien

In Nettersheim kann man nicht nur auf dem sogenannten »Fossilienacker« selber nach Versteinerungen suchen oder bei einer geführten Wanderung die besten Fundstellen kennenlernen, hier gibt es auch das »Haus der Fossilien«. In dieser Ausstellung wird die Geschichte der Paläontologie präsentiert. Natürlich sind verschiedene Fossilien-Sammlungen ausgestellt, und in der Fossilienwerkstatt erfahren die Besucher alles über die Bearbeitung und Konservierung von Versteinerungen.
Informationen unter www.naturzentrum-eifel.de.

Entspannung und Gesundheit in Bad Bertrich

Mit der nachfolgenden Geschichte schließt sich der Kreis. Bereits in der ersten Geschichte dieses Buches ging es um die Themen Entspannung und Gesundheit. Zwei Themen, die in Bad Bertrich im Mittelpunkt stehen. Der Kurort hat in den letzten Jahren eine Fülle neuer Angebote etabliert. Dazu kommt, dass die Stadt in eine Region eingebettet ist, in der es zahlreiche Themenpfade und Wanderrouten gibt. Aber das dürften sie als Leserinnen und Leser dieses Buches längst erkannt haben.

Als ich meine Gesprächspartnerin bei einem Recherchebesuch in Daun fragte, wo sie sich einen Profikiller mit Burn-out-Syndrom vorstellen könnte, antwortete sie spontan: in Bad Bertrich.

Und so war klar, dass die letzte Geschichte dieses Buch in der alten Kurstadt spielen muss. Und im Falle von Bad Bertrich darf man den Begriff »alte Kurstadt« durchaus ernst nehmen. Schon der römische Kaiser Valentinian II. baute 365 n. Chr. in dem damaligen Bertriacum ein großzügiges Badegebäude und eine Tempelanlage. Die Römer schätzten die warmen Quellen und das Heilwasser des Ortes.

Im Jahr 1097 wurde Bad Bertrich dann das erste Mal urkundlich erwähnt. Bereits 1476 wurde es zum Kurtrierischen Staatsbad ernannt.

Clemens Wenzeslaus von Sachsen, der letzte Kurfürst

von Trier, ließ hier 1785 das kurfürstliche Schlösschen erbauen, das er als Sommer- und Jagdresidenz nutzte.

Anfang des 19. Jahrhunderts, nach der Gebietsneuordnung durch die Beschlüsse des Wiener Kongresses, wird Bad Bertrich schließlich zum preußischen Staatsbad ernannt. Seit 1947 ist Bad Bertrich rheinland-pfälzisches Staatsbad.

Informationen zur Stadt und zu den vielen Freizeit- und Wellnessangeboten erhält man bei:

Tourist Information Bad Bertrich
Kurfürstenstraße 32
56864 Bad Bertrich
Tel.:02674-932222
www.bad-bertrich.de

KANN SPUREN VON NÜSSEN ENTHALTEN

Das Taxi hielt vor einem großen Steintor an. Eindrucksvoll. Breite weiße Steine, rechts und links vom Durchgang aufgesetzte Säulen.

»So, der Herr, da wären wir. Das hier ist der Park Römerkessel«, der Taxifahrer drehte sich zu seinem Fahrgast auf der Rückbank um, »das ist der erste sogenannte landschaftstherapeutische Park Europas, sagt jedenfalls meine Frau, und die kennt sich da aus. Ich meine mit Yoga, Entschleunigung und so 'nem Zeug. Wenn Sie mich fragen: Am liebsten entschleunige ich mich ja bei einem kühlen Pils. Aber jeder Jeck ist anders, hat mir mal 'n Kölner Fahrgast gesagt. Und recht hatte der.«

Der Mann im Fond blieb immer noch stumm und nickte nur höflich.

»Na, nix für ungut, wollen Sie jetzt hier aussteigen oder soll ich Sie zu einem Hotel fahren? Ich kenn' da einige: Da gibt es das Hotel ›Alte Mühle‹ oder das Hotel ›Am Schwanenweiher‹ oder …«

»Nein, lassen Sie nur, ich steig hier aus und vertrete mir ein bisschen die Beine.«

»Wie Sie meinen, ist Ihre Entscheidung, das Finanzielle hatten wir ja schon geregelt. Brauchen Sie 'ne

Quittung zum Absetzen samt Märchensteuer?« Der Taxifahrer suchte im Rückspiegel den Blick des Fahrgastes. Der große breitschultrige Mann schüttelte den Kopf. Bar zahlen, keine Aufzeichnungen, keine nachvollziehbaren Spuren hinterlassen – er konnte seine langjährigen Gewohnheiten nicht einfach ablegen wie eine alte Jacke.

Der Mann nahm seine kleine Reisetasche und das Taschenbuch, in dem er während der Fahrt gelesen hatte, und stieg aus. Von draußen beugte er sich ins Taxi und sagte: »Herzlichen Dank noch mal für die Fahrt, und eine gute Rückfahrt nach Hillesheim.«

»Ich hab zu danken. Glauben Sie mir, so eine Tour kriegt man auch nicht jeden Tag. Wenn Sie wieder etwas brauchen, rufen Sie mich an, meine Mobilnummer steht auf der Visitenkarte.«

»Werde ich mir merken.«

Als die Rücklichter des Taxis in einer Kurve verschwunden waren, schaute Michael Belke zu dem großen weißen Steintor hoch. »Das Leben erwartet Dich« stand in eingemeißelten goldfarbenen Buchstaben halbrund über dem Tordurchgang. Das Leben erwartet Dich – Belke lächelte still. Er erwartete hier nicht das Leben, jedenfalls nicht das, das er sonst führte. Michael Belke, einer der erfolgreichsten Profikiller Europas, war nach Bad Bertrich gekommen, um zu entspannen. Was hatte ihm Dr. Wertmann geraten, natürlich ohne seinen wahren Job zu kennen: Denken Sie nicht an Ihre Arbeit.

Wenn das hier nicht klappt, klappt es nirgendwo, dachte Michael zufrieden und genoss die Stille des Abends. Spontan entschied er sich, nach rechts weiterzugehen, und machte sich auf die Suche nach einem Zimmer.

Zwei Tage später fühlte er sich tatsächlich schon viel ruhiger. Die kleine Pension »Haus Sonnenblick«, in der er ein Einzelzimmer mit Frühstück gebucht hatte, lag zentral, sodass er zu Fuß alles gut erreichen konnte. Die Pension wurden von zwei Frauen geführt, Schwestern, vermutete Michael, die mit ihrem Frühstücksbuffet jedes Sternehotel in den Schatten stellten. Außer ihm gab es nur noch zwei weitere Gäste. Ein Ehepaar, das er einmal kurz beim Frühstück gesehen hatte. Michael genoss die Ruhe.

Gleich am ersten Tag schlenderte er zum **Heilbrunnen** und probierte einen Schluck aus der Quelle, die bereits von den Römern vor mehr als 2000 Jahren erschlossen worden war. Das Wasser sollte ja bei Magen- und Darmbeschwerden helfen, die hatte er nicht, also verzichtete er auf einen zweiten Becher.

Dr. Wertmanns Rat, die Vulkaneifeltherme zu nutzen, folgte er dann am Nachmittag.

Immerhin war es die einzige Glaubersalztherme Deutschlands. Aber das 32 Grad warme Wasser war dann doch nicht das Richtige für ihn. Die fünf verschiedenen Themensaunen dagegen gefielen ihm, und in den Ruheräumen mit Kaminlounge und Bibliothek verbrachte er schließlich den Rest des Tages bis zum Abendessen.

Michael konnte sich gar nicht mehr daran erinnern, wann er das letzte Mal ohne einen konkreten Auftrag im Hinterkopf irgendwo gewesen war. Er musste nicht immer über die Schulter blicken, keine schwerwiegenden Entscheidungen treffen. Das tat gut.

Jetzt aber stand er ratlos vor einem weiß-grün gestrichenen Pfahl und las die unzähligen Wegweiser, die an diesem Pfosten angebracht waren. Auf einem blauen Schild stand »Stiller Garten«, ein grünes empfahl den »Kräutergarten«, ein braunes den »Terrassengarten«.

»Die haben hier im Römerkessel sieben verschiedene therapeutische Gärten«, sagte plötzlich eine Männerstimme neben ihm, »da hat man die Qual der Wahl.«

Michael drehte sich um. Der Mann lächelte ihn freundlich an. »Thomas Esser, wir haben uns gestern kurz beim Frühstück in unserer Pension gesehen. Meine Frau und ich sind da mit Ihnen zusammen die einzigen Gäste.«

»Oh ja, natürlich. Ich hatte sofort das undeutliche Gefühl, dass wir uns schon einmal gesehen haben«, log Michael, denn natürlich wusste er sofort, wer der mittelgroße Mann war, der mit seiner runden Nickelbrille und den kurzen Haaren wie Bert Brecht aussah. In seinem Job konnte es tödlich enden, sich ein Gesicht nicht zu merken. »Ja, äh, Michael Belke.«

Sie schüttelten sich die Hände.

»Ich finde dieses ganze Siezen immer völlig unnötig. Ich bin der Thomas.«

»Ja gut, Michael.«

»Fein, und was treibst du hier in der Eifel?«

Michael überlegte, ob er sich wirklich in ein längeres Gespräch verwickeln lassen sollte. Aber andererseits, er war hier, um sich zu entspannen, er musste nicht darauf achten, was hinter seinem Rücken passierte.

»Urlaub, das heißt, Kurzurlaub, um mal ein wenig auszuspannen.«

»Na, da bist du ja genau am richtigen Ort angekommen.« Thomas grinste. »Ich bin mit meiner Holden schon seit einer Woche da. Ihr Arzt hat es ihr empfohlen. In dieser einen Woche haben wir in Schalkenmehren drei Stunden **Entspannen in der Natur mit Yoga** und in Lutzerath eine fast vierstündige **Barfußwanderun**g gemacht. Ehrlich, ich lege lieber hier im Entspannungsgarten auf einer Holzliege die Füße hoch.« Thomas senkte völlig unnötig die Stimme, denn sie waren ganz allein auf dem breiten Parkweg. »Die haben hier sogar **Landschaftsmentoren**, die dir die Natur näherbringen. Unter uns, ich habe mich gerade von der Gruppe abgesetzt. Cornelia, meine bessere Hälfte, schaut sich mit der Gruppe gerade den Palmberg an.«

»So schlecht klingt das doch alles nicht«, warf Michael ein und lächelte, weil er die Verzweiflung in Thomas' Gesicht sah.

»Das sagst du, dir wurde ja auch nicht angedroht, dass du auf dem **Parcours der Sinne** in Immerath alle 16 Erlebnis-Stationen mitmachen musst. Ich brauch' das alles nicht. Ich wollte doch nur mal sehen, ob mich die Eifel inspiriert.«

»So?«

»Ja, ich schreibe Bücher. Nichts Besonderes, aber ich hätte gern mal einen Genre-Wechsel.«

Mittlerweile waren die beiden Männer ohne ein festes Ziel losgeschlendert. Michael bemerkte, wie ihm die Unterhaltung mit Thomas mehr und mehr Spaß machte. Er erinnerte sich an einen Hinweis, den er in einer Broschüre im Pensionszimmer gelesen hatte.

»Also wenn du Bücher schreibst, ist der **Clara-Viebig-Pavillon** doch ein Muss für dich.«

Jetzt grinste Thomas über das ganze Gesicht. »Clara Viebig, die große Eifeldichterin des frühen 20. Jahrhunderts. Ha, ich fürchte, wenn die verehrte Kollegin meine Bücher hätte lesen können, wäre sie in Ohnmacht gefallen.«

Thomas Esser schaute sich verstohlen um, ob sie auch wirklich alleine waren. »Sagt dir der Autorenname Natascha M. was?«

»Nee, hab ich noch nie gehört«, gestand Michael.

»Nicht tragisch, zeigt nur, dass du andere Bücher liest. Natascha M., das bin ich, ist ein Pseudonym.«

»Echt jetzt? Natascha M.?«

»Ja, das passt besser zu den Titeln, fand der Verlag. ›Stille der Lust‹, ›Schatten der Begierde‹ oder ›Heißer Schweiß auf nackter Haut‹ – das waren nur die letzten drei.«

»Du schreibst Pornos?«

»Keine Pornos, Erotik-Literatur. Läuft super. Erotik verkauft sich derzeit wie geschnitten Brot. Aber die

Knete ist schließlich nicht alles. Ich würde auch gern mal meinen richtigen Namen auf einem Buchcover sehen.«

Mittlerweile waren sie an einer großen Streuostwiese angekommen. »Der Stille Garten«, erklärte Thomas und kramte in seinem Rucksack, holte eine Flasche Rotwein und zwei Becher heraus. »Wie wäre es mit einem kleinen Schluck hier in der Sonne?«

Zuerst wollte Michael ablehnen, aber es war fast schon Mittag und … ja, er hatte plötzlich Lust auf Rotwein.

»Gern!«

Thomas schraubte die Flasche auf und goss vorsichtig ein. Michael schielte auf die Flasche und sah nur ein kleines gezeichnetes Schwein.

»Ist ein Merlot, einfacher französischer Landwein, aber wir mögen ihn.«

Sie prosteten sich zu, und Michael musste gestehen, dass der Wein ganz großartig schmeckte. Auf einer Wiese unter einem Baum sitzen und einen Schluck Rotwein auf der Zunge spüren – es gab schlimmere Schicksale.

»Und deine Frau hat nichts gegen diese ganzen Erotik-Bücher?«

Thomas trank einen Schluck, bevor er antwortete: »Na ja, sie will halt nicht, dass ich unter meinem richtigen Namen Krimis schreibe.«

»Verstehe ich nicht.«

»Cornelia arbeitet bei der Kripo Köln in der Soko für organisierte Kriminalität. Die ganz großen Bosse, Drogen, Glücksspiel, Prostitution, Auftragsmorde, das ganze Programm.«

Michael hätte beinah vor Schreck seinen Rotwein herausgeprustet. Ach du Scheiße!

Er fing an zu husten. Thomas klopfte ihm auf den Rücken. »Alles in Ordnung?«

»Ja, ich hab nur den Wein in den falschen Hals bekommen.«

Drei Stunden später, nach einem Mittagsschläfchen, saß Michael auf dem Bettrand und grübelte, ob er besser abreisen sollte. Andererseits kannte ihn niemand in der Branche unter seinem richtigen Namen, keiner seiner Auftraggeber hatte ihn von Angesicht zu Angesicht gesehen. Nun ja, die, die es mal getan hatten, lagen irgendwo im Wald verscharrt oder hatten den Weg den Rhein runter genommen.

Es gab eine Computer-Mailbox, eine geheime Mailadresse und den Decknamen Angelo. Nein, entschied Michael, hier in Bad Bertrich war er wahrscheinlich sicherer als in Köln, Berlin oder Frankfurt.

Ein schriller Schrei gellte durch die Pension und unterbrach sein Grübeln.

Er riss die Zimmertür auf und sah, wie am Ende des Flurs Cornelia Esser aus ihrem Zimmer stürzte. Sie stieß hervor: »Du musst der Michael sein – weißt du, was da los ist?«

Statt auf eine Antwort zu warten, lief Cornelia Esser die Treppe herunter. Nahm zwei Stufen auf einmal.

Im Erdgeschoss gab es das Frühstückszimmer, die Küche und einen kleinen Raum mit Schreibtisch als

Rezeption. Im Flur stand eine schluchzende Frau und hielt sich voller Schrecken die Hand vor den Mund.

»Mein Gott, Elke … schnell, wir brauchen einen Arzt!«

Cornelia Esser drehte sich um. »Michael, ruf' du bitte den Notarzt.«

Cornelia lief zu der Frau, die leblos auf dem Boden am Schreibtisch lag und kniete sich hin. Routiniert fühlte sie den Pulsschlag am Hals. Dann schaute sie hoch: »Frau Brotbach, ich fürchte, für Ihre Schwester kommt jede Hilfe zu spät.«

Mit einem leisen Aufstöhnen knickte die Angesprochene ein und brach ohnmächtig im Flur zusammen. Michael konnte sie gerade noch auffangen.

»Schreckliche Sache, der Tod von Elke Brotbach. Da muss man ihre Schwester Stephanie bewundern, dass sie die Pension nicht einfach dichtgemacht und uns vor die Tür gesetzt hat«, sagte Thomas Esser zu Michael, der neben ihm ging. Cornelia war ein paar Schritte vor ihnen. Die drei hatten sich entschieden, nachdem der Notarzt und die Sanitäter die Tote abgeholt hatten, einen Spaziergang zu machen.

»Stephanie Brotbach steht ja noch unter Schock, sie muss die ganzen Formalitäten klären. Was da heute passiert ist, wird ihr wahrscheinlich erst in ein paar Tagen so richtig bewusst werden«, mutmaßte Michael.

Cornelia war stehen geblieben und drehte sich zu den Männern um. Sie war fast einen halben Kopf größer als ihr Gatte, schlank und gut gebaut. Die braunen Haare waren in einem praktischen Kurzhaarschnitt frisiert. »Sprecht ihr gerade über die Tote?«

Thomas und Michael nickten.

»Der Notarzt hat festgestellt, dass sie erstickt ist. Ich werde morgen mal bei den Kollegen im Ort nachfragen, ob sie schon die Ergebnisse der Obduktion haben.«

»Wolltest du morgen nicht diesen Wanderweg laufen?«, fragte Thomas, »wie heißt der noch Räuber, dingens...«

»**Ritter, Räuber, Röme**r.«

»Ja genau. Am Üssbach entlang zu Antoniusruh, die Entersburg hochsteigen und dann noch einen Blick in die **Elfen- und Käsegrotte** werfen. Ich meine, alles ist besser, als noch mal im Barfußlabyrinth auf Kieseln herumtapsen.«

Cornelia lächelte ihren Mann an. »Komm, gönn' mir den Spaß. Ich hab sonst keine Ruhe. Nimm doch Michael mit, das sind knapp 15 Kilometer, die schafft ihr Männer doch leicht. Und abends gehen wir dann alle zusammen nett essen. Übermorgen können wir ja noch ins **Naturschutzgebiet Falkenlay** fahren. Da gibt es auch garantiert keine Entspannungsübungen, sondern nur **Steinzeithöhlen** – wie wäre das?«

Thomas gefiel der Gedanke, das sah man ihm schon von Weitem an, und Michael bewunderte Cornelias Fähigkeit, ihren Mann in die gewünschte Richtung zu lenken.

Die gemeinsame Wanderung hatte sich Michael nicht so witzig vorgestellt, aber sie war es. Thomas erzählte Anekdoten aus der Verlagsbranche und ein paar schlüpfrige Geschichten von Lesungen, bei denen fast immer nur Frauen anwesend waren. »Am Anfang wundern die sich natürlich, warum nicht Natascha selber auftaucht«, Thomas gluckste in sich hinein, »Natascha, die so einfühlsam die Begierde der weiblichen Seele zwischen zwei Buchdeckeln zu bannen weiß. Das ist jetzt nicht von mir, so hat das mal eine Kritikerin formuliert.«

»Wie erklärst du das Fehlen der berühmten Autorin?«, fragte Michael neugierig.

»Och, in der Regel bleibe ich bei meiner Geschichte. Natascha habe zwar eine tolle Fantasie, sei aber total menschenscheu. Und ich, als ihr persönlicher Bevollmächtigter und Vertrauter, darf aus ihren Werken lesen.«

»Das glauben die dir?«

»Klar. Als Unternehmensberater musst du doch sicher auch schon mal einem Kunden eine unliebsame Wahrheit hübsch verpacken.«

»Die meisten meiner Kunden sind hochzufrieden.«

»Klar, das sagst du jetzt, aber jeder hat doch ein Leiche im Keller.«

»Nee, da bin ich pingelig.«

»Hast du noch nie gedacht: Scheiße, dafür reißt mir mein Kunde den Kopf ab?«

»Eher umgekehrt.«

»Wow«, Thomas kratzte sich am Kopf, »dann musst du wirklich gut sein.«

»Es gibt Stimmen, die halten mich für den besten in Europa, aber das ist, denke ich, nur Schmeichelei«, Michael sagte das beiläufig in der Hoffnung, dass Thomas das Thema wechseln würde. Ihm war nie sehr wohl dabei, wenn er über die Arbeit als Unternehmensberater reden musste, denn davon hatte er eigentlich nur sehr wenig Ahnung.

»Sag mal, Michael, wenn du jemanden umbringen müsstest, wie würdest du das tun? Ich sammel doch gerade Idee für meinen ersten Krimi. Wenn der richtig gut wird, werde ich auch Conni überzeugen.«

Michael dachte kurz nach. Okay, damit kannte er sich aus, darüber konnte er Stunden reden. Und seine Hände fingen nicht an zu zittern. Das war mal eine gute Neuigkeit.

»Hast du denn schon eine Vorstellung?«

»Klar. Ich denke, meine Hauptfigur ist ein Profikiller, so ein ganz Stiller, mit 'ner fetten 44er und diesen Hartmantelpatronen.«

Michael schüttelte den Kopf. »Nee Thomas, der würde ein kleineres Kaliber nehmen, eine 22er zum Beispiel, da macht dann auch ein Schalldämpfer Sinn. Eine 44er Hartmantelpatrone durchschlägt dein Opfer, und außerdem gehen noch alle dabei Hops, die zufällig im Umkreis vom 20 Meter dem Geschoss in die Quere kommen. Wenn du 44er Patronen wählst, dann nur als Teilmantelgeschosse, die schlagen allerdings Austrittswunden so groß wie ein halbes Scheunentor.«

Thomas starrte Michael verblüfft an. »Wow, woher weißt du das denn alles?«

»Hab' ich mal in einem Krimi gelesen«, erwiderte Michael schnell.

»Geil!«

Beim gemeinsamen Abendessen erzählte Cornelia, dass ihre Kolleginnen und Kollegen vor Ort nicht sehr auskunftsfreudig gewesen waren. Immerhin hatte sie erfahren, dass Elke Brotbach tatsächlich erstickt war. Eine allergische Reaktion, vermutete der Arzt.

»Aber wenn sie gegen etwas allergisch war, hätte sie das doch nie freiwillig gegessen?«, zweifelte Thomas.

»Stimmt schon, aber schau doch mal«, Cornelia griff in Thomas' Rucksack und holte eine Verpackung heraus. »Hier sind zum Beispiel noch die Käsesticks aus eurem Lunchpaket. Und was steht da drauf? ›Kann Spuren von Nüssen enthalten.‹ Das meine ich. Wenn Elke Brotbach beispielsweise gegen Nüsse allergisch war, musste sie wirklich aufpassen.«

»Und wenn es kein Unfall war?«, fragte Michael.

»Dann wäre sicher die Frage, wem ihr Tod nützen würde«, erwiderte Cornelia mit einem grimmigen Unterton.

In dieser Nacht konnte Michael nicht gut einschlafen. Gedankenverloren blätterte er durch die Touristenbroschüre, die Bad Bertrich in höchsten Tönen anpries und alle kulturellen Events der nächsten Wochen in der Stadt ankündigte. Bekannte Comedians machten hier Station, Musiker, Autorenlesungen und … Michael stockte. »Die mörderischen Schwestern, ein Theaterstück mit einer Prise schwarzem Humor«, las er. Das Ganze war eine Inszenierung der Laienbühne Bad Bertrich. In der Hauptrolle Stephanie Brotbach. Sieh an, unsere Pensionswirtin liebte die Bühne. Michael fing an nachzudenken. Dann griff er zum Handy. Es war zwar schon fast Mitternacht, aber das machte nichts. Er wählte eine Nummer, die er auswendig kannte.

»He Alter, was geht ab, ey«, meldete sich eine Stimme, die durch die dröhnenden Bässe im Hintergrund kaum zu verstehen war.

»Hi, hier ist Angelo.«

»Angelo! Voll krass, Alter. Ich dachte, du meldest dich nie mehr. Was ist los, bist plötzlich weg, wie vom Erdboden verschluckt und machst einen voll auf U-Boot. Ey, alle fragen mich: Mister D. … wo ist Angelo?«

»Hör zu, ich bleibe auch noch eine Weile in Deckung, ist kompliziert zu erklären, aber du hast doch diese ganzen Verbindungen zu den Fernsehleuten in Köln. Du musst da mal was für mich rauskriegen.«

Michael erklärte, was er wissen wollte und legte dann auf. Das »warum«, war vielleicht schon bald geklärt, fehlte nur noch das »wie«.

Er schlich die Treppe hinunter und betrat das kleine Büro. Hier schien alles so, wie er es von gestern in Erinnerung hatte. Sogar die benutzte Kaffeetasse stand noch auf dem Schreibtisch. Nachdenklich schaute sich Michael im Schein seiner Taschenlampe um. Dann ging er weiter in die Küche. Seine Überlegung war klar: Eine allergische Reaktion erfolgte schnell. Also musste Elke Brotbach kurz vor ihrem Tod etwas zu sich genommen haben, dass diese Reaktion auslöste. Außer der Kaffeetasse gab es aber nichts in dem Büro, das auf essen oder trinken hinwies. Vielleicht hatte sie etwas gegessen, aber dann hätte da entweder eine Verpackung liegen oder ein Teller stehen müssen. Die Pensionswirtin war ordentlich gewesen, die hätte sicher nicht ihren Schreibtisch vollgekrümelt.

Als Michael den Kühlschrank öffnete, fand er in der Tür die offene Packung Milch. Nachdenklich nahm er sie heraus. Eifel-Vollmilch. Ganz normale Vollmilch. Er schnupperte daran und verzog erstaunt das Gesicht. Meine Fresse, dachte er. Dann ging er zurück in sein Zimmer und wartete auf die SMS von Mister D.

Als er schließlich ins Bett ging, hatte er alles zusammen. Komisch, ich bin ganz entspannt, stellte er erstaunt fest. Vielleicht sollte ich den Beruf wechseln. Privatermittler, das wäre doch was, bei meinem Know-how und meinen Kontakten. Zufrieden schlief er ein.

»Stephanie Brotbach! Sie sind verhaftet. Bitte kommen Sie mit uns.«

Die beiden Polizisten führten eine schweigsame Pensionswirtin ab, die mit hängenden Schultern das Haus verließ.

»Junge, Junge, wo sollen wir denn jetzt schlafen?«, fragte Thomas.

»Da bedankst du dich besser bei Michael, der hat das ja alles ins Rollen gebracht«, erwiderte Cornelia und zwinkerte Michael anerkennend zu.

Michael war das ein wenig peinlich. So schwierig war es nun wirklich nicht gewesen.

»Stephanie Brotbach liebte die Schauspielerei. Sie wollte aber mehr, als nur auf einer Laienbühne stehen«, erklärte er Thomas. Cornelia kannte das alles schon, ihr hatte er es am Morgen vor dem Frühstück erläutert.

»Sie wollte in Köln zum Fernsehen. Nur ihre ältere Schwester war wohl dagegen, sie hatten schließlich die Pension zu führen. Also musste die Schwester aus dem Weg geräumt werden. Elke Brotbach war tatsächlich allergisch, unter anderem ganz stark gegen Mandeln. Sie hätte natürlich nie freiwillig Mandeln gegessen. Aber Stephanie tauschte die Vollmilch gegen Mandelmilch aus. Elke schüttete die Milch in ihren Kaffee und erstickte.«

»Bäh!«, entfuhr es Thomas, »aber auch genial. Da könnte man glatt was draus machen. Krimimäßig, meine ich. Ich hab auch schon einen Titel: Kann Spuren von Nüssen enthalten – wie gefällt der euch?«

Trinkbrunnen / Heilquelle

Den Nutzen der warmen Heilquelle haben schon die Römer erkannt. Die Bergquelle von Bad Bertrich ist eine sogenannte Natrium-Hydrogencarbonat-Sulfat-Quelle. Das warme Wasser speist die bereits beschriebene Vulkaneifeltherme. Am Trinkbrunnen kann man es auch genießen. Es hilft vor allem bei Magen- und Darmbeschwerden. Das Heilwasser wird nicht in Flaschen abgefüllt, sondern kann nur während der Öffnungszeiten des Trinkbrunnens konsumiert werden.

Entspannen in der Natur mit Yoga
und die **Barfußwanderung**

sind zwei neue Angebote der sogenannten Entspannungscoaches, die im Rahmen der Kooperation »Gesundland-Vulkaneifel« zur Verfügung stehen.

Während einer Erlebnis-Wanderung rund um das Schalkenmehrener Maar können die Teilnehmer unter fachlicher Anleitung leichte Yoga-Übungen erlernen, die ihnen bei der täglichen Entspannung helfen. Die Wanderung dauert rund drei Stunden. Die Barfußwanderung findet in Lutzerath statt. Sie führt über Wiesenwege sowie sandigen und lehmigen Untergrund. Damit wird die Fußgesundheit gestärkt. Den Abschluss der Wanderung macht dann ein Fußbad am Lagerfeuer.

Informationen zu den Veranstaltungen findet man im Internet unter www.gesundland-vulkaneifel.de.

Landschaftsmentoren

Früher hätte man das Ganze vielleicht einfach Naturführer genannt. Die Landschaftsmentoren kennen ihre jeweilige Region und bieten Erlebniswanderungen, Survialangebote, Kräuterwanderungen, geführte Radtouren und Heilpflanzenexkursionen an – um nur ein paar Beispiele aufzuzählen. Auch hier gibt es die Informationen bei den Ansprechpartnern der Gesundland-Vulkaneifel-Büros. (siehe oben).

Parcours der Sinne

Der Parcours der Sinne wurde in Immerath errichtet. 16 verschiedene Stationen wie eine Partnerschaukel, ein Barfußpfad oder ein Balancebalken sollen dabei helfen, dass man sich seines eigenen Körpers und seiner Sinne wieder bewusst wird. Den Parcours kann man alleine erkunden, aber auch bei einer Führung kennenlernen.

Informationen unter www.parcours-der-sinne.de.

Clara-Viebig-Pavillon

erinnert an die Schriftstellerin Clara Viebig, die 1860 in Trier geboren wurde. Mit ihrem Roman

»Das Weiberdorf« erlebte sie 1900 ihren literarischen Durchbruch. Die Bücher der Schriftstellerin durften um die Jahrhundertwende in keiner gut sortierten Hausbibliothek fehlen. Dabei ist sie aber keine Heimatdichterin der Eifel, sondern hat auch zahlreiche Bücher geschrieben, die im Berlin der Kaiserzeit oder in den damaligen Ostprovinzen spielen.
Clara Viebig starb 1952 in Berlin. Mit der Erforschung des Lebens und ihrer Arbeit beschäftigt sich die 1992 in Bad Bertrich gegründete Clara-Viebig-Gesellschaft. Sie unterhält auch den »Clara-Viebig-Pavillon«.

Erlebnisweg Ritter, Räuber, Römer

ist ein knapp 15 Kilometer langer Rundweg durch das Üssbachtal. Hier gibt es einzelne Stationen, wie zum Beispiel den Ort, an dem der Bertricher Metzger Bruttig, genannt »der Schlächter«, aus Eifersucht einen Freund enthauptet hat. Außerdem kann man die Entersburg sehen, heute ein Aussichtsturm, der schon zur Zeit der Kelten als befestigter Posten existierte, oder die sogenannte Antoniusruh, die Gedenkstätte zu Ehren des Hl. Antonius.

Elfen- und Käsegrotte

Auch diese Höhle kann man auf dem oben beschriebenen Erlebnisweg besichtigen. Der Name

der Höhle ist aber irreführend. Zum einen wurde hier nie Käse gelagert. Vielmehr haben sich die Lavaströme in der Höhle so aufgeschichtet, dass sie wie aufeinandergestapelte Käselaibe aussehen. Zum anderen hat die Bezeichnung Elfengrotte auch nichts mit den magischen spitzohrigen Wesen zu tun. Vielmehr geht der Name darauf zurück, dass hier die »elfte Mühle« am Üssbach stand.
Ein Flyer beschreibt den kompletten Rundweg und seine Stationen, er ist bei der Tourist-Information erhältlich.

Naturschutzgebiet Falkenlay und die Steinzeithöhlen
Falkenlay ist ein Naturschutzgebiet südlich des Ortsteils Kennfus beim 414 Meter hohen Berg Falkenlay, einem Vulkankegel. Dieser ist vermutlich der älteste »Schlackenkegel« im Vulkansystem um Bad Bertrich. In der Nähe der Kraterwand findet man auch die Höhlen, die bereits zur Steinzeit den Menschen Schutz boten. Wer in dem neun Hektar großen Naturschutzgebiet wandern möchte, findet alle Informationen dazu auf einer Infotafel an der Tourist-Information in Bad Bertrich.